天は語らず

天は語らず

LE CIEL NE PARLE PAS

モルガン・スポルテス
Morgan Sportès

吉田恒雄……訳

岩波書店

First published 2017 by Librairie Arthème Fayard, Paris.
This Japanese edition published 2019
by Iwanami Shoten, Publishers, Tokyo
by arrangement with Librairie Arthème Fayard, Paris,
through le Bureau des Copyrights Français, Tokyo.

目次

教区長による出版許可を取得済み《クムペルミッスースペリオールム》

わたしたちは、歴史がたった一つしかないものと思いたいところだが、実際は各政党や各社会階層、各人が異なる歴史を語ることがあるのだ。

クロード・レヴィ＝ストロース、L'Anthropologie face aux problèmes du monde moderne（現代世界の問題に直面する人類学）、Seuil、二〇一一年

国家の犯罪に関しては、憐憫という扉を閉めなければならない。

枢機卿リシュリュー公爵アルマン・デュ・プレスィ（一五八五～一六四二年）、Testament politique（政治的遺言）

日本においては、かつて他国で行ってきたようにスペイン人の価値観を武力で強要するのは、好戦的かつ勇敢な男が無数いること、そして要塞も堅牢で、そのいくつかは難攻不落なために不可能なのでありますが、それにて不可能なことも、偶像崇拝者らに信仰を授けるというわれわれの本来の目的を省みるなら、信仰を得た者らが自らの過ちの人生に気づくでありましょうから、よりたやすくなるものと思われます。なるべくしてなる国王が存在しないため(彼《か》の地の王は暴政によってのみ君臨してきました)、圧政を受ける哀れな民が隷従を強いられる一方で、富者も苛酷な課税のせいで生きることが精一杯なため、キリスト教徒の王に助けを求めざるをえぬこと、それには疑いの余地はありません。たとえ彼の国の王が陛下に王位を差しだす心積もりにならなくとも、朝鮮王国を攻略するため一〇万の兵士を支援として陛下に提供させることは容易でありましょう……。彼の地に陣を構えるおつもりなら、陛下もその権勢ぶりをご承知の中華帝国には手の届く距離であります。

スペイン王国駐日本大使ロドリーゴ・デ・ビベロよりスペイン国王に宛てた
一六一〇年一〇月二七日付の書簡

入祭唱《イントロイト》

主よ、《レクイエム》彼らに永遠《アエテルナム》の安息《ドーナー》を与えたまえ《エイース、ドミネ》……。

日本の十字架は、多くの点で古代ローマ期のそれよりも好ましく、どれだけ受刑者の快適さに留意し、技術用語を用いるなら、どれほど**人間工学**を考慮に入れていたことか！　端的に言うなら、より人間的なのである。多くの歴史家にとって異論となることは承知のうえで、それがまったく独自の発明であった点は強調しておきたい。日本が十字架を採用したのは、西洋の影響が及ぶよりずっと前の時期（わたしが考えるのは、ポルトガル商人や宣教師、なかでも最も名高いイエズス会士の聖フランシスコ・ザビエル、略してＳＦＸの足跡がここに見られる一六世紀）だった。磔刑《たっけい》に関し、何故に日本のテクノロジーがその圧倒的な優位性を証明しているのか？　まずは大釘を用いない点である。受刑者の手首と足首は、（あらかじめ地面に寝かせた）十字架に縄もしくは鉄の輪で括りつけられる。その十字架には、一本だけではなく二本の横木が柱に組まれる。上の長い横木には両腕が括られ、下の短い横木は踏み台となるのである。思いやりの片鱗、あるいは洗練技術のさりげない細部だろうか、柱には釘留めされた小さな板があって受刑者の開かれた股間を支える。十字架が立てられたときその支えに尻を置けるので、腕と脚にかかる重みが軽減されるのだ。その時点で頭部はどうかというと、古代ローマ期の十字架の場合は無様に頭を前方へ垂らしてしまうのだが、日本の場合、首を括って支える留め金があるおかげできちんと首筋が立つ……。

こうして見物に己の恥を晒《さら》した数分後、受刑者は慈悲深い槍で心臓にとどめを刺される。

見せしめのため、磔になったままの死体が腐敗していくさまを、数日間、場合によっては数カ月間も晒すというのは事実である。不義密通を犯した男女、婦女を犯した者、盗賊、キリスト教徒、殺人犯やその他の犯罪者らはこのようにして厄介払いをされる。

ある考え(ただ、わたしとしてはその隠された下部構造を最初からあまり開陳するわけにはいかない……)、つまり本書、この〝小説〟の主人公であるイエズス会司祭クリストヴァン・フェレイラが、寛永一〇年九月一〇日の申《さる》の刻(キリスト紀元一六三三年一〇月一二日の午後三時から五時のあいだ)、もし磔にされるだけと知っていたなら、彼は信仰を捨てなかったのではあるまいか、その考えがわたしの頭に浮かんだ。日本で最も高名な背教者の一人である彼は、偶像崇拝が行われるこの地を**自分らの血で赤く染めた**ほかの多くの者と同じように、きっと殉教したのだろう。SCF、すなわちSFXと同じように、聖クリストヴァン・フェレイラが生まれていたのかもしれない。ところが一六三三年になると、もはやキリスト教徒に対し磔刑を執行しなくなっていた。効果なしと見られた、その方法が廃止されたのである。もっと良い方法がみつかった。それは物理的にも観念的にもより斬新で、クリストヴァン・フェレイラすら抵抗しきれなかった刑罰である。

なぜなら、磔刑には一種の**美学**があった。両腕を広げ、天に顔を向ける受刑者はその絵画的構図の極致を、神に、民衆に捧げるのだ。当人は自らの犠牲を贖罪《しょくざい》行為として考えることが可能であり、後々のため〔列福・列聖など〕の**配慮**もなされたことだろう。わが師、ユダヤ人の王、ナザレのイエスと同じように死ぬという慰めも得られる。だが一七世紀の三〇年代に入り、いったい日本人はどのような策略を編みだしたのか? 方法を変えたのである。キリスト教徒は十字架の上でうなだれたりはしない。死ぬことを誇りに思っているからだ。ならば、こうすればいい! 豚の血抜きをするように、頭を下に逆さ吊りにする。日本で二四年間も過ごしたあと(うち一九年は弾圧が始まっていたため潜伏生活)、当時五三歳のフェレイラは、穴吊りと呼ばれるその新しい拷問に処される最初の司祭らの一人となった。裸か薄着のままローストビーフのように首から足首まで縄をきつく巻かれるが、それは血液の循環を遅くさせるためである。吊り台の横木の滑車に向かって長い縄で何重にも括られた両足が乱暴に引き上げられる。処刑台は深く掘った穴の上に立っているので、あなたの腰がちょうど穴上に渡した角材の高さになる具合に吊るされるのだ。上半身が穴のなかに隠れた時点で、腰の形に切り込みを入れた二枚の分厚い板が角材の上で合わされ、穴をしっかり塞いでしまうと、あなたは真っ暗闇のなかで自分と向きあうしかない。全身に縄を巻きつける(今日《こんにち》の**緊縛プレイ**を思わせる)のは、急激に血液が頭部に集中して死期を早めてしまうのを避けるため。同じ意図で、穴吊り処刑のまえには両側のこめかみに剃刀《かみそり》で切れ目を入れ、血が一滴ずつ滴り落ち、急な鬱血を起こさぬようにした。猿ぐつわを噛まされることもあるが、その場合は片腕を自由に動かせるようにする。そうすれば穴のなかに吊ってある鈴を振って、あなたがキリスト教への帰依を諦めると刑吏に告げることが可能なのだ。もし猿ぐつわをされていなければ、もちろん気がすむまで喚けばいい。こうしてクリストヴァン・フェレイラは足から吊るされ、上体は穴のなかという状態のまま五時間を過ごした。その間、生身の水時計と変身した彼には、額から血を滴らせつつ、苦痛に苛まれながらも己の人生の意味について考える時間があった。

言っておくと、穴には汚物が溜まっていた。現実的な話、彼以前の受刑者たちが棄教を拒んで数日間、あるいは数週間も吊るされていたとすれば、自らの排泄物で身体を汚すことになって当然である。その点につき、キリスト教文献は十字架上のキリストが尿を洩らしたかには触れていない。穴に溜まった排泄物の取得を一つ挙げるなら、それが放つガスに麻酔効果があったことだろう。受刑者の頭をボーッとさせ、いくらか苦痛を和らげたものと想像される。

真っ暗な穴のなかに豚のように逆さまに吊るされ、血を滴らせて呻くフェレイラ神父〔神父は司祭の尊称〕の姿が、あれからほぼ四世紀後、どこにもみつからぬ彼の足跡を追って長崎の街路や小路を歩きまわるわたしを絶えず追いかけた。彼が拷問を受けたのはまさにこの土地なのだ……。湿った緑に覆われる無数の山の斜面に築かれた町は、かつてはジャンク船が、今は暇を持てあましているような貨物船がいくつも浮かぶ大きな湾を、まるでサーカス小屋の観客席のように囲んでいる。そこを歩きまわるのもかなりしんどいことで、というのは幾世紀も経てきた石段を、ときには急勾配を上り下りしなければならないからだ。丘の頂上に、苔に覆われた灰色の御影石が並ぶ古い墓地がある。禅寺であるその晧臺寺《こうたいじ》の墓地に、棄教してからほぼ二〇年後の一六五〇年にフェレイラは葬られたはずである。彼は仏教に改宗したのだが、それは駆け引きだったのか、それとも信念に基づいてのことだったのか？

　わたしは杉林のなかでフェレイラの墓を探すかのように行動しているが、そこにないことは承知している……。しかし、こうして人間を圧倒する自然の暗い静寂のなかにひとりもどっていくのは喜びだ。墓石の上で鳥たちが鳴く。フェレイラの声ではなかった。

　わたしはハムレットのように脇によく本を抱えていた。その日はマルクスを魅了した『キリスト教の本質』、ルートヴィヒ・フォイエルバッハの著作だった。**転換**という考え方のせいで、わたしはフォイエルバッハとマルクスに思いを向ける。世界の大転換に先行して、地の天への従属を説いたユダヤ教、キリスト教、そしてイスラム教。悪名高い長崎の刑場、西坂の山でフェレイラを穴吊りにかけた行刑役たちがマルクスやフォイエルバッハを読んだはずがないのはあたりまえだ。だがフェレイラを逆さに吊るしたというのは、まるで彼らがそのことを見抜き予測していたということだろうか？　つまりそれが、ようやく彼に世界を正しく見させるための最も狡猾《こうかつ》なやり方ではなかったか？　穴に目を向けさせるために？　棄教から三年後、新たな雇い主（フェレイラは日本版の異端審問所に採用された）の求めに応じて日本語で書き上げた排耶《はいや》書（反キリスト教の書）『顕疑録』のなかで、元イエズス会司祭は、長いこと自分が「肩に板を担ぐ男が前方の景色を半分しか見ない」のと同じように「思い違いのなかをさまよっていた」と記す。禅のことわざ、井のなかの蛙《かわず》が縁石に区切られた範囲の空しか考えが及ばないという逸話と一致する。その蛙とは異なり、フェレイラは吊り穴のなかで根源的な精神の大変革を体験したのだろう、わたしはそう推測する。コペルニクス的転回である。一五八〇年にポルトガルのとある村トレス・ヴェドラスで生まれて以来、最初の誓願を立てた町コインブラ、そして一六〇八年、司祭に叙階される明《みん》国のマカオへと、彼の徐々に書き足されてきたキリスト教徒の**物語**がこの長崎で壊れる。物語の剝がれたページが散らばる穴の闇のなかにたったひとりにされて。「わたしの神よ、わたしの神よ、なぜわたしをお見捨てになるのか?」と。わたしたちの想念は、神の無関心を責める十字架上のキリストが逆上した(あるいは正気に戻った?)その瞬間に向かう。わたしの勘だが、フェレイラはむしろ「糞溜めなかで逆さ吊りにされているこのおれは、いったいここで何をしているのか?」と言ったのだろう。彼が吊り縄の先端で苦痛に身をよじって耐えたのはたった五時間だった。その点は念を押しておくが、彼が刑吏に救いを求めたのは、すでに心の密かな奥底で受けていた精神上の電気ショックに自分でもまだ気づいておらず、単に小便をしたかっただけのことかもしれない。**自分の小便で身を汚す**ことを、イエズス会士の、それも平の司祭ではなく日本全土をとりまとめる管区長の彼が受けいれたろうか? 同僚の会士たちは、彼が尊大な人物であると評した。不遜であるとさえ言われた。それは、気難しいことで名をなしたウセダ公、スペイン国王の寵臣にたとえられるほどだった。そう、フェレイラはたった五時間しか耐えなかった。男女を問わず子どもさえ、さらにヨーロッパあるいは日本のキリスト教徒、イエズス会やフランシスコ会、ドミニコ会、聖アウグスチノ会の司祭や一般信徒みんなが死ぬまで、ときには一週間も抵抗して果てたというのに。

一六三三年一〇月一八日、処刑の当日、フェレイラと並んで、燻製ハムのようにそれぞれの穴に吊るされたのは合計五人で、それはスペイン人のドミニコ会士ルカス・デル・エスピリトゥ・サント神父、スペイン人のドミニコ会修道院長アントニオ・デ・スーザ、シチリア出身のイエズス会士ジョヴァンニ・マッテオ・アダミ、そして日本人イエズス会士の中浦ジュリアンだった。人の話では、処刑開始から数時間後、ルカス・デル・エスピリトゥ・サント神父もフェレイラと同じように穴から出されたらしい。それは、マカオから来航して長崎湾に幾隻か停泊中のガリオット船のポルトガル商人らが得た情報である。もっとも、船上から遠眼鏡でその光景に立ち会うことも可能だった。西坂の山は湾に突き出る小さな半島を形づくっていたという(現在は湾岸が広げられ、かつての半島がコンクリートの市街のなかに埋もれてしまった)。ポルトガル商人はキリスト教徒でありながら日本との通商の継続が許されており、それは長崎の港のみへの停泊と、二〇年前から滞留禁止となり地下に潜伏している司祭らと一切接触しないことを誓約するのが条件だった。

夜になって、彼ら商人のうち二名がフェレイラとルカス・デル・エスピリトゥ・サントが移送されていた牢屋敷付近まで目立たぬように出かけた。牢屋敷といっても、それは町の中心部、十字架《クルス》町〔現在の桜町〕にあって、野天の竹矢来であり、家畜の囲い場のようだった。

「神父さま方、死など恐れるにはあたりません！　殉教者におなりください！　主イエス・キリストがちゃんとご覧になっております！」

強欲の輩《やから》が神さまの肩を持ったわけである。翌日、牢番たちが縛りあげられたルカス・デル・エスピリトゥ・サントを牢屋敷から元の吊り穴に連行していくのが見られた。だが、フェレイラは違った。彼は木造の広大な屋敷、奉行所に連れて行かれた。いったい何がそこで語られたのか？　それを証言する文書はない。役人から情報を得ようと無駄骨を折ったポルトガル商人たちは、イエズス会の日本管区長が結局は棄教したとはとうてい想像できなかった。キリストの栄光を称えるだけのために、日本で一九年間も潜伏していた人物なのだ。自らの信念をそんな短時間で否定できようか？　ガリオット船に銀やその他の品物を積んで出帆した乗組員たちは、フェレイラが奉行所に閉じこめられているのは、再び穴吊りにされるまでのあいだ、追加尋問をするためと思いこんでいた。彼はイエズス会の日本における指導者ではなかったか？　したがって全国に広がるキリスト教徒の組織網の全容を知っているはずである。その数、誇張なきにしもあらずとはいえ、ローマ教皇庁によれば日本の全人口二〇〇〇万人近くのうち、二〇万人がカトリシズムに改宗したという。しかし、そのあと棄教した者の数はどうなのか？　ヨーロッパ人司祭について言うなら、もはや一五名程度が森のなか、あるいは地下に潜っているだけである。フェレイラが拷問されて自分の確信を揺るがせ、それら最後の**無法者**を一網打尽にする新たな情報を提供するだろうと幕府は期待し、誰もがそう思っていた。複数のポルトガル商人も腹の底では同じことを思っていた。実際、彼らのぼろ儲けの商売は、宣教師の活動によって支障をきたしており、もし日本のキリスト教への怒りが反ポルトガルの憤怒となって広がろうものなら、それが根こそぎにされる危険性さえあったのだ。その年、長崎からマカオへは二〇〇〇箱を超える銀がポルトガルのガリオット船にて運ばれた。すなわち七〇〇万フローリン、莫大な額だった！　だが驚くには当たらない……。数十年前からポルトガル人が明で買った絹、生糸を日本で売り、毎年稼いできた額である。日本の商人たちはその貿易が中断される可能性を心配しているようだった。その貿易に必要な銀をポルトガル人に法外な利子で前貸しするのは、彼ら日本の商人だった。日本はペルーおよびスペイン領メキシコと並ぶ、世界で屈指の銀輸出国だった。

フェレイラの隣で穴底に鼻をこすらんばかりに吊るされている日本人イエズス会士の中浦ジュリアンは、そんなことはまるで考えてもみなかったにちがいない。なぜ中浦やほかの多くの者たちは挫けなかったのか？　七〇歳近い彼は、フェレイラよりも身体が脆かったはずだ。しかし、彼の信仰は厚かった（「わたしはローマまで行き、教皇さまにお会いしたのだ！」と刑吏に言い放ったという）。一方のフェレイラのほうは、数々の証言から推測できるのだが、刑に処されるかなり前から信仰心に亀裂が生じていたらしい。前述の排耶書のなかで、日本に足を踏み入れた当時、つまり三〇年ほど前に自分にとりついたその考え、「日本人の暮らし方を観察し、また儒教および仏教の真理を学び、そしてそれが意味するところの一〇〇〇分の一さえ理解しなかったにもかかわらず、わたしは自分の抱いていた幻想を後悔して改心した。わたしがキリスト教を捨てたのはそれが理由である……」と述べている。彼は恐れを感じたからそう綴ったのか？　日本のキリシタン取締奉行〔後に宗門改役《しゅうもんあらためやく》〕に、つまり彼の新しい主人に媚びるため、そのプロパガンダに与《くみ》するためだったのか？　あるいは、彼が長崎に着いた一六〇九年、おそらくそれよりもっと以前、リスボンから日の出ずる国に向かう旅の途中のインドのゴア、もしくは明のマカオに長く寄港していたあいだにも、すでに心の奥底で芽ばえた疑念のせいだったのか？　彼がポルトガルを出てアジアに向かったのは一六〇一年、〈日本の使徒〉ことフランシスコ・ザビエル――その著述を丸暗記するほど読みふけった――の六〇年後だった。彼も師と同じように、インドのあらゆる場所で偶像崇拝を打ち倒し、唯一神への真の信仰を広めるために闘ってきたのだ！

　彼は二〇歳。童貞だった。

人の世とは、何だ？　狂気だ。人の世とは、何だ？　まぼろしだ。影だ。幻影だ。
いかなる大きな幸福とても、取るに足りない。人の一生は、まさに夢。
夢は所詮が夢なのだ。

『人の世は夢』ペドロ・カルデロン・デ・ラ・バルカ、一六三六年
（岩波文庫、一九七八年、高橋正武訳）

フェレイラはどういう容貌だったのだろう？　肖像画は一枚もない。キリスト教会が名高い殉教者たちを多くのフレスコ画や絵、伝記などで聖人伝として称揚した反面、呪うべき背教者らについては隠してきた。そういった者たちのいったい幾人について、カトリック教会は山のような嘘と省略とでその記憶を埋めてしまったのか？　しかし、フェレイラの〝ケース〟は葬ってしまうにはあまりに有名になりすぎた。そういうわけで、わたしとしては彼の外見をかなり忠実に描くことができるのだ（どういう方法で？　それについては黙っておこう）。

背丈はむしろ高いほうで、一七五センチといったところ、薄褐色の目、肌の色はかなり濃く、顎を囲むような細い鬚《ひげ》、がっちりした骨格、意志の強さを示す顎先は割れている。読むときには眼鏡をかける……。髪は濃い褐色。歳がいっているわりに、白髪はまばらであまり目立たない。ともかく、棄教したあとは日本風に髪を結っていた。つまり、額から頭頂まで剃りあげてあった。鬢《びん》は長く後頭部に伸ばして紙紐で結ぶと、豚の尻尾のようになり、それを項《うなじ》から上に向けて折り曲げる。信仰を捨てた後、彼は日本人になりきったのではなかったか？　当然、日本人のように髷《まげ》を結い、

着物を着なければならなかった？　ローマにては、《シ フエリス ローマエ、》ローマ人のように生きよ、《ローマーノ ウィーウィトー モーレ、シー》ほかでは、《フエリス アリビー、》その土地の人のように生きよ《ウィーウィトー シークト イビ》。だからフェレイラは着物を着た（変装は得意だった。なぜなら彼は一九年間もの潜伏生活のあいだ僧衣《スータン》を捨て、黒の胴衣に白の襞襟《ひだえり》というポルトガル商人の格好をしていた）。

また彼は、長崎奉行の命により氏名も変えた。以後、彼は沢野忠庵と名乗る。長崎在の裕福な唐人の金銀細工師の名で、当人は密輸の科で磔刑にされていた。刑死した男の名と同時に、フェレイラは当人の家宅、そして菊という三〇歳の日本人妻も引き継ぐのだが、たいそうな美人だったという。当人同士が望もうと望むまいと、二人に結婚せよとの命が下る。しかも、結婚を具体的に成就**せねばならぬ**とのお達しだった。どう確かめるのか？　その点に関する記述はない。しかし長崎奉行——ということは将軍家光、江戸で日本に君臨する絶対君主の意向を体現する——の強権に反抗することなど可能だろうか？　**国益**を考慮しての婚姻というわけだ。ともかくこのイエズス会士は、しばらくすると菊に複数の子、二、三人を産ませたという。要するにフェレイラは、同胞として迎える名誉を与えてくれた日本国民に完全同化しなければならなかった。政治的意図は明らかだった。以前の存在すべて、聖職者にとって絶対であるべき貞潔の誓願まで放棄したこのインド諸国〔現在のインドおよび東南アジア〕におけるカトリック指導者の一人である元イエズス会士は、公然と裏切られたキリストに対する日本の神々の優越を示す生き証人となるのではないか？　まだいくらかいる救いようのない日本人たちについてだが、そもそも太陽が沈む国ということからもわかるくらい頽廃《たいはい》しきった西洋渡来の野蛮な宗教にまだ何かの値打ちがあるのかどうか、もう気づいて当然のはずなのに……。

結婚式はこれ見よがしの盛大さで執りおこなわれた。多数の日本人（日本にはどっさりいる）と棄教したヨーロッパ人たちが招かれた。長崎のいくつかある丘の一つ、立山の諏訪神社で結婚式は行われ、〝新郎新婦〟は宮司が注ぐ神酒《みき》の盃《さかずき》をおごそかに重ねた。町民を喜ばせ、また天皇を産みおとしたとされる太陽の女神、天照大神を崇めるため、奉納相撲やら猿楽、神楽舞が催された。舞ったのは丸山遊郭の遊女たちで、玉虫色の絹地で着飾り、厚く塗った白粉《おしろい》に鮮血を思わせる小さな唇とお歯黒、いずれも負けず劣らず魅惑的だった。その「バアル神の巫女の悪魔の美しさ」ときたら、一六世紀にＳＦＸのあとを追って日本に乗りこんだ最初のイエズス会司祭らの一人ガスパル・ヴィレラが、あの果敢なる預言者エリヤのように、自らの手で「彼女らの崇める偶像の足下で」首を掻き切ってやりたいほどだったという。

長崎はたいへんな変わりようだった！　一五七〇年頃、長崎はイエズス会により商館の町として興され、間もなく三万人近い住民――その大多数がキリスト教徒――を抱えることになる。「インド諸国の女衒《ぜげん》やら巾着切り、つまりすべてのごろつきが集まっていたが、全員がきちんと洗礼は受けていた」と、スペインの商人アビラ・ヒロンが語っている。実際、対ポルトガル交易の恩恵（一〇〇～一五〇パーセントもの利益が得られた！）に与《あずか》るにはキリスト教徒でなければならず、その目的で日本の領主の多くが改宗をし、領民にもそれを義務づけた。そして、一六一四年になるとキリシタン迫害が始まった。

その後、長崎にもうキリスト教徒がいなくなったというか、たとえ今日市内のあちこちに、縄で十字架に縛りつけられ、頭上には殉教者の金の冠を被せようとする小天使を従える見事なキッチュ趣味の男女像の慰霊碑を見るようになったにせよ、ほとんどは姿を消した。二〇一二年夏のある日曜日、わたしは街を東西に横切って長崎湾に流れこむ中島川河岸を散歩していた。突如、わたしは日本では初めて教会の鐘の音――四世紀前、将軍の命により町に十数堂あった教会が破壊されて以来、鐘は沈黙した――を耳にし、少なからず感傷を覚えた。そのあとは、キリスト教を根絶やしにするまで二〇年もかからなかった。生きのびたわずかな信者は地下に潜伏し、信仰を密かに持ちつづけた。一七世紀も三〇年代になると、いたるところキリスト教会の廃墟で**偶像を崇める悪魔の信仰**が勝ち誇る。しばしのあいだ、わたしは中島川にかかる小さな石橋の欄干に肘をつき、流れに漂う落ち葉を目で追った。二連のアーチを持つその橋が川面に映るさまは眼鏡のようで、そこから人は眼鏡橋と呼ぶようになった。**後に壊滅的な損害を被った**この街で、一七世紀の建造物が残されているのはここだけである。わたしはまた、クリストヴァン・フェレイラがこの橋を何度となく渡らなかったはずがないとも思った。彼の足跡の少なくとも一つくらいは、わたしも歩を重ねたはずだ。

そういうわけで沢野忠庵こと元フェレイラは、自分の結婚式、つまり背信行為に臨んだ！　祝宴（結婚式のあと、諏訪神社内の一角に宴席が設けられた）を共にする仲間と乾杯を交わしてはいたが、何かがわたしの胸の奥底で囁《ささや》く、お祭り気分に混じってフェレイラは密かな違和感にとらわれていただろうと。〝落差〟、〝分裂《スキゾ》〟といった感覚である。夫婦が盃を交わす瞬間、招待客の一人はフェレイラの目に錯乱に似た光が走ったように思ったそうだ。その招待客は荒木トマスで、荒木了伯ともいい、フェレイラの親しい日本人の友人、彼も背教者だった。どちらも〝裏切り者〟だから、仲が良いのは当然である。

新婦は美しすぎるのではないだろうか？　神社を照らす提灯《ちょうちん》の明かりが束の間、金、銀、銅色の反射となり、桃色の絹地の上を流れ、彼女の美しさをいや増しにする……。すべて夢幻のように……。フェレイラは棄教すること、すなわち自分の世界を、言葉を、習わし、思考の方法を変えることを**選んだ**のだが、じつはそれが自分ではなく、もう一人、得体の知れぬ力を持つ者——神だろうか？——が彼に代わって**選んだ**のではないかとの印象を拭《ぬぐ》えずにいた。そのすべてをお膳立てしたのは誰か？　彼は自分の人生を生きていたのか、それとも人生に〝生かされていた〟のか？　絶壁に向かって手を引かれる子どものように？　そばで畳に座っている〝妻〟の菊を見るが、赤く縁取りした目と眉を剃った上にかいた漆黒の引き眉、そして奇妙に黒く塗られた歯を覗かせる白チョークをまぶしたような表情から何を理解すればいいのだろう？　その無表情さは、生身の人の顔というより木彫りの能面であった。あるいは、彼のうかがい知れぬ妻の表情の一つ？　彼はいったいどういう舞台で、どういう役割を〝神父後〟に演じ**させられる**のか？　一つの夢から覚め、新しい夢のなかへ、もう一つの幻覚のなかへ滑りこむ。

不思議なことに同じ時期、遥か何千里も離れたマドリードで、すでに名の知られたスペイン人の作家ペドロ・カルデロン・デ・ラ・バルカが『人《ラ》の《ビーダ》世《エス》は夢《スエーニョ》』を出版している。これは、『黄金伝説《レゲンダ・アウレア》』に登場するヨサパトの人物像を介して伝えられる世の儚《はかな》さと虚しさという仏教の概念に間接的な想を得たものと、後に人が言うようになるバロック期の戯曲である。ヨサパトは、いわば釈迦のキリスト教風リバイバルなのだ。

フェレイラは〝わが〟妻の手をとる。生温かかった。したがって、幽霊の手ではない。悪魔の手でもなかった。悪魔は硫黄の臭いがするはずなのに、菊は素馨《ジャスミン》でかぐわしくしていた。

一六三四年春のマカオ、ポルトガルのガリオット船が長崎から帰航して間もなく、日本管区長の司祭が拷問されたあと穴吊りの刑に処され、**栄光のうちに殉教したという噂**が広がった。フェレイラの友人でイエズス会修道院長と巡察師を兼ねるアンドレ・パルメイロは、マカオを見下ろす丘にある聖パウロ教会（今日ではバロック様式のファサードしか残っておらず、ほかは火事で焼失してしまった）の庭にオリーブの木を植えることを決めた。庭には同じオリーブが一〇〇株ほど植わっており、それぞれ明あるいは日本で棄教を拒んで殺されたキリスト教信者を象徴していた。その幾人かは福者の列に加えられた……。ところが、〝栄光〟とは似つかわしくない色々な新しい噂（とくに、これ見よがしになされた結婚式のあと）がシャム〔現在のタイ〕やチャンパ〔現在のベトナム中部から南部〕、フィリピン、安南〔ベトナム北部から中部〕、タイオワン（台湾）、コーチシナ〔ベトナム南部〕、バタヴィア（ジャカルタの旧称）を経由してマカオに、それから海を渡る日月を経てヨーロッパのリスボンやらマドリード、ローマ、そこからはね返って一年もしくは二年後にはメキシコとリマにまで広まりはじめていた。「イエズス会日本管区長が背信した。クリストヴァン・フェレイラが棄教したぞ！」と。彼の遺徳を称えるための新しいオリーブの木が聖パウロ教会の庭に植えられることはないだろう……。恥を晒したのはポルトガルであり、イエズス会であった（多くのイエズス会およびポルトガルの敵が頭巾の下でほくそ笑んだ）。だが、噂の全部が確かだというわけではない。はっきりさせる必要があった。それが、港町マカオの政府に等しい元老院における熱っぽい議論の一つだった。元老院には選《え》りぬきの名士のほか、商人や王臣もいた。結局、次の決議をする。翌一六三五年に中国産の絹地を積んだポルトガル船が日本に向かう際、「慎重かつ目立たぬ」者らを派遣し、長崎にて「フェレイラ事件」を調査のうえ、できれば本人への尋問をしようというのである。事実を告白させなければならない。光あれ！

なぜなら日本が、まことにヨーロッパにおいて普通であることの正反対の世界と言えるからです。食べ物から衣服、名誉、儀式、言葉などすべてが違っている、正反対なのです……。しかしながら、すべてがヨーロッパとは逆であり、同時に彼らが自分たちの祭儀や習慣をこれほど理性的な文化体系に整える方法を知っていたのを見ることは、それを理解できる者にとっては、ありふれた感嘆の動機とは違っているのです。

Relation missionnaire(イエズス会宣教報告)、
イエズス会士アレッサンドロ・ヴァリニャーノ、一五八三年

見たところフェレイラは、長崎奉行が彼に供与した家に住み、美しい妻のみならず、キリシタン取締奉行所の目明かし、言い換えればスパイあるいは〝たれこみ屋〟という役職まで与えられ、幸せな日々を送っているようだった。給与は年一〇〇両、イエズス会が司祭に払う額の五倍。つまり、彼は〝得した〟ことになる……。家は浦上川の河岸、五島町にあった。家からは湾が眺められ、蝙蝠《こうもり》の翼を思わせる奇妙な帆のジャンク船がひっきりなしに動きまわり、日本とシャムやフィリピン、インド、インドネシア、明国のあいだを行き来する船員らの姿も目に入った。昔風の造りで、この国のすべての家と同じ木造だった。とくに豪勢なところはひとつもない。四間あって、平屋である。前方、河岸に向かって縁側があり、裏は小さな庭で、どこにもあるような植木と流水、小橋があしらわれている。床は畳敷き、家具のない四間は白っぽい襖障子《ふすましょうじ》で仕切られていた。

低い机の上にはインク壺と羽根ペンを入れた硯箱《すずりばこ》と

和紙が置かれ、ひとり〝書斎〟の畳に座ったフェレイラは、夕暮れで色濃くなった小さな稲佐山が眼下の湾を暗くしていく様を眺めていた。重苦しいほどに低い空は黒ずんでいる。稲妻が走った。突如として、空が満々と水を満たした水盤をひっくり返したようになった。生温かい雨が堰を切った洪水となる。梅雨である。

彼が〝仕事〟をしていると、妻は決まったように熱い茶と果物や干し魚、あるいは漬物を持ってきてくれた。フェレイラに対し、彼女は従順で、優しさすら感じさせる。人間、逆境にあっても挫けてはいけないと言うではないか。長崎奉行の今村伝四郎に扮した宿命、あるいは宿命に扮した長崎奉行の厳命によって、五十代の老人でしかも南蛮人、もっと悪いことに転びバテレンに嫁がされたのだった。でも、不平など言えようか？　彼女はもう三〇歳だった。ほかのいったい誰が三〇の寡婦を娶《めと》ろうなどと思うだろう？　日本で女はあり余っていた。三両も払えば、年貢に苦しめられている農民の親に売られた、年頃になったばかりの娘を三年間だけ預かることさえできるのだ。そんな娘たちが遊女屋には余るほどいる。

しかしながらフェレイラは、自分がそのなかで生かされているスエーニョ〔夢〕が遅かれ早かれ悪夢に変わるだろうと覚悟していた。彼の弁明を要求する〝者〟が現れる。まずはイエズス会だろう。会は絶対に諦めない！　彼はその戦いに備えておかなければならない、防御、それに攻撃も。

フェレイラは毎日のように書斎に座りこみ、前述の排耶書を書くための情報を集めはじめた。一年後にその冊子が出回ると、それは彼の棄教に関する醜聞が日本をはじめアジア全域に伝わったときの比ではなかった。棄教するだけで足りず、呆れたことに、堂々と正当化までするとは！　彼の人格自体が破廉恥そのものだ。**罪を来らす者は禍である**、それが彼だった。余分になった人間。

自著のなかで彼が最初の攻撃目標に選んだ聖書上の〝砦〟は、キリスト教ならびにユダヤ教の支柱である十戒、それも特に第一の戒律「わたしのほかに神があってはならない」であった。それは日本の全キリスト教徒に反逆を勧めていることと同じではないか？　一六世紀になって日本人がキリスト教に改宗をするようになったとき、異国人司祭によって過激化された日本人キリスト教信徒は仏像を破壊し、寺院を燃やした。「異教徒の国で、キリスト教の教義は民衆を反抗へと駆りたてるが、それは体制転覆の始めである」と、フェレイラは書いた。

「忠庵さん」

フェレイラはふり返り、衣擦れの音とともに膝で畳の上をすり寄ってくる妻を見た。

「玄関に異人さんが来ていて、あなたに会いたいと言ってます。客間にお通ししておきました」

フェレイラは全身の血が凍るように感じた。それと同じ不安と恐れを、穴のなかに頭から逆さに吊るされ、縄に身体と足首を切断されそうに思い、そばにぶら下がっている鈴を鳴らして刑吏を呼ばざるをえなくなったときに感じた……。

「異人？　どこの国ですか？　ポルトガル人、それともスペイン人、イギリス人かな？」

「わたしにわかると思います？　あなた方の言葉はちんぷんかんぷんですもの」

二人は日本語で話す。フェレイラが流暢に話せたのだ。ただ書くのには苦労する。たとえば日本語で何かを書こうとする場合(例の小冊子とか)、ローマ字で綴ったものを、仲間の通詞が普通の日本語に書き換えるのだった。菊は亡夫から中国語を習ったが、ほかの異国語は話せない。異国人のほとんどの日本人妻と違い、彼女は枕元で各国語を覚える丸山遊郭の出ではなかった。ちょっとした名士の娘であり、唐人の金銀細工師は多額の金を結納の名目で支払った。

「あいつらだな」フェレイラはつぶやいた。

いつか近いうちに〝正念場〟が訪れること、それが夏の雨季の風が吹く、まさにこの七月だということもわかっていた。その季節風を利用して、マカオのガリオット船が日本にやって来るのだった。そして、四、五隻がすでに到着していた。それらの船上には、彼との接触を試み、尋問のうえ〝釈明〟を求めて責め立てろとの使命を帯びた者たちがいることは明らかだった。だがそんな彼らが、どうやって夜中に彼の家までやって来られたのか？　長崎町内は子《ね》の刻、すなわち午後一一時過ぎ、どの通りも閉じられる。町内にぜんぶで八八本の通りがあった。その両端には木戸があって、番人が見張っている。昼は開いており、夜間は閉まる。夜中に通りぬけようとすれば、代官発行の往来手形がいるはずだ……。

フェレイラは立ちあがり、重苦しい気分のまま書斎を出た。薄い鹿革の足袋《たび》で畳の上を歩くと、音はほとんど聞こえない。客間に入ったとたん、滑稽であると同時にぞっとするような光景が目に飛びこんできた。背が高く太って髭《ひげ》を生やした男がひとりいて、ポルトガル風の黒いマントに大きなビーバーフェルト帽を被っている。男は立っていた。部屋は狭く天井も低いので、男が巨人のように見えた。帽子の羽根飾りはぐっしょり雨に濡れ、輝きを失っていた。マントもずぶ濡れになっていた。

「こんばんは。んー……神父……さま」

挨拶のなかの神父さまという言葉にひどくためらいを見せつつ、訪問者は目の前の頭を半分剃った茶色の着物姿の奇妙な司祭をじろじろ観察する。イエズス会の司祭にしては変な頭の剃り方じゃないか！　フェレイラのほうも敵をにらみつけ、頭のてっぺんから爪先まで注意深く見て、とくに黄色いコルドバ革の巨大な長靴に目を留めた。泥だらけ、やはりずぶ濡れの長靴は滴る泥水で畳に水たまりをつくっていた。

「わたしはドン・マヌエル・メンデス・デ・モウラといいます」と男は言い、お辞儀をしながら帽子を脱ぐと、それを挨拶のためにくるくる回転させたものだから畳にまた水が散った。

相手の長靴を見つめたまま、フェレイラは訪問者に詰問をする。

「インド諸国には長いのかな？　どうも違うようですな……。日本ではここ数年前から雰囲気が相当に変わってきているのを、ご存じかな？」

責めるように指さし、フェレイラは長靴の周囲にできた水たまりを示す。

「これにはじつは、えー……」訪問者はしどろもどろに答える。「わたしの駕籠《かご》を担いでいた者たちが、ここへ向かうあいだに滑って駕籠がひっくり返り、わたしは落ちてしまった。そういうわけで、靴が汚れ……」

「日本では、きちんとした家に長靴のまま入ったりしないのだ」フェレイラが厳しく言いわたす。

それから、軽蔑をこめた口調で命じる。

「長靴を外で脱いで来なさい！」

それより二〇年前のこと、スペイン大使セバスティアン・ビスカイノが江戸城にて長靴と帽子を脱いで将軍に謁見するのを拒むという、まさに時代を画する出来事（前記のような事態が起こるたび、フェレイラはその逸話を話題にした）があった。当時の将軍は徳川秀忠で、現将軍家光の父親であり、正確には一六一一年のことだった。謁見を控え、儀礼についてのやりとりが延々と続く。日本側および大使側の顧問団が論議の応酬をくり返す。

「わたしは、そもそも世界で最大の力を持つ君主、アラゴンならびにカスティーリャ両王国をはじめ、フランドルからアルトワ、ブラバント、エノー、ルクセンブルク、フランシュ＝コンテ、ミラノ公国、ナポリおよびシチリア両王国、サルデーニャ、セウタ、メリリャ、オラン、アンティル諸島、ヌエバ・エスパーニャ（メキシコ）、そしてペルーを支配する王の代理ではなかったか？」とセバスティアン・ビスカイノは言った。

スペイン国王はポルトガルの君主も兼ねるので、インドをはじめ、アジアおよびアフリカ諸国にある同王国の海外商館、言うまでもなくブラジルのそれにも君臨する。ついでながら、ポルトガルとスペインが一五八〇年以来、共通のカスティーリャ人の王――カスティーリャが隣国ルシタニア〔古代ローマ時代のポルトガル、スペイン西部の呼称〕を乗っ取っていた――を戴きながらも心底嫌悪し合っていることはつけ加えておくべきだろう。現在の王はフェリペ四世、フェリペ三世の退化した息子であり、三世自身もフェリペ二世の退化した息子、その二世もカール五世の退化した息子、いずれもハプスブルク家の出である。彼らの広大な帝国領では、太陽の沈むことがない。ある日、全世界はスペイン領のカトリック国になるだろう。それが教皇の、すなわち地上神の軍事力であると自任するこの世襲君主たちにとっての明らかなる**召命**だった。新たに**選ばれた民**の首領！　全世界の教会の長！（フェリペ二世は自分を〝新ソロモン王〟と呼ばせたのではなかったか？）

しかしアジアでは、スペインとポルトガルは足の引っ張り合いを続けていた。スペイン支配下のマニラは、ポルトガル影響下にあるマカオの豊かな商業活動をうまく手に入れたいと夢見ていた。日本は両国を天秤にかけ、ポルトガルとの交易からと同時に、スペインからも利益を得ようと試みていた。要するに、マニラにとどまらず、メキシコ西海岸のアカプルコとの交易も望んでいたのだ。それは、日本とアメリカ大陸間の直接取引を打ち立てたいという秀忠の父親、つまり家光の祖父である初代将軍徳川家康の夢であった。銀は豊富にあったにせよ、日本も高地ペルー〔現在のボリビア〕のポトシ銀山の驚くべき生産力の恩恵に与りたいと考えていた。それが理由で日本人は、酒を水で割ること〔葡萄《ぶどう》酒を水で割るという言い回しは、いたずらに好戦的になることを抑えるの意〕を受けいれ、不本意ながらも大使セバスティアン・ビスカイノが将軍居城の侵すべからざる畳の上を長靴で歩くのを許したのである。大使の弁護のために補足しておけば、彼はとても清潔で美しい白の編み上げ靴を履くようにしていた。だが長靴であれ編み上げ靴であれ、それで将軍家の畳の上を歩くというのはやりすぎであった！　スペイン流の不遜さと、それに一歩も譲らぬ日本流傲岸さの対決、誇り vs. 誇り、漢気《オンブリア》 vs. 日本男児《オンブリア》！「日本人とは東洋のスペイン人である」と、当時のイエズス会士バルタサル・グラシアンは書いた。

ビスカイノは気づくべきだった。彼の外交儀礼上の行き過ぎがごく短期間のうちに、日本におけるスペインの利益を打ち壊してしまう。スペイン人というのは、実際、手に負えぬほど誇り高い！　いったい何を夢見ているのか、かつてメキシコを破滅させたときのように、日本を征服のうえ破壊しようというのか？　「鉄器を使うことすら知らなかったあのアメリカ大陸のインド人ら」を相手にするよりもっと簡単に、あの侍たちを打ち負かせると思っているのだろうか？　まず侍どもはわれわれの剣の切れ味を味わうことになるぞ、と！　やはりスペイン人には何も期待してはならない、あの忌まわしい征服者《コンキスタドール》の手合いでしかないのだ！

大使ビスカイノの訪日から一〇年後、日本在住のスペイン人すべてが日本人妻とのあいだに生まれた混血の私生児とともに、日本から永久に追放される。幾人かの背教者（タタミ化した、とわたしは表現しよう）を除いてではあるが。そして全国の町に仰々しい高札が立てられ、長靴もしくはそのほかの種類の靴を履いたまま官民の屋内に上がってはならないとの禁令が出された。しかしながらポルトガル人に対しては、同じ国王を戴いてはいたものの、日本の習わしに慣れており、柔軟性も持ちあわせていることから寛容な扱いが続いた。いくつか日本人との共通点、ことにメランコリーに溺れる傾向が情状酌量されたのか。


「わかりました、神父どの、しばし失礼！」

ドン・マヌエル・メンデス・デ・モウラ氏は濡れそぼったマントを翻し、三歩ほど玄関の方に向かう。外には奴隷――おそらくアフリカ人だろう――が、生温かい雨のなか、上半身裸のまま地面に置いた駕籠に腰かけ待機していた。主人の合図で、その長靴を脱がせ、フェレイラはその光景を玄関の戸口から観察する。それから二人は低い文机を挟んで座り、フェレイラは日本風に正座をし、マヌエル・メンデス・デ・モウラは勝手な格好で座った。フェレイラは、相手が大きな尻の下に足を隠そうと苦労しているのに気がついた。長靴下の左右どちらも親指の辺りに穴があいており、その汚れよう、そのひどい臭さは言うまでもない。日本に来たばかりの異国人がよくやらかすへま、〝ありきたり〟すぎて笑いの種にもならない。

「わたしは船隊司令官《カピタン・モール》ドン・ゴンサルヴォ・ダ・シルヴェイラによりあなたのもとに遣わされた者です」と、マヌエル・メンデス・デ・モウラは重々しく言いだした。「司令官本人が移動するのは無理なため、これは理解いただけましょうが、あなたご自身が船まで会いに来てくださることを希望しています……」

「しかし今晩、あなたはどうやって拙宅まで来たのですか？　この時刻、町中の木戸は閉まっていたでしょう！」

「往来手形を持っているのです」

すぐポケットから小さな茶色の板を出し、それには朱の文字が書かれており、その木札をフェレイラに見せた。

「あなた方が奉行所と良好な関係にあることがわかります。おそらく長崎奉行の今村伝四郎に金を握らせたんでしょうな。届け物、ことに明国の絹地には目がない御仁ですから」

一六三三年一〇月一八日、縄でぐるぐる巻きにされた彼を穴吊りの穴から引きあげ、奉行所の建物まで連れかえった際、もし棄教をするなら**あらゆる保護**（それが最も重要な取引の一つだった）を与えようと奉行は断言したのだが、それはかつての同胞ポルトガル人およびキリスト教関係者が彼に危害を加えるのを阻止することだろうと理解していた。取引のなかでもその重要さを考慮して、長崎奉行所の役人ら数十人が注視するなか、彼は手前の地面に置かれた真鍮板《しんちゅうばん》を右の素足で踏みつけたのである。真鍮板には、十字架上の主イエス・キリストが浮き彫りになっており、額を締めつける荊冠を載せた頭を右側に傾けていた。足の裏が磔になった神の子の顔に重なりはじめたとき、ほんの一瞬だけフェレイラが感じた目のくらむような印象を、その光景を頭に描くわたしも等しく感じたように思った。茶色の修道衣のようなものを着せられたフェレイラが立っている。ひどく汚れているのは自分が垂れ流した小便にまみれたからで、五時間の穴吊りで鬱血した顔も血まみれ、足首とひかがみには、苦難が長びくにつれて締めつける縄で肉の割かれた傷口がいくつも見えた。奇妙なことに、わたしがフェレイラの相貌になりかわり、仮想的に神の化身の顔を素足で踏みつけると、そこでわたしは罪深い快感、性的で、おそらく倒錯でしかない何かを感じたのだった。

一七世紀の二〇年代末からだと言われるように、日本で絵踏み――聖なる絵を踏みつけること――が強制されるようになった。すべての棄教者に、その転宗の真正度を証明するため義務づけられていた。だがしばらくすると日本人全体にも適用され、それは国内にキリスト教の痕跡すらなくなったあとも変わらず、二世紀も続けられた。しかもその義務は乳呑み児までも対象となったから、母親がわが子の小さな足に手を添えて神の冒瀆へと導いた……。

日本の元日――今の二月――には、健常な者も病人もこうして群れをなして自家の属する寺に出向き、それぞれが公衆の面前で絵踏みをしなければならなかった。その習わしは時を経るにしたがい、一種の陽気な、じつに和やかな祭事となっていった。女たちは一張羅で着飾り、とっておきの日傘に、念入りに化粧して集まった。寺の門前で行列をつくりながら、近所の男たちは、たとえば米の値段が上がったとか下がったとか、女はといえば、いちばん新しい情人の自慢話などをする。それに加え、あちこち子どもが走りまわる。

かつて聖フランシスコ・ザビエルおよびその弟子たちが救済せねばならないと思った民衆は、こうして偶像崇拝の暗闇のなかへと永遠に戻ってしまった。

〝このろくでもないメンデス・デ・モウラに木札を渡したからには、奉行の今村は、わたしをあのまぬけなポルトガル人どもから保護するという約束など気にもかけていないということか……〟と、フェレイラは訪問者が見せる朱の文字の書かれた茶色い木札を見ながら思った。

すでにフェレイラは、同胞のポルトガル人を自分とは異国の人間のように呼ぶ。

〝それに、わたしをマカオ元老院の顔役の行政長官ゴンサルヴォ・ダ・シルヴェイラが率いるガリオット船隊までおびき寄せよう(ずいぶん甘く見られたものだが)というのだから驚くではないか！　ポルトガル人どもの望みは何か？　買収した長崎奉行に加担させ、わたしを拉致しようというのか？　この悪党どもはわたしをインドへ送りかえし、ゴアの異端審問所に突きだすのを夢見ているのだろう！　わたしが黄色い懺悔服《サンベニート》を着せられ、忌まわしい異端者やイスラム教徒、ユダヤ人などといっしょに薪の上で火炙《ひあぶ》りになるのを見て喜ぶつもりなんだ！〟

一六世紀半ば、聖フランシスコ・ザビエルはアフリカを始めに、ガリオット船が錨《いかり》を下ろすインドやインドネシア、モルッカを巡り、各地で群れをなして集まってくる偶像崇拝の異教徒を数万人ずつ腕が痛くなるまで洗礼を施し(ザビエルはある日、信徒に聖水をかけるという手早い方法を思いついた)、そのあと不可侵だった日本の地(当時の版画に見られるように、汚れた爪が鉤状に伸びた)に足を踏み入れ、彼は喜んだ。東洋の最も端にあるこの国は、それまでイスラム教およびユダヤ教の影響で汚染されていなかったからである。罪なき異教徒〔異端と違い、カトリックに改宗可能な多神教信者〕しか住んでいなかった！　未開拓の地、白紙同然……。どこでもほかは、ことにインドにおいて顕著なユダヤ人あるいはユダヤ教からの改宗者《コンベルソ》、マホメット教徒〔イスラム教徒の古称〕、アジアにまで足を踏み入れた使徒トマスの弟子と言われる異端のシリア・カトリック教徒らが数えきれないほどいた。さらにプロテスタントも加えるならば……。ゴアに異端審問所が設けられたのは、ＳＦＸが切迫した書状を送ってスペイン国王に頼んだからだ。また話を戻すと、これほど礼儀正しく優雅で知的好奇心も旺盛、たいへんに貧しい農民であってもそれが日本人というものであり、この高名なイエズス会士の目には、彼らが**白人**になる素質を備えていると見えた。白のなかの白、あの美しい和紙のように白の白。わたしが言っているのは、白人よりさらに白いということで、ヨーロッパ人の肌色は緯度によって人形のような桃色から褐色と様々だからである。次の科学的に重要な発見は一九世紀を待たねばならなかった。中国人と日本人は**黄色人種**であり、ほかのアメリカ大陸やアジアのインドはどこも、カナンの嫌悪すべき輩〝黒人〟である、と。だいたいベンガルもしくはモザンビークの黒人たちが、肥大漢の髭を生やしたイベリア商人を椅子駕籠に乗せて運んだり、あるいは彼らの頭上に大きなキタソル、つまり日傘をかざしたりしているところが当時の日本の絵屏風で見られるではないか。奴隷たちも、銀塊と同じように地球の端から端へと行きわたっていたのである。その取引は、桂皮《シナモン》や丁字《クローブ》を扱うよりも荒稼ぎができた。

ある種の恐れにとらわれていたフェレイラは、文机の向こうの畳に座るドン・マヌエル・メンデス・デ・モウラの正面にいながら、まだとても目と目を合わせる気にはなれなかった……。怖かった。だが、恐れを気づかれまいとした。それで目を上げ、いくらか俯きかげん——イエズス会でしつけられたその習性は、まだ消えていなかった——ではあったが、敵と対決しようと決意する。目の前にいるのは、人の顔というか、獣のそれだった。毛細血管の浮いた大きな目のなかの黒い瞳が、膨れて角張った顔の中央にあった。憎悪をみなぎらせた目はフェレイラに照準を合わせた二連装のマスケット銃のようだ。フェレイラはいくらか雰囲気を和らげるつもりで質問をする。

「マカオのわたしの友人たちは元気ですか？　巡察師アンドレ・パルメイロ神父からの便りもないので……」

〝ひょっとして、わたしを試すか罠にはめるために……〟とフェレイラは思案する。〝このメンデス・デ・モウラに往来手形を渡したのではあるまいか？〟

ヨーロッパ人、なかでも彼の同胞ポルトガル人と会うことは、たとえば通詞の用命が下される場合を除き、禁じられていた。過ちは許されない。向こう三軒両隣の住人が彼の一挙一動の連帯責任をとらされるからだ。そもそもそれが長崎ないしほかの地に住む日本人の宿命だった。その掟に少しでも逆らおうものなら、張本人の隣家五世帯の住人は男女を問わず、子どもであろうとも死罪を言いわたされ、何ら抗弁も許されずに西坂の山で首を刎《は》ねられた。そのうえ妻の菊でさえ、近所の人々に対するスパイにならぬわけにいかなかった。日本をよく知る彼は、菊が乙名《おとな》、つまり町の地役人の頭《かしら》に定期的な〝報告〟をせずにすませられるとは思わなかったし、その報告が奉行にまで上げられることもわかっていた。幕府はその砦を国民一人ひとりの心のなかにまで築いていたのである。当の菊は、いつの間にか豪華な深紅の絹地の装いに衣替えをしており、二人の男が向かいあって座っている机の上に酒と肴《さかな》、酢じめの魚とわかめを運んできた。マヌエル・メンデス・デ・モウラは、憎悪と軽蔑を露わにした視線を菊に向けながらフェレイラの質問に答える。

「あなたの友人の巡察師アンドレ・パルメイロ神父さまはお亡くなりになりました……」

「亡くなった？」

「ほんの数カ月前。そして、その主なる原因はあなたにあります。マカオで、寄港する旅人に話を聞き、**あなたの**背信が明らかになったとき、神父はあなたの罪を贖《あがな》おうと断食と極限の苦行に身を捧げられたのです。鞭打ち苦行《ディシプリナ》でした！」

（最初、パルメイロはフェレイラ棄教の話を信じなかった。たしかにフェレイラは、牢屋から巡察師に宛てて聖なる決意に溢れる秘密の手紙を送っていた。「牢屋に繋がれたわたしたちイエズス会士は一一名おります……」と彼は書いた。「そして、わたしたちは勇気と願望に満ちて**その時**を待っています」）

「パルメイロ神父は毎晩のように自らを鞭打っておられました……」メンデス・デ・モウラは続ける。「血まみれになるまで。あのお年を考えるなら、それは死期を早める一つの方法だった。けれども息を引き取られる間際、神父は聖パウロ教会の庭に植えられた殉教者慰霊のオリーブのうち最も新しい木の横に、一つ場所をあけておくよう望まれた。もしもあなたが……」

そう言うと同時に、メンデス・デ・モウラは元イエズス会士に非難をこめて指さした。

「……もしかしてあなたが公式に棄教を否定したときのためにです。ということは、あなたが神のより大いなる栄光のため、われらが巨大にして果断なる殉教者の部隊に加わることを受けいれたときのためにです……」

〝そうだったのか、わたしが死んでしまうこと、あの穴のなかに戻っていくことを彼らは望んでいる〟フェレイラは思った。しかしながら、刑場の穴のことを考えるだけで恐怖にとらわれてしまうと、彼はあるとき知り合いの商人に明かした。

「どうして、いったいどうして……」と、マヌエル・メンデス・デ・モウラはまたしても菊（フェレイラの後ろに正座して控えており、その無表情な白い顔は永遠なる従順さを示すかのように俯いている）に侮蔑の視線を向けながら続ける。「……どうしてイエズス会日本管区の長ともあろうクリストヴァン・フェレイラ、四つの誓願をしたあなたが、塵芥《ちりあくた》にまみれて転がるようなこと、衆目に晒されながら……結婚式など挙げたのですか？　スピーリトゥス　クウィデム　プロンプトゥス　エスト、カロ　アウテム　インフィルマ〔心は燃えていても、肉体は弱いものだ〕！」

次に客は、地獄の炎のように赤い菊の着物を指さした。

フェレイラは背骨に沿って冷たい汗が流れるのを感じた。マヌエル・メンデス・デ・モウラはひどく変わった人物だった。激情に流されるところ、狂信的な憎悪の閃光を放つ目が違う。この男は自分で言うようなただの世俗人、ただの役人のはずがない……。

「この……この女はわたしの身の回りの世話をする者です」元イエズス会士は同意を得るように菊をふり返りながら嘘をつく。「この女が女中を使い、料理や家事をしてくれるのです。いっさい……うーむ……肉体的な関係にあるわけではない……」

彼は十字を切った。

「あなたの婚姻についての噂はマカオまで聞こえていますぞ……」

「それは悪質な陰口が伝わったにすぎない！　だいたい偶像崇拝の行われているこの地には、婚姻というものが存在しない……」と言ってから、フェレイラは意味深長な声音でつけ加える、「少なくとも、**秘蹟**という形式では」

「棄教を思い返されよ。というのは、あなた着ているもの、この女とその悪魔のように厚化粧をした顔、こ……このイゼベル〔妖女。〈ヨハネの黙示録〉二・二〇〕、わたしがここで目にするすべては、まだいくらかわたしたちが確信を持てずにいたあなたの棄教を裏付けているからです。神父どの、殉教者として栄光の死を選んでください、神に感謝を《デオ・グラティアス》（そう言うと、こんどは彼が素早く片手で十字を切る）、われわれの新たな聖マルケリヌス〔棄教の後に信仰を取り戻し、三〇四年に殉教したローマ教皇〕におなりなさい！　もしアンドレ・パルメイロ師の死に責任を感じるのなら、そのように償えばいい、あなたにまだ良心が残されていればの話ですが……」

〝この男は司祭だ、世俗人を装う司祭……〟フェレイラは思った。〝わたしのところにイエズス会が送りこんできたのだ。どこを見ても司祭、まさに司祭臭ぷんぷん、ひょっとしてゴアの異端審問所から送られてきたのか？　しかし、マカオの元老院がそんな危険を、変装した司祭を送りこむような危険を冒すだろうか？　もしそれが長崎奉行の耳に入れば、たいへんな外交問題を引きおこすだろうし、外交中断、それもポルトガルおよびマカオとの全面的な国交の断絶、つまり交易の完全な終わりを意味する……。いや、この男がほんとうの司祭とすれば、イエズス会はポルトガル政府にも実の身分を知らせずに送りこんだにちがいない〟

「しかし、神に見捨てられた哀れなわたしに何ができるのです？」フェレイラが卑屈な口調で言う。「聞いたところでは、受刑者のうちある者には、天使が訪れて苦痛を和らげてくれたそうです。わたしはと言えば、ひとりだった。真っ暗闇の地獄を思わせる瘴気《しょうき》のなかでたったひとり、まったくひとり、ほんとうにひとりだった！　あれほどの孤独、**神のいない**世界の孤独感に襲われたことはない……」

「それは神への冒瀆でしょう、し……神父どの。あなたをまだ神父と呼んでもいいものか……」

「しかし、神に見捨てられたとしても、哀れなわたしのような者であっても、同じ修道の〝兄弟《ブラザー》〟たちを助けられないということかな?」

フェレイラは一瞬だけ黙り、相手の反応を窺った。そして、また続ける。

「この地で、ささやかとはいえ、わたしの立場であなた方の役に立てることは数多くあるのだ」

巡察師だった亡き友アンドレ・パルメイロの支援を得て、囚われの身になる以前の(身分を隠し、ヨーロッパの商人に変装していた)クリストヴァン・フェレイラは、広東《カントン》とマカオ、日本を結ぶ、たいへんに儲かる取引を組織していた。イエズス会が買い取るか借りたジャンク船を利用し、乗組員には華人を雇った。キリシタン迫害が強まってからというもの、マカオ元老院は慎重を期して、事実、それまでイエズス会が長崎行きのポルトガル・ガリオット船に積みこんでいた品物(将軍は「この者たちは宗教と商売を混同しすぎる!」と不満を述べた)を拒むようになった。それまで、会士たちはポルトガル船の積荷割当の権利(全商品価値の五パーセント)を持っていた。ローマ教皇庁は、その〝卑しむべき〟商売が賞賛に値するものととらえ、異議を唱えなかった。というのも宣教活動の初期、キリスト教が大目に見られており、まだ日本国内、少なくとも九州の南部に、教会や学校、神学校《セミナリヨ》を建設できた当時、それがたいへんな出費となっていたのだ。だが現在の悲惨な状況のなかでは、隠れて住むほんの数人しかいないヨーロッパ人司祭を何があろうとも食べさせ、また彼らが改宗させた信徒らを助ける必要があるのではないか? もっとも、現地人をより多く司祭に叙階する——それはかつて嫌悪されることだった——方針が決まって、世俗人に扮した彼らは民衆に溶けこみ、しかも同じ身体的特徴だから役人たちもまったく区別がつかなかった。だが、そのすべてにかかる費用はどうするのか? マカオの商人たちがイエズス会の商売を〝覆いかくす〟ことを拒むようになったので、司祭らは自ら敢然と困難に立ちむかうほかなく、アド マイオーレム デイ グローリアム〔神のより大いなる栄光のため」に、自ら仲買人やら船主やらに変身したのである。

ジャンク船に積んだ輸入品（普通それは生糸と黄金で、とくに黄金は銀に比較すると、明国よりも日本での価格が高かった）の下に、祭礼に必要な十字架をはじめ、祭服《ストラ》や書物（なかでも、日本人にも読める漢文で書かれたマテオ・リッチ神父の著作）、信者が典礼に従えるように祭日と断食期の示された年鑑および暦、そして絶対に欠かせぬ**葡萄酒**などの物品がいつも隠してあった。葡萄からつくった本物の**葡萄酒**なしにどうやってミサをあげるのか？　実際、日本酒を用いることは冒瀆的行為（ローマ教皇庁が断罪した！）とされた。残念ながら日本では、葡萄酒製造に適した葡萄が育たなかった。したがって、主の晩餐をおごそかに執りおこなうためには、マラガもしくはマデイラから美酒を輸入しなければならなかったのだ！　ところが、キリスト教に関わるあらゆる物品——葡萄酒もその一つ——は、すでに二〇年近くも絶対的な禁制品となっていた。十字架と見ればそれが布地の模様であれ、金貨あるいは銀貨の裏の浮き彫りであれ、みつかったら持ち主は怪しい者と判断され、おざなり裁きのあと首を刎ねられる。さらにポルトガル船の場合、長崎へ入港するときは、マストの上ではためく旗に深紅の十字架があしらってあるため、それを隠さねばならなかった。そのように自国旗あるいは信教のシンボルを下ろすというのは、何と高貴な半ズボンの下ろし方〔降参のしかた〕であったことか！

ドン・マヌエル・メンデス・デ・モウラにそう告げたとき、フェレイラが思ったことのすべては〝転落〟してもなお、彼がキリスト教修道士たちあるいは同胞ポルトガル人たちの〝力になれる〟ということだった。それはある意味で〝二重スパイ〟、一方で将軍のために、他方でカトリック教会およびイエズス会のために働くということである。しかしマヌエル・メンデス・デ・モウラは〝そんなやり口に与する〟気はなかった。

「わたしたちの力になる？　あなたはイエズス会を裏切り、スペインの、ポルトガルの、カトリック国すべての名誉を地に堕としたのですよ。それに、棄教を否定したうえで、宣教の理想を踏みにじった忌まわしい汚れをあなた自身の血で洗う以外、どのようにしてわれわれの〝力になれる〟と言うのです？　神父どの、喜び勇んで殉教なさい、それ以外わたしたちの力になれることはないのです。同時に自らを救済することですね！　ウァエ　ホミニ　イッリ　ペル　クウェム　トラデトゥル「人の子を裏切る者に禍あれ」！」

メンデス・デ・モウラは一瞬黙り、フェレイラをにらんだあと菊に視線を向け、二人を見比べたが、それは終末を迎えて地獄の亡者のなかから選ばれる人々を選別する至高の審判者のようだった。フェレイラは、バチカンでミケランジェロの恐ろしいフレスコ画を見たことがある。自分が頭から地獄に堕ちていくあの青ざめた人物の一人になり、構図の右下に群れる角を生やし蹄《ひづめ》の足を持つ悪魔集団に待ちかまえられているかのように感じたものだ。

「あなたがダマスコに向かうパウロとは反対の道を辿ったあと、〝回心のサウロ〟のようにはならないのではないかと、わたしたちには心配する理由はあったわけですな！」マヌエル・メンデス・デ・モウラはつけ加えた。

聖書を例にとったその言い回しを、フェレイラは現代の〝世俗化〟した読者よりもよく理解したものと思われるが、マヌエル・メンデス・デ・モウラはほとんど歯に衣を着せぬ言い方で、背教者、つまりフェレイラが、使徒パウロになる前のユダヤ人サウロがやったごとく、キリスト教徒の迫害に積極的に関与していると非難しているのである。

フェレイラは息が詰まるように思った。

「わたしが裏切り者？　わたしは奉行所に名前や住所を密告したことなどいっさいない。そのせいで、充分すぎるくらい非難されているのだ！」

フェレイラが自分の俸禄が安すぎる（年一〇〇両のほか、三人が年間に食べる量、三石の米も与えられていたにもかかわらず）と思い、長崎奉行の今村伝四郎に〝昇給〟を嘆願すると、見当違いも甚だしい、なぜなら当然やれるはずの協力も充分にやっていないし、また奉行所にも、長崎町内に住むと思われるバテレン、つまり司祭たち、かつての彼の共犯者ども（そのなかには名高いペドロ・カスイ、またの名を岐部《きべ》、厳しい捜索の対象となっているイエズス会士もいて、その首には四〇〇両の懸賞金がかけられていた。日本人には例を見ない激越なこのカスイという司祭は、かつてエルサレムまで徒歩で訪問した）*を捕らえるための手がかりを一度も提供していないではないかと、ひどく冷淡に拒絶された。今村は、フェレイラが信念からではなく卑怯な心情から転んだが、彼といっしょに捕らえられた哀れな女二名、こちらは穴吊りの刑で死んだのだぞ、と続けた。「神父《パードレ》さま」が女たちよりも意気地なしということか、と。

＊イエズス会士たちは、日本人に「貢ぎ物が……背高く、肌の滑らかな民から……シオンの山へもたらされる」（〈イザヤ書〉一八‐七）の民を認めたように思った。岐部

ペドロ・カスイはその預言を実現したかったのだろうか？

フェレイラの目に涙が浮かぶ。それを彼は拭った（一瞬、彼は自分が捕らえられた寛永一〇年九月〔一六三三年一〇月〕の光景を思い出す。彼が匿われていた長崎の民家に押し入った夜回りの探索方は、キリストを捕らえたときの最高法院《サンヘドリン》の兵卒らのようで、殴打と悲鳴が渦巻くなか、彼の手足を縛りあげた。民家の下働きの者が密告したのだった。ユダめ！）。彼は嗚咽《おえつ》を始め、狼狽するメンデス・デ・モウラを前に、両手で顔を覆ってしまった。

「わたしは誰も裏切ったりしない。決して！　決して！　わたしはここで通詞以外の仕事はやっていない、奉行のために宗教書や通商文書を訳す、それだけだ」

執筆中の排耶書については、当然ながら言及しない。

そして、同僚の元イエズス会士で日本人背教者の荒木トマス（彼はローマに長く滞在し、そこで教皇至上《ウルトラモンタ》

主義《ニズム》の急先鋒ベラルミーノ枢機卿と親密だった)とともに、九州のあちこちからまだ引っ立てられてくる最後の土着キリシタンらへの尋問に加わり、彼らのキリシタン転び証文に署名をした。それに先立ち、かつて自分たちも強制されたように、彼らに真鍮板のキリストあるいは聖処女の絵踏みをさせたことは言うまでもない。

後日すべてが公になったとき、人々はフェレイラを実際もしくは想像上の罪で告発した。たとえば彼が牢屋に入れられたあと、彼の代わりに日本管区長となったイエズス会神父セバスティアン・ヴィエイラを密告したというものだが、ヴィエイラ自身は一六三四年初頭、拷問されたけれども棄教の気配など見せることなく亡くなった。

同じような中傷があった、おそらくは……。

「ひどく悲しそうで途方に暮れ、恥じており、打ちひしがれておりました」マカオに帰ったマヌエル・メンデス・デ・モウラは語る。「まるで……**ユダヤ人のよう**でした。嫌悪感を与えると同時に、わたしは彼に憐れみさえ感じました。自分の棄教をある日、公に否定する可能性に言及しながら、『来年、あなた方のガリオット船がまたやって来る頃……もうそうなっているかもしれない』とわたしに告げました」

彼は錯乱しているのだろうか? 敢然と穴吊りの刑にまた立ち向かうつもりだというのはほんとうだろうか? 少し離れたところに座る菊(話されている内容はまったく理解できないが、本能的に〝状況を把握する〟ことはできたにちがいない)の冷たい無表情な視線を前に、フェレイラは考えを集中させようと俯いた。そして、極端から極端に走るように、フェレイラは怒りを爆発させる。

「わたしが教皇でないのと同じくらい、あなたがガリオット船隊の士官だというのは嘘だね、セニョール・メンデス・デ・モウラ! あなたは神父だろう! それとも異端審問所の役人かな! そんなことはわたしに対してやることではないぞ、このわたしに! 人間の哀れな心を探ること、わたしはそれを学んだし、たいへんに高くついたのだ。だが、ひとつ知っておいてもらいたい。あなたはマカオのイエズス会のごろつきどもといっしょになって、わたしを穴吊りの穴まで引っぱって行きたいのだろうが、わたしがほんのちょっとした合図を送るだけ、あるいは町奉行に伝言を届けるだけで、穴に吊るされて揺れるのはあなただということがわかるだろう！　それにだ、長崎湾に錨を下ろしているガリオット船を……わが……沿岸警備の船で囲み、火を放つことだってできるのだ。そうなればマカオとの交易は煙となって消えてしまうだろうから、あなたたちの破滅に繋がる。なぜならマカオは日本によってのみ、マカオは長崎によってのみ生きているのだから！」

しごく幸いなことに、〝異人〟が武器を携行することは固く禁じられており(ただしカピタン・モールだけは、威信を保つという名目で例外とされた)、マヌエル・メンデス・デ・モウラはフェレイラの住む通りに入る際、身体を探られたはずである。そうでなければ、フェレイラの脳みそを吹き飛ばしていたにちがいない。

〝わたしが棄教を否定しないかぎり、この連中はわたしを殺すつもりだ！〟と元イエズス会士は思う。その点に関し、彼は幻想を抱いていなかった。しばらく前まで、自分をゴアの異端審問所の裁判にかけるためなら、彼らは拉致さえいとわない、そう思っていたが誤りだった。公の裁判、これは醜聞を増幅するだけである。〝ところが、彼らが握りつぶしたいのはスキャンダルであり、そのためには殺人もしくは殉教者の冠を被せる、どちらかしかない〟と。

「あなたは恥の上塗りをしています！」メンデス・デ・モウラは反論する。「お伝えしておくが、わたしはここに二通の書簡を持っており、一通はイエズス会のマヌエル・ディアス神父、亡きアンドレ・パルメイロ神父のあとを継ぎ、マカオの巡察師となった方からだ。二通目はやはり会士で、聖パウロ神学校の校長ジョヴァンニ・バティスティ・ボネッリ神父からです」

訪問者は胴衣のなかから赤い封蠟をした筒状の手紙二通を出し、文机のなみなみと注がれた盃のあいだに置く。そして荒々しく立ちあがり、穴のあいた長靴下を見せつつ、客間の汚れた畳を大股で踏みつけ出ていった。黒人の奴隷たちが待機していた。降りしきる雨のなかで。彼らが重い椅子駕籠を肩に持ちあげるときの「オー！　イッセ！」という水夫の掛け声が聞こえた。ぬかるみを進むヒタヒタという足音。そして、静かになった。長崎が夜の静寂に包まれた。

菊が冷ややかに見ているなか、フェレイラはべっ甲製の眼鏡をかけると、届けられた書状を読む。マヌエル・ディアス(マカオ時代に知己だった)の書状は仰々しい言い回しでフェレイラに殉教を促し、「ネロおよびディオクレティアヌスの時代」を例に挙げ、初期のキリスト教徒が「自らの血が流れ出るのを恐れる」ことなく、ローマ帝国の地に「溢れんばかりの血を浴びせた」と書いてあり、二通目のジョヴァンニ・バティスティ・ボネッリの書状には、既述のディアス神父が高齢(七五歳)をおして「自ら」長崎まで出向き、「卑劣なる背教者に代わって」その地にて殉教することを表明、さらには、贖罪の血により背教者の罪を贖うため、「日本にて死ぬ」ことを「熱烈に望む」様々な国の若き司祭たちからの申し出が日増しに多くなっているとも補足してあった。

「わたしの罪だと！　犬どもが！　何の罪か？　生きることか？　息をすることか？　おまえらに殺されたりするものか！」

「何ですか？」不審に思った菊が、書状を指さし聞いてきた。「何が書いてあるんです？」

フェレイラは震えていた。優しいけれど有無を言わせぬ態度で、菊は寝間に彼の手を引いていった。敷かれている布団に二人は横たわる。菊が手の甲で、彼の熱っぽい額に触れる。

「教皇盲従主義《パピストリー》の戯言《ざれごと》だ！」フェレイラは怒りのあまり、異端者、なかでもルターとかカルヴァン一味しか口にしないカトリシズム罵倒の言葉を洩らした。

「パッパシテルですか？　わかりません」呆気にと

られて菊はつぶやいた。

　教皇《パッパ》やらプロテスタント、カトリック、聖公会、ユダヤ人、ルター、カルヴァン、宗教改革と対抗宗教改革、充足的恩寵、効果的恩寵、トリエンテ公会議、免罪符、予定説、摂理、絶え間なく続いたヨーロッパの血なまぐさい宗教戦争、そして四〇年以上も前からネーデルラントにてカルヴァン派のホラント州人が、彼らの領土および住人の君主であると称する教皇盲従《パピ》主義者《スト》のスペイン国王を相手に仕掛けるその戦いが意味するところを、日本人にどうやって説明できようか……。それにしても、あの退化したフェリペ二世に三世、四世などハプスブルク家の連中が自分たちを何さまだと思っているか知ったとしたら！　日本幕府がフェレイラも含めた多くの元カトリック司祭らに排耶書を書くよう要求したのは、プロパガンダの目的というより、この侵略志向の強い宗教との戦いを前提に、敵をよく理解するためだった。しかもフェレイラに与えられた使命には、やはり背教者で元イエズス会士の日本人、悪名高い不干斎《ふかんさい》ハビアンが約二〇年前に書いた排耶書『破提宇子《はでうす》』（はだいうす、とも読まれる）という先例があった。

　それ以下であってはならない……。


　留意すべきはその不干斎が、一六〇五年頃、つまり棄教して（それも、日本人のやはり棄教したキリシタン修道女を連れだって）イエズス会の評判をひどく傷つけるまえ、当時の彼が上級聖職者たちから厳しい指導を受けて激しい仏教批判の小冊子『妙貞問答』をも発表していた事実である。カトリック教国の事情をまったく知らずに執筆したものだが、夢のようなキリスト教のおかげでヨーロッパが完全なる平和のうちにあることを、「キリスト教国では、すでに一千年以上もまえから内戦というものがなくなっており、裏切りおよび不忠な行為が例外的にすら存在しない……。完全にキリスト教国にならないかぎり、日本には平和が訪れないだろう」と、恐るべき無邪気さで断言していた。

　アーメン！

唱 祭 入

彼らの神は人間並みのひどく気まぐれな自我を持つ。人間の気まぐれがどんなものにせよ、天の意志と関わりがあるなどと考えるのは、底知れぬ無知を証明するものである。

『破提宇子』不干斎ハビアン（背教者、元イエズス会士）、一六二〇年

徳川家光は、父親の秀忠および祖父の家康と同じように、キリスト教とその有害性を研究させるためだけに一種の顧問集団《ブレーントラスト》を設けた。なかには武士から禅僧になった鈴木正三《しょうさん》、儒学者の林羅山《らざん》、老中の本田上野介《こうずけのすけ》のほか、一六四〇年に宗門改役に任命されて忌まわしい記憶に名を残すことになる井上筑後守《ちくごのかみ》などもいた。イエズス会士の集団に紛れこんでスパイをさせるため、一人の禅僧にキリスト教への偽りの帰依を命じることすらした。その選抜チームに向けて、異端〔キリスト教団内の反カトリシズム勢力を指す〕のオランダ人たち（一六〇九年、彼らは長崎から八〇キロほど北に位置する港町平戸に商館を開いていた）は知っている情報と同時に教皇への憎悪を伝えるのだが、自らが帰依している宗教を日本人から問われても、「わたしたちはキリスト教徒ではありません、オランダ人なのです」と、偽善者《タルチュフ》のように答えをはぐらかした。さて、どちらが最後に笑うことになるのやら……。

＊オランダが東インド貿易に乗りだしたのは、敵国スペインが一五八〇年にポルトガルを併合した後、そのポルトガルから極東の物品を買うことができなくなったからである。そういう状況下、オランダ東インド会社が一六〇二年に創設された。

そのオランダ人たちは、教皇（アレクサンデル六世、酒飲みで小児愛者、今は地獄の炎に焼かれている！）が一五世紀に下した裁断により、世界を大西洋上の北

極から南極に至る経線で西側をスペインが、東側を(当時はまだ独立国家の)ポルトガルが二分するようになったと将軍に教えた。トルデシリャス条約と呼ばれるものだ。しかしながら経度測定がまだ正確ではなかったため、地球の反対側に位置する日出ずる国がイベリア半島の二列強のどちらの〝領国〟になるのか人々は決めかねていた。

「余がスペイン国王の臣下だと!」と気色ばんで、将軍(この場合は家康)は声をあげる。「わが国が余のものではなかったというのか?」

「手に入れたいと思っているのです」オランダ人は断言する。「イエズス会がこの地に根を下ろしたのは、軍隊の橋頭堡を築くためであります。彼らは上様のお目の届かぬところで、疑うことを知らぬ農民や怪しげな領主らを改宗させ、好機と見れば反乱を煽って砦を築き、今や全世界の四分の三に君臨するマドリードの暴君が送りこむ侵略部隊の上陸を助ける準備、それを進めています。スペインは、異端国家イギリス――彼の地にはイエズス会の言いなりになる政党があるので――に対し、似たようなことを企んだことがあるのです。しかもそれに対して教皇(シクストゥス五世、この人物も小児愛者だったので、今は地獄の炎に焼かれている!)は祝福を与えていたのです! スペインの巨大なる〝無敵艦隊《アルマダ・インビンシブレ》〟は一五八八年、三万人を乗せてイギリス沿岸を襲いました。しかし大嵐に見舞われまして、その威容は無に帰したのです。神が称えられんことを……」

「神? 神と申したな? ということは、おまえたちも神を信じているということか?」慧眼《けいがん》の家康はいたずらっぽい目つきで警戒を示した。

それから数年後、ようやく家康は、プロテスタントと呼ばれていたものの、これらネーデルラント連邦共和国(ただしその名が長すぎるためオランダ、これはスペインに反抗するゼーラントやフリースラント、フローニンゲン、ヘルダーラント、オーファーアイセル、ユトレヒト、前述のホラント合わせて計七つの州の

唱 祭 入

一つ、と略された国名)の紳士らが、真のかつ唯一の神しか信じていないことを知る。それは金銭、スペインが誇る大文士フランシスコ・デ・ケベードが茶化した現金どの《ドン・ディネーロ》が神であることを指す! オランダ東インド会社(略称VOC)は、アムステルダムあるいはハーグの(レンブラントやフランス・ハルスが描くところの太鼓腹とでかい尻の)資本家たちが所有する株式会社であり、それが所有する船の積荷から最大限の利益を得るための投資であって、ひたすら儲ける以外の思惑(司祭が口出しをするとか)はまったくなかった。

一方の一見強大に見えるイベリア帝国は、実際には司祭と商人が利を奪いあう官僚主義と贈収賄、縁故主義に蝕《むしば》まれた巨大すぎる組織でしかなかった。逆説的だが、メキシコあるいはペルーで掘り出された金と銀は、むしろ異端国家オランダおよびイギリス、あるいは偶像崇拝の明国に富をもたらした。というのも、それらの国から金銀をはたいて買いあさる品物(ほとんどは高価だが無用の長物)は、結局マドリードのフェリペ二世や三世、四世が自分の金庫にしまい込むからである。ところがこの国王たち、キリストの名における得体の知れない、莫大な費用がかかるくせにまるで意味のない戦争を続けるため、ジェノヴァやマラーノ〔スペイン語で豚の意。カトリックに改宗したユダヤ人の蔑称〕の銀行から借金をして首が回らぬ状態にあったのだ。スペイン人が〝本物の金貨〟と引き換えに、まるで野蛮人のように〝華奢《きゃしゃ》な置物やら子どもの玩具〟しか選ばぬことに、バルタサル・グラシアンは「スペイン人はヨーロッパのインド人である」と憤った。

その侵略的な市場経済が皮肉であるのは、スペインの圧制下にある南米ポトシの銀山にて、現地人もしくはアフリカからの奴隷たちの悲鳴と涙なしに掘り出されることのない銀を、オランダ東インド会社の紳士たちはいくつもの取引の末に貯めこみ、主にそれを用いて、インドあるいは中華帝国にて仕入れた種々の物品(主に絹)を、自分らの平戸商館で日本人に(支払いは日本産の銀で)売りさばいていた点である。結局、銀の大部分はその旅路を、国中どの村にも織機はもちろん、桑の木、養蚕設備がある中華帝国(人口一億人、世界における絹の主要輸出国)にて終えるのだった。税金は、各農民、各職人が銀で支払い、明に君臨する天子――ひどく〝唯物的〟な天ではあるが――だけを潤した。明国のことを「世界の貴金属すべての墓場」と呼ぶ人々もいたが、その理由がわかろうというものだ。

　徳川初期の将軍たちが、それ以前に権力を握った豊臣秀吉などと同じように、程度の差こそあれカトリック司祭らを厳しく弾圧したとすれば、それはそのときの交易上の利害を斟酌《しんしゃく》したもので、商業・経済上の考慮はべつにしても、冷徹かつ現実的な政治判断の名の下に行われたのである。国家利益を優先せよ、すなわちクーユス　レギオ、エユス　レリギオ(地上問題に、天は口出しするな)ということであった！　しかし一六二三年(フェレイラ来日の一四年後)に三代将軍となった徳川家光、この人物は弾圧そのものに変質的な快感を覚えるようだった。キリスト教との闘いを自らの偏執的な動機付けとする。一種の道楽！　女性には、子を産ませるためにしか興味を持たぬという性癖だった。小柄で肥満体、当時の版画を見ると、口髭と山羊髭があっても二重顎を隠せなかったことがわかる。ポルトガル人が「お化け」と呼んだのは、家光の顔が当時はありふれた痘瘡《とうそう》の痕で覆われていたからである。さらに、あらゆる嗜虐《しぎゃく》的な遊びを考え出したのも彼だということになっている。たとえば、夜になると飲み仲間と江戸の町にくりだし、最初に出会った者を、それが誰であろうと刀で細切れにするという、とにかく(アンドレ・ブルトンの「群衆に向け、狙いをつけずにピストルを撃つ」を連想させる)シュルレアリスティックな〝パフォーマンス〟(と、わたしなら言う)は、彼の想像力の産物だった。日本の男なら誰しも、自分の刀を自慢したくてしようがない。ことに切れ味である。武士が、たとえば刑死した罪人の死体を試し斬りすることは珍しくなかった。一刀のもとに胴体を切断できるなら、それは賞賛に値し、徳利一〇本から二〇本の酒が賭けられたという……。

家光は、キリスト教に関するすべての情報に病的なこだわりを見せた。そのために、多くの密偵を抱えていた。そして一度ならずとも自分の正体を隠しては(将軍が凡俗の輩と交わってはならない)、司祭らに対する尋問および拷問に立ち会った。まるで精神に異常を来した手術医がメスを手に、癤《せつ》を切除するという名目で日本という病人の上にかがみこんでいるかのような光景だ。ポルトガル人がたびたび重大な過失を犯していたことも言っておくべきだろう。たとえばつい最近、オランダ人がすぐ将軍に告げ口したのだが、それはポルトガル人が(フェレイラの後にほんの束の間、日本管区長となったセバスティアン・ヴィエイラ神父の殉教を称えるため)マカオで、ミサをはじめ、大オルガンやバレエ、闘牛(いったいインド諸国のどこから闘牛の名に値する雄牛を調達したのか?)、競馬、オレンジ合戦、鞭打ち苦行者の行列、そして管弦楽団の伴奏つきの壮大な花火もある、いかにも〝ラテン風〟の豪勢な祭事をマカオで催した件であった。将軍の名にて**死罪を言いわたされた人間**を称えて祝うとは、いったいどういう料簡《りょうけん》か! **国家の主権**をないがしろにしている! 将軍に向かって唾することだ!

もはやそんなすべて(日本では、あまりに長いこと慣れっこになっていた)を続けてはならない! しっかりけじめをつけるべきである! この一六三六年、家光はブレーントラストと組み、間もなく八月になれば長崎に現れる〝マカオの不遜な名士どのら〟のガリオット船に向け、得意の〝狡猾なやり口〟を用意した。つまり、政治的には深刻な状況にはあったが、通商は(ビジネス　アズ　ユージュアル!)何事もなかったかのように続けられていたのだ。それは家光の〝狡猾なやり口〟のなかでも、おそらく最も際立つものではあった。

住民すべては色白で非常に洗練されており、庶民および労務者といえどもよく教育がなされ、また驚くばかりに礼儀正しいので、宮廷で育てられたのかと思うばかりである。その点で、ほかの東洋の住民のみならず、われわれヨーロッパのそれと比しても優れている。

Relation missionnaire(イエズス会宣教報告)、イエズス会士アレッサンドロ・ヴァリニャーノ、一五八三年

「何かが起こりつつある」フェレイラはそれを感じる。不安だった。怖いと思った。自分もしくは仲間の落ち度は、彼自身にも菊にも(妻がスパイとは知りつつも、ますます愛着を感じるようになっていた)高くつくだろう。夫婦はお上に対し、それぞれが配偶者についての連帯責任を負う。一本の糸に繋がれた二つの命……。

元イエズス会士は、(ちょうど今、小冊子のなかで最も有名となる「国々の君主を破門し、その私的生活から国政にまで介入するというのに、彼ら国王はローマで拝謁を特別に許されると、まるで怯えた小犬のような卑屈さで教皇の足に接吻するのである」(オエー!)というホッブスの影響らしき、教皇の専制的権限に関する件を執筆している)書斎の窓から、ほんの鼻先に見える中島川と浦上川が注ぐ湾の船着き場に響く騒めきのなか、休みなく行き来する小舟やジャンク船、陸でも列をなして進む大きな石や袋詰めの土を積んだ牛車が、ここ一年以上も前から、謎めいた(当初はまるで気にもならなかった)活動を続けている様子を観察する。上半身は裸、黄色の鉢巻きをした汗だらけの人足が数百人、唄のような奇妙な掛け声をあげては荷降ろし作業の調子をとる……。ただ、どこに降ろしてい

るのかは見えない。その作業は、湾に面して三〇〇メートルもの長い弧を描く竹矢来(先を尖らせてあるので、いわば今の鉄条網)のなかで作業が行われるからだ。鉄条網の内側には、まるで戦場のように甲冑《かっちゅう》姿に刀や槍、弓、火縄銃を持つ、深紅の幟《のぼり》まで掲げる武士たちが控えていた……。その手前にもまた、人の倍もある高さの〝陣幕〟がより小さな弧を描いている。幕には立ち入りを禁ずると書かれてあった……。それは一〇〇枚もの布を合わせたもので、地中にまっすぐ打ちこんだ幕串に張ってある。人足は積荷を担ぐと陣幕を通り、鉄条網に開けられた厳重な監視つきの狭い出入口からなかに入る。海には、五〇隻あまりの兵船が全体を護るように三つめの弧をつくり、〝無許可〟の船の通行を阻んでいる。その全部が、日本では万事がそうであるように、一糸乱れぬ整然さで行われる。そして作業は、昼も夜も(かがり火の明かりで)大急ぎで進められた。だが、立ち入り禁止区域のなかで何が行われているかは知りようがないにせよ、埋立て工事が行われているのは明らかだった。

長崎町民は怪訝《けげん》な表情を浮かべ、フェレイラも彼らに聞いてはみるが、奉行(何の理由かわからないが、おそらく汚職がばれて今村伝四郎は御役御免となり腹を切り、今は馬場三郎左衛門がその役職に就いていた)が進める工事、町民がとやかく言うものではなかった。すべてが内密、それもただの秘密ではない。国家機密だった。

それは寛永一三年七月八日(キリスト紀元一六三六年八月八日)のことで、(遠眼鏡で沖を見張っている稲佐山と立山の頂上監視所の)半鐘が鳴り、港に船が入ってくること、つまりまだ沖にいるマカオからのガリオット船の来航を告げた。

白地に深紅の十字架が入ったポルトガル国旗の掲揚が禁止されて以来、ガリオット船はおのおの青地に金獅子の紋章の入った得体の知れない旗を控え目に掲げていた。**神学的、政治的にも**、それは(十字架がないため)危険度が少ないからだ。

弾圧とそれが原因の滅入るような空気が漂うなか、ガリオット船団の入港は、陰鬱な眠りから町を揺り起こし、以前のような、陽気な、すべてを包みこむ異様な熱気を送りこんだ（とはいえ、まだキリスト教がこの町で公認されていて、かつては一〇カ所もあった今はなきキリスト教会の組み鐘《カリヨン》が鳴りひびく良き時代の雰囲気は、このいかにも異教徒風な半鐘の音色とは違っていた）。長崎の古くからある内町と、新たに築かれた外町——いまだに商業は盛んなので人が集まり、町は広がる一方だった——の石畳のいたるところ、丘の急斜面を上る数えきれないほどの花崗岩の石段からは、町民が男女の区別なく履く下駄の音がまるでカスタネットの合奏のように響いてくる。あっちでもこっちでも、誰もが熱に浮かされたように走りまわった。明国に注文を出して商品が届くのを待っていた商人は、自分らの投資が海賊あるいは大しけのせいで大損とならなかったこと、また彼らに金を融通した高利貸しも安堵し、旅籠《はたご》の主人らはといえば、突然に上陸してくる数百人の船員と商人（およそ五〇〇名、ときには八〇〇名！）が持ちこむ両やエキュ、ペソ、ペルシア・セラフィン、小判、匁、フローリン、レアル、クルサードが山をつくるだろうと算盤《そろばん》をはじく一方、飛んで火に入る夏の虫を逃がすまいと見張っているのは丸山遊郭の茶屋の主たちだった。

遊女たちも町の熱気に煽られて、衣装を替え、もう一度衣装を替え、色合いやら生地、柄（桜あるいは梅の枝、白地に赤か、黒地に白か、それとも椿にしてみようかしらと……）の選択に迷い、はげかかったお歯黒を塗り直し、白粉を塗りこめ、目もとに紅をさしたり、剃った眉のずいぶん上を墨でなぞったりするのだった。かと思うと、一人が扇を動かし、もう一人は肩においた日傘を回転させる。こうして人に見てもらっては思案し、口の紅を直して、置屋の女将とか、自分らに仕える禿《かぶろ》ら（一〇歳前後の童女で、自分らとそれほど年齢差はなく、格の高い遊女なら一〇人ほどを抱えていた）の意見を聞いたりもする。ということは、格の低い貧乏で年のいった三十代（四十代さえもいた！）の女もいて、そのほとんどが病気持ち、下級船員あるいは華人やらマレー人、ポルトガル人、スペイン人、オランダ人、イギリス人(黒人奴隷も忘れてはならない！)の客を相手にするので、中心からだいぶ離れたいかがわしい地区(一六世紀末の朝鮮侵略時に拉致され、蔑まれてきた朝鮮人の子孫が住む界隈)に集まっていた。それは丸山町を見下ろす丘の斜面にあった。

　すでに述べたが、長崎の〝良き〟時代を証言する数多い狩野派の屏風のほとんどが、黒船(船体に黒い防水ピッチを塗ってあった)の来航という驚くべき瞬間をとらえる構図だった。当時(一六世紀)はマカオから航海に出る唯一のガレオン船であり、三つか四つの甲板を有する数千トンの巨船だった。しかし、異端のオランダ人は対スペイン(スペインに併合されたポルトガル)の戦争を東洋にまで拡大してシナ海で盛んに海賊行為を続けたので、スペインは〝リスク分散〟のため、一隻の大型船の代わりに、より小型のガレオンもしくはガリオット船三、四隻を使うようにした。

　その一六三六年八月八日、〈栄光の聖母《ノサ・セニョーラ・ダ・グロリア》〉号および〈淑徳の聖母《ノサ・セニョーラ・ダ・ヴィルトゥード》〉号、〈慈愛の聖母《ノサ・セニョーラ・ダ・カリダード》〉号、そして〈……聖母《ノサ・セニョーラ》〉号に乗っていた船員と商人たちは、昨年のように桟橋に接岸し上陸用の梯子を下ろせば、四肢の筋肉が異常に発達した地元の駕籠かきの椅子駕籠が待ちかまえているとおそらく思っていたのだ。ポルトガル人はもう歩くこともないし(日本人が彼らの足代わりになってくれる)、日差しあるいは雨をよける帽子もいらない。なぜなら細かい気配りの小者の群れが待ちかまえており、わずかな小銭をやれば椅子駕籠を追って走りながら日傘あるいは雨傘を頭上に差してくれるのだから……。

　いや、いや、いや、その全部が一六三六年夏を境になくなってしまうのである。「ポルトガル人が奴婢を欲するなら、自分らの**奴隷**を使役すればよい。わが国の人間はもう西洋の蛮人、南蛮に仕えるような品位を失う仕事を受けてはならない！」そんな内容の高札が、将軍命でほぼ国中に立った。

ところで家光のブレーントラストが何を念入りに準備していたかを、ポルトガル人は長崎湾内にガリオット船を進めた時点で発見する。緑の山を頂く小島高鉾《バーペン》島《ベルグ》（長崎奉行の命で、カトリック司祭たちが断崖から突き落とされたことから、オランダ人が嘲弄して〝教皇の山〟と呼び、それが〝キリシタンの島〟呼ばれるようになった）を過ぎて遠眼鏡を覗くと、遠く正面に堤防から奇妙にせり出している、以前にはなかった〝何か〟が見え、それは長崎町民、またフェレイラもポルトガル人たちと時を同じくして発見するものだった。というのも、半鐘によって湾にガリオット船が入ってきたことが告げられた時点で、一二カ月前から内密に進められていた埋立て工事を隠していた陣幕が外されたからだった。そして長崎町民と同時に、マカオから来航した者たちの目に現れたその〝何か〟とは、ただの扇子だった……。

だが、一万三〇〇〇平方メートルを超える石と土との巨大な扇であり、護岸の先、滑らかな湾の水面上、水平に開いていた。扇形の**人工の島**、どういう意図なのだろう？　沖に向かう方、すなわち島の南側は当時の地図で見ると二三三メートルの弧を描き、陸側のそれは一九〇メートルの長さだった。その両側、東と西はそれぞれ七〇メートル。周囲を板塀で囲んだ島には、一五軒ほどの家屋が一列に並び、人気《ひとけ》のない通りを挟んだ反対側にも一列の家並みがあった。島と陸のあいだに架けられた狭い木橋が、なおさら扇子の握り部分を思わせる。要するに〝握り〟の部分は、三〇名の兵の警護所だった。島の岸から二〇メートルばかりの海底に無数の太い杭が打ちこまれ、島を囲む海面から頭を出しているため、ある大きさ以上の船はいっさい近づけぬようになっていた。

厳重に護られたこの〝扇子〟は、じつは一種の牢獄だった。（いつものように、丸山の茶屋で勝手気ままにどんちゃん騒ぎをするつもりでいた）ポルトガル人が下船するなり、強引に住まわされ、外出を固く禁じられる場所となるのである。陸といい水上といい、彼らを絶えず見張る兵の数を見れば、それに抗うことなど考えようもなかった。遊女について言うなら、島に送られてくるのは朝鮮人あるいは非人の娼婦だが、年齢も料金も桁外れに高かった！　船から降ろした品物を持ちこむのも取引をするのもそこである。以後、マカオとの商取引はこの島、そこのみで行われるようになる。

　間もなくして、通詞の務めがあるからと新奉行の馬場三郎左衛門に呼ばれて急ぎ奉行所に駆けつけたフェレイラ（親しくしている同輩の荒木トマスとアルバロ・ムニョスを伴っていたが、このムニョスはスペイン人の元商人で、棄教したため勤仕を許されている）は、マカオから着いたばかりのポルトガル人に対し、島の司法権の長である乙名が最初の禁止事項を言いわたしたときの彼らの落胆というか、震えあがる様子を目《ま》の当たりにした。だが、それもほんの〝始まり〟にすぎない。将軍家光が企んだ狡猾な茶番劇の幕は上がったばかりである！

　ちっぽけな島を出ることを奉行所に許されたのは、今年もまた船隊司令官《カピタン・モール》としてやって来たゴンサルヴォ・ダ・シルヴェイラをはじめ、マカオの元老院議員にして裕福な商人のロドリーゴ・サンチェス・デ・パレーデス、そして一年前にフェレイラがイエズス会司祭だろうと疑ったことのあるマヌエル・メンデス・デ・モウラの三人のみだった。ほんとうにデ・モウラが司祭であるなら、白の襞襟に胴衣と長靴下（今回は黄色）で装い、おそらくこの厳粛な機会のため靴下に穴があいていないことを確かめてあったにせよ、ずっと変装をしつづけていたことになる。

　奉行（正確には筆頭奉行のことであり、ということは当人を監視する補佐役がいて、それを筆頭奉行がまた監視、つまり相互監視である。日本では、誰もが互いに見張り合う）は、ポルトガル人専用の人工島の正面、一〇〇メートルほど離れた奉行所にいた。島と陸を結ぶ小橋を南から北方向に渡れば、すぐ奉行所にぶつかる。ただし、横に張りだした大きな花崗岩の石垣に沿って左に向かって進むと、西側に一〇〇段もあろう広い石段の上、大きな構えの門があってそこからしかなかには入れない。奉行所は、キリシタン弾圧の始まった一六一四年、(取り壊された)ノサ・セニョーラ・ダ・アセンサン聖堂の跡地に建てられた。旧聖堂の厚板をはじめ、銘木、青や緑の瑠璃瓦《るりがわら》、ガラス(とはいえ、十字架や聖者の顔など、キリスト教を想起させるものは細心の注意をもって除かれた)などの建築資材を用いた新しい建物は……異教の悪魔を崇める幕府の出先機関だった。日本人は儀式めいたことを好む。演劇が好きなのだ。今回の例でも、ひどく手の込んだ演出を用い、〝金を稼ぐためにマカオから出向いてきた南蛮の蛆虫《うじむし》ども〟を迎えて驚かす、さもなければ脅威を与えようとした。商売を目の敵にしているのではない。日本の領主たちは表向きそれを軽蔑するかのようにふるまうだけだ。近年まで、貧しく暮らす農民よりも商人は身分制度の最下層におかれていたとの説もまかり通っていたくらいだ。

石段の上の門の両側と奉行所中庭には、二列に並ぶ武装した与力と同心の具足が夏の陽を浴び、ひときわ目立った。各人が先端に赤、黄、緑の幟をつけた槍を立てている。ほとんどが兜《かぶと》の面頬を下げている。虎あるいは獅子を真似た怪物のような兜は、シルヴェイラおよびパレーデス、モウラの不安を和らげるはずもなく、地獄の第一の圏に潜りこむような不快な印象が強まった。「ここに来る者よ《ラシアーテ オニェ》、いっさいの希望を捨てよ《スペランツァ ヴォイ ケントラーテ》」と、学のあるマヌエル・メンデス・デ・モウラが『神曲』の一句をつぶやいた。

三人は接見の間に案内された。

濃紺の地味な裃《かみしも》を着た馬場三郎左衛門は、歳は五十代、干からびたように痩せており、ほかの日本人と同じように前頭部を剃った銀杏髷《ぎんなんまげ》、一〇センチほど高い上の間に座ったその後ろの刀掛けに太刀をおき、脇差しは左腰に差したまま冷たく蔑むような目で、数メートル離れた一段低い場所に座る三人のポルトガル人を見た。広間には何の飾りもなかった。もちろん畳敷きである。右の障子二枚が開けてあり、庭石と盆栽風に手を入れすぎた感のある植木が一幅の絵、それも部屋の装飾としての〝だまし絵〟のようである。生きた絵のなかを、ときどき蝶が不安定な飛翔を見せたり、あるいは鶯《うぐいす》の鳴き声が聞こえたりする。奉行は右側の一段下に座っている補佐役のほうに顔を近づけ、何かを囁いた。すると当の補佐役は、手に持つ〝下知状〟をもったいぶった声音で読みだし、一条ごとに区切って通詞に訳させた。結局、通詞に選ばれたのは荒木トマスだった。彼もクリストヴァン・フェレイラとアルバロ・ムニョスと同じく、奉行の補佐役とマカオのポルトガル人らのあいだに座っていた。

すでに島で聞かされた気の滅入る情報に加え、今また聞かされたことにポルトガル人は打ちのめされる。

「以後、マカオから来航のガリオット船の大砲および操舵輪は、接岸後ただちに公儀の手で陸揚げされ、出航時に返却されるものとする。また一〇月半ばに予定の出航を厳守すること!」と、荒木トマスはできる限りきつい口調で言いわたした(もはや相互信頼も幻想にすぎない! すでに四年前の〝御下知〟によって彼らを武装解除しただけでは満足せず、こんどは船まで無力化すると言うのだ)!

「長崎にて売られる物品の価格は、都(京都)および大坂、長崎、堺、四つの町の卸売商人代表による会合で決めるものとする。本規制枠外での商取引をいっさい禁じる。売れ残り商品を次年度まで当地に保管しておくことを禁ずる」(規制のほとんどはすでに数年前から発布されているもので、ポルトガル人の利潤を下げる、言い換えれば、彼らを締めあげる意図があった)

「国中に次の条項を宣す高札が立てられよう。バテレン(司祭)を訴え出た者には銀三〇〇枚、一般の信者を訴え出た者にもそれよりも少額の褒賞金を与える。今後は日本人が国を離れて異国に渡ること、また異国に住む邦人が日本に帰国することを禁じるものとし、違反者は死罪とする……」

(行方を追われる者の〝人相書き〟を描かせるため、かつてイエズス会士から西洋画の技術——陰影と遠近法を用いるため、日本画よりも写実的——を習った絵師が駆りだされた。当人の近親者から得た特徴を基に、人相書きが描かれ……たとえば、日本に密入国したイエズス会日本管区長のセバスティアン・ヴィエイラの人相書きを町民や村人が見て、それが驚くばかりに似ていたため彼は捕らえられた。フェレイラも絵師の人相書き作製を助けた……。「西洋のがさつな絵を猿真似するへっぽこ絵師どもめ、奉行の下劣な手下にすぎん。あいつらの絵はそれだけのものということだ！」と、伝統を重んじる狩野派の絵師たちは盃を空にしながら嘲弄するのだった）

　それまで世界のどこにも知られていなかった考え、すなわち肖像画の技術を司法目的に利用しようと思いついたのはフェレイラであって、ほかの誰でもないわけで、そのため彼はかなりの褒賞金をもらったと言われている。（人の行為の真偽については、当人の評判によって判断されるので）絵踏みについても同じことで、フェレイラが捕らえられた時期よりずっと以前から実施されてきており、じつに疑わしいにもかかわらず、彼がその導入に貢献したとされている。しかしながら、全住民に自分の名と菩提寺を記した札を首から提げさせる御定書〔寺請制度〕が彼の考案であったとする説、これについては認めるほかないであろう。異国からの日本人、それが司祭であろうとなかろうと密かに入国しても簡単に見破られるようになった！

「その三つ……南蛮人の子孫、父親がポルトガル人で母親が日本人の子ども（逆の例はありえない。これまでヨーロッパ人女性が入国した例はなく、それは日本において純血ヨーロッパ人の誕生を許さなかったからである）、すなわち混血児は今後は追放とする。それらの子どもは、現在停泊中のマカオからのガリオット船に母親とともに乗船させるものとする」荒木トマスは動揺を隠せぬ声音で続けた。

（フェレイラは身動きもせずに押し黙り、正面で銅像のように胡座《あぐら》をかいた馬場三郎左衛門をじっと見つめていて、またもやスキゾ、結婚してから頻繁に訪れる解離、非現実感に襲われていた。菊は妊娠していた……。彼の子ども、混血の子たちも国外に追放されるのだろうか？　彼自身、いったいどこに属しているのだろう？　日本？　リスボン？　ローマ？　マドリード？　イエス・キリスト？　孔子？　仏陀？　むろん神道宇宙の万の神々もいる？　自分でわかっているのか？　どちら側についているのだ？　だが、何がなんでも〝**一つの**集団に属さねばいけない〟のか？）

「これもまたオランダ人どもの計略であります！」叫ばずにいられなかった司令官ゴンサルヴォ・ダ・シルヴェイラは、（憤慨のあまり、畳の上で尻をモゾモゾさせながら）長広舌をふるいだす。「あの能なしの連中どもが将軍様をそそのかしたのです。奉行様、信じてはなりませんぞ！　彼らが望んでいることですか？　それは、われわれから商売を奪うため、どうしてもわれわれを追い払いたいからです。しかし、ご注意ください。彼らにはわれわれほど豊富に品物を揃えることはできません。広東は彼らとの取引をまったく望んでおりません。われわれに独占権があるのです！　連中の商品は、密輸もしくは、最悪の場合、海賊行為で手に入れたものです。いったい明国のジャンク船の何隻が略奪に遭い、乗組員が喉を掻き切られたか、それはお聞き及びのことと思います！　それがオランダ国のグローティウス氏の言う自由貿易、**海洋の自由**なのです……」

荒木トマスはそれを通訳しながら（ところで、話題になっているこのグローティウスとはいったい誰だ？）、攻撃的な内容を日本人好みの婉曲な言い回しにする。実際、どうしてヨーロッパ人はこうも激しやすいのか。

（南蛮人があまりにがさつなので）うんざりしたぞと、馬場三郎左衛門は手で払うしぐさで相手の話を打ちきった。信心深い仏教徒、茶の湯を嗜《たしな》む長崎の新奉行は、何を差しおいても〝俗事に超然とする〟風流人としての自分の評判を重んじ、珍重される茶碗やら、主に〝娘〟を描いた古い版画を集めてもいた。ひどく困難（かつ危険であり、前任者もそうであったように、往々にして本人切腹で務めを終える）とされる長崎奉行職への任命を受けたのも将軍直々の命だったからだ。したがって可能なかぎり、処刑への立ち会いがあるときは仮病をつかった(血を見ることに耐えられない)。通常は、補佐役でそれが大好きな榊原職直《もとなお》か大河内正勝にそのお役目を回していた。

接見を終える前、かなり簡略にほかの禁止事項が列挙された。葡萄酒(聖体祭儀に必要だが、ずっと以前から輸入禁止)に引きつづき、今後はパン(聖体《ホスチア》の代用にする可能性があった)が非合法となった。ほかにも、太夫(遊郭における最高位の遊女で、客は銀六枚、換算して八ペソを払わなければならないことは周知のこと)は日本の貴族もしくは富裕な商人に限るものとする(南蛮人と愛欲を分かち合うことはしない。なんとなれば、彼らはそのほとんどが梅毒患者であり、日本を汚染した張本人だったから。したがって局女郎のみを選ぶほかないが、これは最下級の遊女で太夫の百分の一の料金(半匁)、しかも相手を選ばなかった)云々。

椅子駕籠の使用も槍玉に挙げられた(そのうち、空気も吸うなと言ってくるのだ!)ようなので、ポルトガル人三名はすごすごと尻尾を巻き、俯いて今日の集団下校よろしく監獄島へと引きあげた。そして、港まで出るには江戸町を通らざるをえないが、将軍のお気に入りとなったおかげで(なかには、それが目的で家光の男色の床に入った者もいたのだろうか?)いっさい制限など受けないオランダ人が、この惨めなポルトガル人の退却を仕組んだからか、もしくは事前に知らされていたからか、ともかくニヤニヤと満足そうに互いに相手の脇腹を肘で突つきあっていた。緑と赤の羽根を立てた豪華な黒いビーバーフェルト帽を被って腕を組み、両端を跳ねあげた口髭の下、勝ち誇ったような薄笑いを浮かべている連中のなかに、平戸のオランダ商館長《オッペルホーフト》で大男、足の先から鼻毛まで赤毛のニコラス・クーケバッケル、若くてハンサムなうえ、(日本人女性が夢中になる!)金髪のハンス・アンドリース、バタヴィアに最も長くから住むオランダ人で白髪の巨人メルヒオール・ファン・サンフールト、そしてクーケバッケルを補佐する小太りで中背、黒い髪のフランソワ・カロン。カロンは現地人妻(キリシタン)がいて一五年前から日本に住んでおり、フランスの新教徒迫害から逃げてオランダに渡ったユグノー派の両親を持つ。当人は、この世あるいは地獄に存在する教皇盲従主義《パピストリー》とされる者たち(少なくとも全イベリア人)にとって最悪の敵たる特徴を備えていた。

さて、観念したポルトガル人らはオランダ人に野次られながらも、監獄島への狭い木造橋(扇子の要に当たる部分)を渡った。ペスト患者のように扱われた。隔離されたのである!

島は出島と名付けられた。わたしが長崎に〝巡礼〟で訪れた二〇一二年、最初に訪れた場所はそこだった(かつて無数のキリスト教徒の死を見てきた西坂の山が形づくっていた半島と同様に、出島は一九世紀末から続いた桟橋拡張工事で、〝コンクリート建造物のいだに埋もれてしまった〟ことを、わたしは知らないわけではなかった)。歴史記念を重んじる配慮から、長崎市は近年になって、今は陸になっている同じ場所にいわば架空の出島、博物館と遊園地を兼ねたような、そっくり同じ木造家屋やら倉庫を再現、全体に扇子の形を与えたうえで、それら幽霊屋敷のような舞台装置のなか、あまり緊張感のない仮装の武士を観光客のために侍らせた。かつては島の石堤を濡らす浦上川と中島川が流れていたその場所に、現在は車の列が絶えない国道四九九号線と赤迫・正覚寺下〔現在は崇福寺駅〕間を繋ぐ路面電車が走る。周囲のいたるところ高層ビルが建ち、夜ともなるとホテルをはじめ、ビジネスセンター、ファストフード店、ピザ店、クラブの電光パネルがキラキラと輝く。こうして長崎は世代から世代へと商人は代替わりし、人も心も替わっては綿々と商業を続ける。

わたしは〝コンクリートに埋もれた島〟の界隈にある小さなレストランで〝日出ずる〟マークの〈アサヒビール〉のジョッキを飲みほしながら、あの一六三六年八月八日の晩、島に閉じこめられ、南西の方角、つまり長崎湾の沖に顔を向けるポルトガル人の一人になりかわってみたいと思った。港湾事務所関係のビルが邪魔になって浦上川も太陽も見えないが、窓やガラス張りの外壁に夕日が反射している。遠くシナ海に日が沈むところだった。

なぜ出島を扇子の形にしたのだろう？　それについて色々読んでみたのだが、わたしの知るかぎり歴史家は理由を明らかにしていない。だが、わたしはごく簡単に理解できそうに思った。そしておそらく、二〇一二年にパリのレストランでの光景——フランス人の友人と翌年の長崎への旅に同行してくれる通訳の日本人女性といっしょだった——をわたしが思い出さなければ、おそらくその〝理解〟を深めることはできなかったにちがいない。その女性は、同席のガイジン、南蛮人たちのうんざりするような会話に退屈したあげく、何も言わず苛立った様子でハンドバッグから**扇子**を出すと、うるさい小蠅を追い払うかのように軽蔑も露わに鼻先で扇ぎはじめたのである。小蠅とは、もちろんわたしたちのこと、同じテーブルにいた異国人だった！　女性は五十代、とはいえ美しい五十代でみごとなグレーの豊かな髪を伸ばし、白髪染めを断固と拒否していた。すらりとして背が高く、だが奇妙なことに、たまたまフェレイラの妻と同じ菊という名（神慮の不思議？）だった。

出島が〝扇形〟であることは、したがって意図的であった。おそらく当時、利を貪《むさぼ》ろうとやって来る〝小蠅〟のような異国人を将軍命によりここに住まわせるというか、閉じこめることで彼らに抱く軽蔑を象徴すると同時に、それが仮の住まい、すなわち日本滞在が一時的なものであることを伝えていた。扇の一振りで彼らを追い払えるというわけだ！　しかも島が**人工島**であること、それ自体に意味があるように思える。聖なる**八百万の神の国**を、これら招かれざる者がその汚れた足で踏みにじることはもはや許されない。その年、新たに現れた者たちに幕府が知らしめた御下知のうち最も厳しい条項の一つは、ガリオット船の乗員が（船員および商人たち、それが〝生粋のポルトガル人〟、あるいはアフリカ人であろうと、また奴隷もしくは自由人であろうと）死亡した場合、陸に埋葬することはならず、艀《はしけ》で沖まで運び、首に石を括りつけて海に捨てるよう強制したことである(とはいえ、幕府お気に入りのオランダ人は死んだ仲間の埋葬を許されてはいたものの、それは彼らが家畜を飼う平戸近くの小島内に限るとされた)。

長崎のキリスト教徒墓地に埋葬されていた遺体は掘りおこされ(それまで見逃されていたのは、おそらく死者への敬いではなく、思いつかなかったから)、薪で焼かれたあと、灰を海に撒いた。南蛮人は、死んでもその頽廃によって豊沃《ほうよく》な国土を汚染してはならなかった。人が言うには、その頃フェレイラは、恐れからか打算からか、より積極的に〝協力〟するようになり、生存者の告発(取り締まりを逃れていたキリスト教に改宗した地元民の隠れ場所を知らせる)のみならず、死者をも裏切る行為に出た。たとえば、数十年間も彼の師であり一六三二年七月に他界した自分の前任管区長マテウス・デ・コウロスが密かに埋葬された場所(長崎に隣接する有馬庄の深い森のなか)を教えたのである。司祭の遺骸は焼かれ、その灰は撒き散らされた。

フェレイラは生存者に対する裏切りを否定したが、死者についての密告はよしとする精神状態にあったようだ。遺骸とはつまるところ何か、ただの物にすぎないのでは？　〝あれら**質の悪い司祭**を見るがいい〟と、フェレイラは例の小冊子に書く。〝過激化した男や女、子どもたちに殉教するよう、いかように励ますのかを！　天国に行けるのだからと、彼らをまるで火炙りの刑に追いやっているようなものだ！　そのあとは禿《はげ》鷹《たか》のように、まだ熱い灰になった死骸のなかから骨や肉の片鱗、あるいは黒焦げになった歯を探しだし、それをいわゆる聖遺物として聖体顕示台にはめこんだうえ、教会の祭壇でみだらに展示するのである。何たる偶像崇拝であることか！〟

ローマのサン・ジョヴァンニ・イン・ラテラノ大聖堂には、長いあいだイエス・キリストの割礼した包皮とされるものが保管されてはいなかったか？

長崎県立図書館には若い日本人夫婦の〈きりしたんころび書物之事(転び証文)〉の写しがあり、一六三六年に夫婦を尋問したキリシタン取締目明かしの了伯および忠庵(つまり、荒木トマスとフェレイラ)による誓書も添えられていた。夫婦のそれぞれは、バテレンが現世を軽蔑することを強く勧めたと言った。いかなる喜び、囲碁に夢中になることすらも禁じて、逆にすべての犠牲を払って次の生を称えなければならない。その〝教え〟に従わない者は容赦なく破門、つまり地獄に堕ちる定めとなる、と。みごとなゆすりである！「司祭たちは死のみを愛す。それを彼らは真の人生と呼ぶ」と、ニーチェ主義者の原形であるフェレイラは書く。

すでに述べたことだが、ポルトガル人の不幸を喜ぶ者がいるとすれば、それはオランダ人である。オランダ人は、自分たちのライバルが受けた嫌がらせのような仕打ちはいっさい受けなかった(生き残る者のみが結果を知ることになるのだが)。経済面で、彼らは勝ち誇る。(ポルトガル人には許されぬ)商業の自由が与えられているからだ！　好きな物を日本のどこででも売ったり買ったりでき、しかも値段も勝手に決められる。

競争相手をなぶる彼らのやりかたはほとんどサディスティックなほどで、徳川将軍はオランダ人がパンを食べ、さらには(特例で！)酒を飲むことまで許すのだった(これら**分派主義者**は、カトリックの聖体の秘蹟、すなわちキリストの血を葡萄酒に、身体をパンに変えることを教皇盲従主義のつまらぬ遊びと断じた！　主よ、拝領した御身と御血とを、わたしの身体の奥深《コルプス トウウム、ドミネ、クウオド スーンプシー、エト サングイス クウエム ポーターウイ、》くにとどまらせたまわんことを《アダエレアト ウィシェリブス メイース》)。フェレイラも著書のなかで告発するこの〝ばかげた〟秘蹟は、日本人にとっては一種食人の風習として受けとめられ、なかでも貴族階級のとりわけ女性たちに嫌悪感を抱かせる結果を招き(「なるほど、あのキリシタンたちは自分たちの神を食べてしまうのですね？」そこで、**嫌悪感を示す扇の一振り**)、そうした意見もあってイエズス会は極めて臨機応変に、日本人向けの初期の公教要理《カテキスム》では典礼からその微妙な部分を除いたのである(この自主規制は、フランシスコ会から〝異端〟と非難された)。

「仏教では肉食が禁じられ、魚しか食べられないのですが、われわれが肉を食べるのを見て、日本人が相当に気持ち悪がっているのがわかりませんか！」と、まだ棄教する前のクリストヴァン・フェレイラが非難の声をあげる。ポルトガルの商人が日本の役人たちを招いた午餐の席だった。「さらにその肉の食べ方になると、われわれはナイフで厚く切ってある肉をべたつく手、ソースまみれの手で食べるわけですが（なかには**パンの身を丸め**、そう、丸めて**ソースに浸し**て食べる。あとは、満足そうにぼんやりした目つきでがつがつと指を一本ずつなめる）、この上品ぶった日本人たちときたら、優雅に皿からまずいものでも突っつくように箸の先でつまむのですな！」と。たしかに六歳ならどんな子でも箸だけで鰯の身を食べることを知っており、食後、まったく汚さなかった皿に骨だけを残す。

司祭たちがまだ大手を振って歩いていられた一六世紀後半、ＳＦＸを追って日本に来たガスパル・ヴィレラ神父は平戸の西北の海上にある聖なる生月島（キリシタン大名の籠手田《こてだ》氏の領）で、じつに倒錯的な〝羊の丸焼きパーティー〟を催し、そこで（望もうと《ウォレンス》望む《ノー》まいと《レンス》洗礼を授けられた）全領民は武装した兵に警護されたイエズス会神父の厳しい監視下、それまでは神鹿として傷つけてはならないとされ野生動物園のように放し飼いの何頭か、丸焼きにされた（羊ならぬ）鹿を食べるよう強制された。鹿の肉を頬ばるようなことがあると想像すらしなかった日本人は、この島にお参りするとありがたさに恐懼《きょうく》し、履いている下駄や草履、あるいは草鞋をその場に脱いで立ち去った。神鹿の柔らかな足のみに許される聖地を踏んだ履き物でほかの土地を踏むことはもはや許されないと。

まだキリシタン弾圧が始まる前の時代、紅毛人もしくはオランダ人（日本人はある時期から、すべてのオランダ人が赤毛であると決めた。最初に見たオランダ人がそうだったのだろう）は、西洋人司祭や過激化した日本人信徒の男女および子どもから、「カルヴァン派の犬」あるいは「ルター派の豚」と罵倒され石を投げられることなしに、〝ポルトガル人の町〟長崎に入ることはできなかった！　オランダ人に向けたほんのささいな親切あるいは挨拶さえも、日本司教ルイス・デ・セルケイラ猊下《げいか》(今は、地獄の炎で焼かれていることだろう)の一声で、それをした者が破門されるというありさまだった。

　こうして一六三六年の一〇月初旬、マカオのガリオット船四隻が銀を目一杯積んで出帆しようとしているところへ、おどおどと落ち着きのない、少なくとも三〇〇人ほどのパピストが桟橋に突然集まってくるのを見たオランダ人たちの満足げな様子も見物《みもの》だった。西洋人の格好をした日本人、日本とポルトガルの混血、あるいは棄教しなかったポルトガル人たち、肩に大荷物を担ぐ者(そういう手伝いを提供する召使はもういなかった)、さもなければ混血の乳呑み児を胸に抱く者(母親)たちである。いずれも人間というより、幽霊に近かった！　恐怖を浮かべた表情。将軍命にしたがい、長崎奉行の手下が追放処分にした者たちである。明らかなキリシタン、棄教の本意が疑わしい者、再改宗者の**リスト**を作成してあったのだ。朝早く、家に押しいってきた目明かしと手下たちに港まで引っ立てられ、否応なしにガリオット船に乗せられた。場所がないため、彼らは銀貨を詰めた箱の隙間とか、ヨーロッパで珍重される屏風、螺鈿《らでん》塗りの机や簞笥など日本の奢侈《しゃし》品をていねいに梱包した荷物のあいだに押しこまれた。

「でもこんな窮屈な場所にこの婦人たちと、水夫や黒人奴隷の荒くれ者をいっしょに押しこむわけにはいかない！」と、ポルトガル人の航海士が抗議した。

「ならば〝貴殿らの婦人たち〟を船腹もしくは錨、大砲に括りつけたらいいだろう！　女たちはカモメか魚でも旅の道連れにすればいいのだ。魚は冗談好きと聞いているぞ」

　こうしてキリシタン問題の**最終的解決**が具体化されつつあった。多くは足を括られたまま牛がひく荷車で江戸から長崎まで運ばれた(**高速道路**の語ができる前の先駆的な道路で、長さは五〇〇キロメートルを超え、没落途上にあるスペイン王国の石ころだらけの街道など足下にも及ばなかった！)。そのあとマカオ行きの船に乗せられ、無期限の国外追放になったという。そう語るのは、目が不自由だとか身体に重度の麻痺や障害があり、その不遇につけ込まれてカトリック司祭によって改宗させられた者たちで（というのも、キリスト教は**社会から排斥された者ら**を布教の対象にしていた！）、将軍は彼らを江戸周辺の国境に集めて広い竹矢来のなかに閉じこめたうえ、鉄砲や弓矢で武装した兵に見張らせた。数にして数百人。その哀れにも捨てられた者たちには飲み物も食べ物も与えてはならぬとの指令が行きわたっていた。こうして一人ずつ栄養失調で死んでいくのを目の当たりにするのだが、見張り番の者たちには、念を入れ、次の言葉が徹底される、全員が死に果てるまで死体を外に出すことならず、と。惨めな境遇の道連れたちの腐敗する死骸の凄まじい臭いのなか、最後まで生きのびていた者も事切れる。さらにそれを遡ること四年、全国に散らばるハンセン氏病のキリシタン三〇〇名、〝社会の底辺〟に落とされていた者たちを、例のごとく牛がひく荷車で長崎に集め、（船長の意向がどうであれ）マニラに向かうスペイン船に乗せてしまった。マニラは、日本への入国が禁じられている司祭たちをわが国に密入国させたのではなかったか？　ならば〝われわれ〟はその交換に、司祭らが愛してやまない恵まれぬ者たちを送りとどけよう。なんとなれば、ゼズス（イエス）の目には、われわれ皆が平等——大した冗談だ——であるが故に。農民が武士と平等だとっ？

まだ当時、フェレイラは捕まってはおらず、そのような悲劇的な出来事を情感溢れる書簡に綴り、イエズス会総長ムツィオ・ヴィテレスキを介して教皇ウルバヌス八世（両者とも、今は地獄の炎に焼かれている）に送った。もう一つ、一六三六年に平戸のオランダ商館の職員フランソワ・カロンが在バタヴィアのオランダ東インド会社の総督宛に書いた報告書には、幕府高官から聞いた内密の話として、元キリシタン、それが二〇年あるいは三〇年前に棄教した者であっても、幕府はそれら全員の**リスト**作成を終え、来るべき日になれば一斉に全員を処刑するため備えていると伝えている。

ローマ教会のあらゆる痕跡は、日本人の最も古い記憶の奥底を除けば、もはやどこにも残されることはないであろう。

　沢野忠庵ことフェレイラはそのことを知っており（ユグノー派のフランソワ・カロンとも結局は親しくなっており、当人から教えてもらった）、自分はもとより、妻と子どもたち――うち一人（忠次郎）はもう生まれていた――もある日その〝試練を課される〟のかと恐れていた。彼は向かい火を放つかのように、（神に見放されし者《レプローボ》の自分、これほど無気力で卑劣漢の自分でさえ嫌悪する）馬場三郎左衛門に見せるため、目明かしとして色々せっつくほど、自分の職務にこれ見よがしの熱意（卑屈さの極み！）でとり組んだ。


　マヌエル・メンデス・デ・モウラは、ガリオット船隊出航まえにマカオのイエズス会巡察師マヌエル・ディアスよりフェレイラ宛の――またしても、殉教を強く勧める――手紙を預かっていた。しかし今回は、背教者との一対一の面接はおろか、間接的に手紙を渡すことさえできなかった。なぜなら以後、日本人の異国との私的な文書やりとりが禁止されたからで、その定めを破ろうとするような者はいなかった。一年前のこと、マカオから届いた一通の手紙を、キリシタンに理解のある大名に渡すという不用心な行動をとった結果、その世俗のポルトガル人は西坂の〝聖山〟にて火炙りにされた。当時、一七世紀の二〇年代に〝流行〟となったあと最終的に穴吊りに取って代わられた焚刑が、まだときおり行われていたのだ。

　通常は、受刑者を薪の上に直接縛りつけることはせず、垂直に立てた柱に両手脚を括りつけ、それを囲んで五～六メートルほど離れた場所に薪を置き、ゆっくり遠火であぶる、焼かずに、いわば〝ロースト〟にするわけである。キリシタンの子どもたちは、かつてその神明裁判（ほんとうに神がいれば、受刑者を救うであろう）じみた焚刑に立ち会っていたわけだが、砂時計で受刑者が死ぬまでの時間を計り、より長く生きた者がより尊い殉教者とされたという。砂時計は珍しく、高価でもあったので、人々が砂時計の代わりに用いるのは線香だった。茶屋で遊女が床の横に置き、客をとるたびに時間、つまり料金に見合った時間を決めるための線香であり、だから代価を優雅に〝線香代〟と呼んだ。こうして日本人は愛と死を縁組みさせる。一年前、異国からの手紙を違法に届けて罪に問われた人物は、その名をジェロニモ・ルイス・ゴウヴェアといった。神よ、彼を狭き門である殉教者の会に加えたもう。

フェレイラは例の著作に最後の手を入れたところで、寛永一三年九月一日(キリスト紀元一六三六年九月二九日)付の署名を入れるのとほぼ同じ時期、実際は二週間後だが、彼はポルトガルのガリオット船四隻がこれまでとは違って、商品のみならず、前述のキリシタンやら混血児、日本在住のポルトガル人からなる三〇〇名ほどの国外追放者を満載して出航するのを見たはずである。船尾あるいは船首楼に場所を与えられ、というか押しこめられ、座るか寝るか、あるいは立ったままでいる男女に交じった子どもたちに、すでに身を切るような寒さのなか、身体を覆うシートすらなかった。もう出帆しなければならない。風向きも変わり、冬の雨季がそこまで迫っていた。

愚かな者、卑屈な者、気がふれた者、これが司祭が改宗させる対象者であり、だれであろうといっさい拒んだりしない。こうして、だれでも知っていることだが、司祭たちは自分の周りに何の役にも立たぬ者たちを集めたのである。

『吉利支丹物語』作者不詳、一六三九年

元イエズス会士は、何人かの旅人が語った内容から、あのガリオット船に乗せられた者たちがマカオでどう受けいれられたのかを大まかに知った。彼の地では、その年の交易がもたらしためざましい経済面での収穫を喜ぶ気持と、自分らのキリスト教世界が深刻な危機に瀕していることへの絶望の狭間で心が揺れ動いた。ゴンサルヴォ・ダ・シルヴェイラが乗る指揮船から桟橋に降ろされた最初のブリッジの足下には、老いで二つに折れたような虚弱な身体、染みの目立つ黄ばんだ肌色の巡察師マヌエル・ディアス神父が、イエズス会士のペドロ・マルケス・イ・ザパテロとジョヴァンニ・バティスティ・ボネッリを従え待っていた。彼らは奇跡を信じていたのか？　兄弟フェレイラはようやく、神のより大いなる栄光のために、至高の犠牲を決意したか？

「いや、まったくだめでした！」それが下船したポルトガル人らがくり返す言葉だった。「あの人物は卑しく、まったく無気力です。棄教した一六三三年からは毎日のように泥のなかへ、奉行所との協力関係の深みへどんどんはまりつつあります」

その件に関する会合のため、一同は聖パウロ神学校の木彫り細工で飾られた別室にあるシャムから運ばせた赤のテック材の大テーブルを囲んだ。その集まりには、イエズス会神父のアレクサンドル・ド・ロード(アヴィニョン出身のフランス人、〝アンナン、トンキン、チャンパの使徒〟と呼ばれたが、死後、カトリックに改宗したユダヤ人と判明する。修道会に入る時点で各人に対して行われる血の純潔《プレーザ デ サンゲ》の調査があったはずなので、それは潜りぬけられたにちがいない)、カスティーリャ出身(スペイン)で最年長のペドロ・モレホン、彼はフェレイラが一六一三年頃、京の都に一年間いたときの上長、ペドロ・マルケス・イ・ザパテロは四十代の巨漢、毛むくじゃらで髭を生やした大口叩き、メキシコ生まれだが生粋のスペイン人、神学校長のジョヴァンニ・バティスティ・ボネッリ、ジョアン・マリア・デ・レリーダ、フランシスコ・タヴォーラ、ジョルジェ・ザベルカなど(前記は全員が四つの誓願を行ったイエズス会士)のほか、神学教授のライムンド・グヴェアおよびジョアン・モンテイロが出席した。世俗者も会合に加わった。多くは日本からもどってきたばかりの船隊司令官《カピタン・モール》ゴンサルヴォ・ダ・シルヴェイラほか、マヌエル・メンデス・デ・モウラ、ロドリーゴ・サンチェス・デ・パレーデス、商人兼海賊にもなるフランシスコ・デ・ラ・トルレ・デ・ラ・ミゼリコルディア・デ・ディオス、そして(以下全員が商人)シモン・ヴァス・デ・パイヴァ、ゴンサロ・デ・モンテイロ・デ・カルヴァーリョ、ルイス・パエズ・パチェコ、ヴァスコ・パーリャ・デ・アルメイダ、アントニオ・ドゥアルテ・コレアである。

　テーブルの上席で議長を務める悲愴な様子の巡察師マヌエル・ディアスは老いと病とに冒され、もはや幽霊でしかない。巡察師が座る緑のビロードを張った椅子の後ろの壁には十字架が掛かっていて、磔のキリストの剝がれかけた青白い肌身、その右脇腹の傷口、穴の開いた両足と両手、そして荊の冠に傷つけられた額から、赤蠟の血が雫をつくっている。

「例の背教者についてですが、とにかくひどい話を聞きました」マヌエル・メンデス・デ・モウラが口を切った。「とにかくあの人物が背教者であること、その点は疑う余地もありません！　より深刻なのは、長崎での最新の噂なのですが、間もなくあの男は自分が書いた小冊子を出す予定であり、一部を読んだ者によれば、それに比べるならルターがわれらが聖なる教会に向かって吐いた最も質の悪い瀆神の言葉などは子どもの戯言だということです。聖書の戒律、最も尊き秘蹟を攻撃している。モーセやイザヤ、エリヤ、ヤコブ、ヨセフに対し、洗礼や結婚、悔悛、聖体の秘蹟に対し、無原罪の懐胎に対しての攻撃です。彼はそんなものを書くことで、あの長崎奉行の馬場サブロー某から報酬を得ているのです。ただし、当の奉行からはかなり軽蔑されているようではあります。というのも、日本人は裏切り者を使いはするものの、ひどく軽蔑しているからです。フェレイラはキリスト教徒に対する尋問にも加わっており、彼らを棄教へと、わが救い主のお顔を足で踏みつけるようにと追いつめるのです。あの男はわれわれに宣戦布告をしたのです！」

「そんな悠長なものじゃないだろう」フランシスコ・デ・ラ・トルレ・デ・ラ・ミゼリコルディア・デ・ディオスが声をあげた。「あの犬め、昨日今日で裏切り者になったのではない。詰まるところ、ひどい拷問を受けたから潰れたっていうのなら情状酌量の余地ありってことになる。肉体は弱いもんだからな！ しかしだ、あの獣は骨の髄から腐っていて、それは昔からのこと、ずーっと前からそうだったわけだろう！ 棄教よりずーっと前からのことなんだ！ あの男が何年間も商人に変装して潜伏していた頃のことだろう。あんたたち、あいつは自分が司祭だったことを忘れるのがちと早すぎたと思わんか？ 人は見かけによるものなのさ。あいつは〝世俗の人間〟の格好をして、水夫やら商人、侍のなかでも最低の連中とつるんでは、長崎で優雅に〝茶屋〟と呼ばれるいかがわしい場所、要するに遊女屋だが、そこでの恥ずべき楽しみにふけっていたんだ！ 長崎奉行所の役人どもが何と言ってるか知っているかね？ 捕まったあと尋問されたとき、あいつは日本に来てから、ということはおよそ二〇年間で、少なくとも八〇〇人の女をモノにしたと、（当時生やしていた口髭を助平ったらしく跳ねあげながら）自慢したというんだ。計算したんだが、年に三三人の女ということになる！ 考えてみれば、どこの宿も遊女屋を兼ねているわけだから、そんな難しいことではない。そう言われりゃあそのとおりだがね！（神父さま方、おれのどぎつい言い方はお許しのほどを、なにせ事実をそのまま言っているんだ！）それが証拠に、やつが父親ではないかと思われる子どもが一〇人ほどいるんだが、そのうちの一人は一七歳で、やつとはよくいっしょにいるらしく、名は道彦とかいうらしい。あんた方も計算してみるといい。この〝神父《パードレ》〟（父親というこの言葉、色々と意味深いですな）が長崎に足を踏み入れたときから放蕩を始めたとして、いや、その前のインド時代、あるいはアフリカの経由地かもしれん、アフリカ女とね、だれが知る？　この男《エッケ》を見よ《ホモ》！　こんな男がわれわれの日本管区長だったというわけだ」

「淫乱な獣め、ゴキブリのように踏み潰してやらねばならん！」巨漢ペドロ・マルケス・イ・ザパテロがテーブルを叩きながら叫んだものだから、机上のインク壺をひっくり返してしまう。「それはわたしに任せていただきたい。神父さま方、わたしを秘密任務で日本に送っていただけるなら、（毛むくじゃらの大きな手を見せながら）あの獣をこの手で……」

「黙りなさい、パードレ・ペドロ！　熱心なあまり、あなたは自分を見失っているのだ」かすれ声でマヌエル・ディアスが叱責する。「これまで以上に、火に油を注ぐようなことをするには現地の状況が悪すぎる。もはや神父たちのだれ一人として、マカオからも、ゴアからも、マラッカ、またマニラからも日本に向けて発つことはまったく考慮に値しない。しかしながら、承知のとおりの醜聞であり、わたしが期待していた次善の解決、すなわちあの哀れな者が贖罪の殉教を選択すること、これは諦めるほかなく、今となっては当人を本修道会から破門にしたうえ、『もはやクリストヴアン・フェレイラはイエズス会士ではない』旨、世界中で公にする、それが唯一の解決であろう。そうすることで、わたしたちは汚点を洗わねば。わたしが審議会《コンスルタ》をただちに開くよう提案しよう」

「だが、もうマカオには枢機卿がいないのです」ペドロ・モレホンが言った。「最後の枢機卿が亡くなったのは五年前でして、高位聖職者の了承なしに、われわれがそのような重大な問題を決議することは禁じられておりますが！」

「柔軟解釈《エピケイア》の原則により、われわれでも決議をすることは可能だ」マヌエル・ディアスが反論した。

エピケイアとは、イエズス会流の決疑論の考え方によれば、一つの法律に背くための方策であって、その違反から与えられる善が違反することの悪よりも大きいことがその適用条件となる。たとえば、毎日曜日に教会に行くことが義務であるとして、面倒を見なければ死んでしまいそうな病気の子を抱える母親がそれを諦めても罪とはみなされない。それと同じで、フェレイラの行状を原因とする不祥事の深刻さに比べれば、当人を修道会から追放するに当たり、司教の立ち会いを義務づける規定に背く悪は、日ごとに状況が悪化しつつある不祥事継続の悪よりも深刻ではないということになる。

「全ヨーロッパと全アジアがわたしたちを笑いものにしている！」

その数日後、コンスルタはさらなる補足調査を行った後、聖パウロ神学校内の同じ部屋にて司祭クリストヴァン・フェレイラが以後イエズス会に属さないとの宣言を発表した。同決議は満場一致にてキリスト紀元《アンノ・ドミニ》一六三六年一一月一日付で採択された。主よ、限りなき御恵みにて哀れな罪人をお赦しください。

すでに二つの世界が万国の王、カトリック王フェリペ四世の足下に跪き、
そして王《レアル》の真《レアル》の冠とは太陽が半球から半球へと描く最大の天球のことなのである。

El Criticón(あら探し屋)、バルタサル・グラシアン、一六五一年

半年前の六月のこと、船隊司令官《カピタン・モール》ゴンサルヴォ・ダ・シルヴェイラ率いるガリオット船四隻が長崎――そこで新しく建設された扇形の出島を発見することになるのだが――に向けてまだ出航(同年七月に出帆する)していなかったマカオに、ヨーロッパから驚くような人物、名門貴族出身のイエズス会士、あの背教者と対決するため日本に行かねばならぬと心に決めている男が現れた。教皇からの書簡を携えていた、マルチエロ・マストリッリ神父である。

　すでに触れたことだが、その現象は驚くべき速さでいたるところに広まった。東洋から西洋へ、アジア諸国、アメリカ大陸、ヨーロッパと、日本管区長〝失墜〟の知らせがキリスト世界に熱狂的な動きを巻きおこした結果、ローマで、ナポリで、マドリード、マンステール、ゴア、マカオ、マニラ、メキシコ、リスボン、ザンジバル、アントウェルペン、マルセイユ、ブリュージュ、パリ、リマ、ウィーン、トゥールーズなどで、聖職者たち、ことに若い司祭や修道士が(お気に入りラッパーのサインを求める熱狂的ファンのように)百名単位で〝日本で死ぬ〟許可を得ようと司教・枢機卿の館に押しかけたのである。彼らが夢に見るのは、鞭(オテンペンシャ)で打たれること、十字架、火刑台、生き埋め、鉄格子、串刺し、爪に差しこまれる針、むりやり漏斗で飲まされてから腹を踏まれて吐きだす数百リットルの水だった。人々は争うように『黄金《レゲンダ・》伝説《アウレア》』とそこに描かれる殉教者たちが耐えしのんだ苦

難、たとえばライオンに食われた聖ブランディーヌとか、かまどで焼かれた聖エウスタキウス、そして両手足と陰部を切断された聖アドリアノについての細々とした叙述を貪欲に読みかえした。神学校においても、朝課から晩課、晩課から朝課と、真っ赤に焼けた鉄や掛け釘、車責め用の車輪、鋸のことがもっぱら話題となった。食堂でも然り、共同寝室でも然り。苦行の修錬として、毎晩のように骨に達するほど背中を鞭打ち、あるいは釘の出た鉄帯で腰を締めつけるのだった。

「毒蠅の群れがわが貴き国に舞い降りようとしている。わが国を腐敗させられる前に、その毒虫を駆除することが肝要である！」と、将軍秀忠および家光に近く接していた儒学者、林羅山は著書に記す。

マカオ総督ドミンゴ・ダ・カマラ・ダ・ノローニャの寛容な応対とは逆に、マヌエル・ディアスは長崎行きのガリオット船にマルチェロ・マストリッリを乗せることに、断固たる反対の意を表した。

「貴殿の日本入国は状況を悪化させるだけだ！」ディアスは新参者に言い放つ。「貴殿の素性および家系のほか、教皇様の信任まで受けたことまで知れてしまえば、将軍は不安を募らせ、キリスト教徒に対する迫害を強化するにちがいない。神に忘れられた彼の地でまだ生きのびている最後のキリスト教徒は、貴殿の過ちによって捕らえられてしまうのだ。貴殿の過ちによって、彼らの多くが棄教してしまい、その帰結として地獄に落ちることになる。もう一度言っておこう、**貴殿の過ちによって**、と」

その一年前の一六三五年末、フェレイラの〝転落〟を知らされたマヌエル・ディアスが自制できぬ熱情に押され、フェレイラの代わりに殉教するため日本に向かうと申し出た経緯をわたしたちは知っている。つまり、彼は方針を完全に変えたことになる。しかしながら、この権勢ある若き司祭に楯突く（しかも、それに成功する。結局、マルチェロはガリオット船に乗らなかった）というのもただごとではない。マルチェロはヨーロッパにおいてはたいへんな名士であり、スペイン国王や教皇も含めたカトリック信者すべてが、彼を聖人扱いしていた。

マルチェロ・マストリッリは三三歳、黒髪ですらりと背が高く（肖像画は数多くあり、それは彼が列聖されたからである）、顎鬚、細い口髭も生やし、イタリアの名門貴族マルサーノ公爵家の出で、スペインの属領であるナポリ王国にて出生、その驚嘆すべき名声は（フェレイラが棄教した）一六三三年に当人が体験した奇跡による。その年の一〇月、ナポリ副王モントレー公爵の宮殿にて聖母マリアに捧げる祭壇を建設中、高櫓の上にいた作業員が重さ一リーヴル〔約五〇〇グラム〕の金槌を落としてしまい、それがマストリッリの左こめかみに当たった。たちまち昏倒し、そのまま二カ月間も絶えず同じ光景、すでに一六二二年、教皇グレゴリウス一五世によって列聖されていた金色の後光が射して茶色の修道衣を着たフランシスコ・ザビエルが出現するのを見ていたという。聖人は修道者の杖を手にしていた。それから驚くことに、日本管区長フェレイラの〝転落〟を伝えたあと、マストリッリに日本に行って裏切り者を言い伏せるよう、もしそれが果たせない場合には、本人に代わって死ぬよう命じた。医師ら全員がマルチェロ・マストリッリの死を予告していた。ところが、彼は〝蘇った〟のである。ある朝、昏睡から目覚めて起き上がり、話し、歩き、何事もなかったかのように潑剌《はつらつ》としていた。金槌の当たった額のぞっとするような傷さえ見えなくなっていた。彼の周囲でほかにも奇跡が起こりつつあった。彼が着ている祭衣の裾に触れるだけでどんな苦痛も去った！　ある男が言うには、裾を触ったとたん、左側の尻を腫らしていたできものがスーッと消えたそうな。ほかの一人も、酸っぱくなったヴァルポリチェッラ〔イタリアのワイン〕を飲みすぎて吐き気が止まらなかったのが、ほんの一瞬で治まったのだとも。

「SFXの命により」と、その使者になりきったマストリッリは教皇ウルバヌス八世の全面的な許しを得て、「フェレイラのために死ぬ」ことを悲願する二三名のイタリア人イエズス会士を率いてジェノヴァを発ち、スペインに立ち寄ったあと日本へと向かった。フェレイラ、フェレイラ、フェレイラと、ヨーロッパのカトリック信徒の心のなかで、あたかもそれが回心の祈り「わが過ち《メア・クルパ》！」であるかのように際限なくくり返された。

マストリッツリの名声の高まりはとどまるところを知らず、マドリードでは例の退化したフェリペ四世が帽子を脱いで立ったまま彼を迎えたほどで、それは心からの敬意を示すものだった。国王の青白い表情は、宮廷のお抱え絵師ディエゴ・ベラスケスによって巧みにとらえられ、艶も生気もない金髪の信心狂いの王が、強大な権力を有しながらも死に怯え、取巻きに障害を持つ小柄な人物ばかりを故意に選んだのは、おそらく自分を〝偉大に感じる〟ための方便であった（王の最大の関心事は、自身は歪んだ性的傾向を持っていながら、破産状態にある国の財政に専念する価値などないかのように、当時まだ認められていなかった〝処女懐胎〟の概念をカトリックの教理とするよう、ローマにおける自分の使者たちを使って教皇に働きかけることだった）。

妃で王に負けず劣らず信心狂いのイサベル（しばらく前のこと、塞ぎがちな気分を変えるため、マドリードのマヨール広場にてユダヤ人一団を火炙りにさせたものの、あまり効果はなかった）は、マストリッツリに聖なる使命を与える。フランシスコ・ザビエル（SFX）の遺骸は、一五五二年に明国の上川島《サンシャントウ》で死んでからも、つまり八〇年前から、奇跡的にまったく腐敗することなく保たれ、現在は移した先のインドのゴアにあった。ミイラ化してほぼ完全に保存され、町のイエズス会士の館《カーザ・プロフェッサ》内祭壇に安置されてあった。さて、マストリッツリは日本に向かうため、その町を経由せざるをえない。王妃イサベルはマストリッツリに金銀の刺繡をした上祭服《カズラ》を手渡し、それをSFXのミイラに着せるよう命じ、ただしそれは聖なる遺骸が着ている質素な「けれども、これだけ長い年月のあいだ石のように硬くなった高徳な皮膚を覆っている、はるかに貴重な」祭服と着せかえたうえ、それを自分宛に送ってくれなければいけないと言った。

今日でもゴアでSFXを見ることはできるが、カーザ・プロフェッサ内ではなく、そこから移された隣のボン・ジェズ教会、側面が水晶で細身の銀製柩のなかに安置されている。透明なので、わたしは離れた場所から、聖人の尖った鼻先と蝕まれた右頬をかすかに見分けた。ゴアはもはやゴアでなかった。今や、ゴーストタウンになり果てている。例外はきちんと手入れのされたそれはすばらしい教会で、ほかは広大な空き地のあちこちに見えるゴミ捨て場、そこで貧しそうな子たちが遊んでいた。二〇一四年、わたしはフランシスコ・ザビエルとマルチェロ・マストリッツリ、クリストヴァン・フェレイラの足跡を追ってそこをさまよったが何もみつからず、収穫といえば質《たち》の悪い風邪だけだった。

マルチェロ・マストリッツリが、ゴアではSFXに黄色のカズラを着せるだけで満足せず、聖なる遺骸から皮膚のかけらをいくつかと、爪を削ったものを掠《かす》めとって聖遺物にしたあと、その地からのガレオン船でマカオに着いたとき、彼も明の上川島で亡くなりゴアに運ばれたSFXの遺骸が体験したのと同じ目に遭った。猟犬のようなヒステリー状態になったポルトガル婦人の群れが襲いかかり、手に持ったナイフと鋏《はさみ》で彼の着ているもの、身体までも切りとろうとした。輝かしい評判に先回りされていたため、彼はSFXと同じくらいに著名であり、前述したように、聖人として、いわば聖人のプロトタイプとみなされていたのである。こうして祭衣からストラ(首からかける帯)、長靴下、髪の毛、体毛など、あるいは耳たぶさえも、奇跡を招く真正の宝物として、信徒らは彼から剝ぎとるために襲いかかり、それらを壺のなかにしまい込むのだった。

ゴアにて陵辱を受ける破目になったSFXの遺骸は、マカオのマストリッツリの例とは違って、実際に陵辱を受けてしまう。マヌエラ・デ・ラ・サンタ・クルスという名の気の強い婦人、インド諸国副王の姪なのだが、遺骸の左足親指に嚙みつき、それを〝齧《かじ》りとる〟ことに成功した。口のなかに含んだまま逃げだす。婦人が飲みこんでしまったのか、隠しただけなのか、誰にもわからない。事実、指はなくなっていた。わたしは一連の白黒写真で（というのは、水晶の窓では足の先が見えない）、ボン・ジェズ教会に安置されている聖人の遺骸を確かめることができたが、左足の指、太い親指はたしかになくなっていた。

（忘れぬよう記しておきたい。一六一四年、これはきちんと公式なものであったが、ＳＦＸの右腕は切断されローマまでおごそかに送られたあと、ジェズ教会にて現在も顕示されている。また一六一九年には、同じ右側の上腕部が日本に送るため切りはなされたものの、けっして届いてはおらず、次に右の肩甲骨が三つに分けられ、マカオとマラッカ、コーチシナに向けて送られた）

マカオでは、鋏を手にしたヒステリックな追っかけ婦人集団から逃げ回ることを除くと、マストリッツリは切りとられてしまう長衣《スータン》を日に二度は着替えるほかは、とにかくしゃべり、しゃべり、しゃべりまくった。しゃべりすぎるので、周囲は恐れた。単に〝午餐に出かける〟だけならば、五、六人の選ばれた物静かな人たちのみだろう。しかし、彼は連日のように〝人で埋まった〟聖パウロ教会の説教壇から話すのである！

「わたしは聖フランシスコ・ザビエルのインド諸国における使者です。聖人がわたしに出現なさいました。この地にわたしを送られたのは**あの聖人**なのです！」

そういった演説を、彼はマカオでも、ゴアでも、そのまえにはアフリカを迂回する長い航海のあいだガレオン船上でくり返した。

「わたしには、聖フランシスコ・ザビエルの名において、日本で**迷える子羊**クリストヴァン・フェレイラを捜しだし、教会に連れもどすという使命があります。主よ、慈しみをわたしたちに示し、わたしたちをお救《オステンデノービス、ドミネ、ミゼリコルディアム》いくださ《トゥアム》い！」

マストリッツリは総督ドミンゴ・ダ・カマラ・ダ・ノローニャからマカオ元老院に招かれ、このように演説を始めた。前置きのつもりか、祭衣の裾を開いて参会者に釘打ちベルトで血だらけになった腰を見せながらである。

「この人物の頭はたしかにおかしい！」即物的で、神の恩寵などとは無縁な商人たちは思った。「だが、どうしたらいいのか？　教皇もスペイン国王も承知のことで、たしかにどちらも謁見を許し、栄誉と祝福まで与えているのではなかったか？」

「今でさえ日本では問題だらけなんだが」脇の一人がつぶやいた。

「これ以上われわれも危険を冒すわけにはいかないぞ！」もう一人が低い声で言った。

一列先に座った連中の話。元老院の〝聴衆〟、つまり聖職者や仲買人、役人たちは三日月形をつくる五列の席に座っている。その正面にテーブルが置かれ、マストリッツリがその後ろに座って集会を司る（テーブルの下で、彼は爪の伸びた汚い素足を組んだりほどいたりしていた）。その背後の金縁の壁には等身大フランシスコ・ザビエルの石膏像、両腕を広げたその姿は地球全体に接吻を送っているようだ（「偉大《マグナ》なる主《オペラ》のみわざ《ドミニ》！」）。彼の座る椅子の両側および後ろに、ローマから同行の者たちのなかから黒の祭衣に白襟の司祭たち、イタリア人のイエズス会士アントニオ・カペーチェとフランチェスコ・カソラ、バルタサル・チタデッラ、ジュゼッペ・キアラが控えていた。

「あまりからかいすぎると、日本人どもは貿易をやめると言いだす。かつてオランダ人に対してやったことがあるし、それは一〇年間も続いたんだ！　そうなったらわれわれにとって、マカオにとって、大破局となる！」と、ガリオット船団を率いて日本に向かおうとしていたカピタン・モールのゴンサルヴォ・ダ・シルヴェイラが大声を上げた。

「わたしを長崎に連れて行くのはマカオの義務である！」マストリッツリが言いかえす。

説教師のことは無視して、ロドリーゴ・サンチェス・デ・パレーデス・ゴンサルヴォ・ダ・シルヴェイラ（マカオで最も金持ちの彼の膝には、一〇〇〇エキュのルビーの首輪をした白い小犬がいて、撫でまわされている。後に彼は「あの男は狂信者だ！」と明かすことになる）は右隣のゴンサルヴォ・ダ・シルヴェイラの耳に囁く。

「ポルトガルの日本に対する負債は巨大で、彼らからの借り入れは七〇万クルサードにもなり、これには支払うべき一二年間の利息を数えていない。これがわれわれにとっては一種の保証であり、安心できたわけだ。将軍は、カッとしたからといって、その全部を失うような危険は犯さんだろう。大坂とか博多の高利貸しらの悲鳴がここにいても聞こえそうじゃないか！　マカオと手を切ること、それはその債権を諦めるということだ！　とはいえ、とにかく将軍を怒らせるのはやめよう。『商売はいいが、宗教はいかん！』と、将軍ははっきり言ってきているではないか。その路線を、オランダ人のクーケバッケル、ファン・サンフールト、カロンら、ほかの連中も遵守している。彼らを真似しよう。さもなくば、われわれの地盤をぜんぶとられてしまう。このマストリッリは追いはらうべき銀蠅だ」

「それにだ、どのように日本人相手に話すか？」ゴンサルヴォ・ダ・シルヴェイラが応じる。「彼らにあっては、名誉の問題が並外れて重要なのだ。体面を保つために何百万エキュでも犠牲にする覚悟があるか？　単に威厳の問題でも、われわれの負債七五万エキュなど捨てるつもりだな。それが目に見えるようだ！」

「だが、彼らは絹を欲しがっているではないか！」マヌエル・メンデス・デ・モウラが口を挟む。「絹地の着物を着る、それが日本人の弱みの一つだろう。下っ端の職人の家にさえ、祝い事に備えて絹地の晴れ着を持っている。着物に金をかけすぎて身を滅ぼす役者や遊女たちは論外にしてもだが！　ところがオランダ人どもは、絹のある明とは交易がない。広東の交易所に彼らは入れない」

「連中は台湾の熱蘭遮城《ゼーランディア》に商館を開き、おかげで明から出向いてくる密輸人と商売ができるようになっているのだ。ほかにも最近の話だが、ベンガルとかシャム、それにペルシアの市場にも出入りできるようになったというが、そちらにも絹はふんだんにある！」

「神父！」巡察師マヌエル・ディアスがマストリッ

リに声をかける。「日本に渡ると言っておられるが、それがフランシスコ・ザビエルの真の意志に背いていないと、どれほどの確信をお持ちかな？　この守護聖人は現実的な考えをお持ちだった。キリスト教への改宗者を増やすため、師はたびたび状況に合わせざるをえない。こう言ってよければ、妥協する知恵を持っておられた。ところで、わたしたちは危険な時期を生きており、日本におけるわたしたちの使命は根こそぎにされてしまった」

「宣教がこのように悲惨な状況を迎えたのは、ひとえにわたしたちの罪なのです」マストリッリが激しく反論した。「フェレイラとその同類がわたしたちに神のお怒りが向かうようにしたからです。かくして、われらが血をもって大いなる燔祭《ホロコースト》とし、神のお怒りを鎮めなければなりません」(マストリッリは磔になったキリストの像を首に掛けていたが、十字架はない。「主の十字架、それはわたしの数ある罪です！」と、彼は説明した)

「わたしたちが何千里も何千里もの疲労困憊《こんぱい》の旅をしてここにいるのは、死ぬため、長崎の聖なる西坂の山上で死ぬためなのです！」マルチェロ・マストリッリの右隣に座ったイタリア人イエズス会士アントニオ・カペーチェも煽りたてる。

「死ぬこと」フランチェスコ・カソラ(左隣に座っている)も反撃に加わる。「それがわたしの唯一の目的です！　わたしの命と悪魔《デーモン》の意のままにされた不幸なる子羊、裏切り者のフェレイラの命とを引き換えにするのです！」

「そうです、わたしたちの望みは死ぬこと！」すかさず(後ろに座った)ジュゼッペ・キアラが応じた。

「それが聖フランシスコ・ザビエルのご意志であり、わたしはその代弁者であります」彼らを率いるマルチェロ・マストリッリが一段と声をあげる。「**わたしの**意志に反論を加えること、それは**聖人の意志**、すなわち**神の御心**に抗うことなのです！」

告発するかのようにマルチェロ・マストリッリとその同行者らを指さしながら、衰弱しきったマヌエル・ディアスが最後の力を振りしぼって叫ぶ。

「わたしが生きているかぎり、貴殿らの誰一人日本に向かうことはない!」

マカオ総督のドミンゴ・ダ・カマラ・ダ・ノローニャは居心地悪く感じていた。(明国の若い娘をさらい、奴隷としてメキシコで売りとばすというぼろ儲けの商売)で手を組んでいる金持ち商人ロドリーゴ・サンチェス・デ・パレーデスの左隣に座っていたが、畝折りにしたばかでかいレース襟に鼻まで顔を埋めたままじっと動かずにいる。ヌエバ・グラナダ(コロンビア)産のグアノ(鳥の糞を使った化粧品)で固めた口髭の先端を指で弄んでいる。この集会が始まったときから、彼の意見表明が待たれていた。職務上、町では最も格式の高い有力者であり、決断できるのは彼以外にいなかった。この役職(総督)は、最近になってスペイン政府が考えだしたものである。二〇〇〇名の男(一〇〇〇名の日本人戦闘員のほか、マレー人など)を乗りこませた五隻の武装船団を率いるオランダ人が聖なる神の御名の町(マカオ)に対し凶暴な攻撃を仕掛けながら攻略できなかったことを口実に、マドリード政府が一六二三年に役職を設けた。ポルトガル王も兼ねていたスペイン国王(スペインではフェリペ四世、ポルトガルではフェリペ三世、ポルトガル王家にフェリペが一人不足していたので)は、その攻撃を受けた後、兵と大砲、火薬、マスケット銃の補給と、町の要塞化を約束した。しかし同時に王は、抵抗するというか、むしろ反抗的な態度をとる町のポルトガル人社会に対し、自分の権威を強めたいと思っていた。実際、ポルトガル人の多くはスペイン国王フェリペ四世(ポルトガルでは三世!)を自分たちの王と認めることを拒否していた。それまでは、ポルトガル人の船隊司令官がその役職を王から二年間の期限付き(買い手はいくらでもいた)で買いとり、その期間中は併せて実質上の総督となっていた。スペイン庇護下で総督は任命されるようになり、船隊司令官はその特権を失う。そして、ポルトガルは自治権を。

「われらが親愛なるマルチェロ・マストリッツリ神父

は聖人君子であり本来的な意味における聖人、たしかに列聖はまだですが、それも時間の問題だと思います。それはわたしが保証する！」と、ようやく総督ドミンゴ・ダ・カマラ・ダ・ノローニャ(ポルトガル人だが、「スペインに身を売ったポルトガル人」と多くの参会者は思った)は言葉にニュアンスをつけ、遠回しの表現の語尾をひねくり回しながらも口を開いた。「教皇ならびにわれらが王フェリペ四世(「おまえの王かもしれんが、おれの王ではないぞ！」低いつぶやきが聞こえた)、カスティーリャおよびアラゴン、ポルトガル王国の、また西および東インド諸国における全所領地の君主がわれわれにこの使者を派遣なさった。ということは、その事実により、われわれの目にも神聖不可侵としか見えませぬ！　そのことの真の価値をしっかり判断せねばなりません。そして、われわれのガリオット船にマルチェロ・マストリッツリ師のための場所――名誉ある場所――を提供することであります！」

「絶対に許さん！」マヌエル・ディアスが叫ぶ。「わたしの生きているかぎり、もう一度くり返すが、ただ一人の修道者も日本には向かわぬ、少なくともこのマカオからは！　そのような理性から逸脱した行動、ばかげた冒険沙汰に、わたしたちを巻きこむことは許さない！　どうしてもマルチェロ・マストリッツリが長崎で串刺しにされるか生身で火炙りにされることを望むなら、ほかの道をみつけるがよい。もしマニラが望むなら、マニラから。わたしとしては、この話からは手を引かせてもらう」

憐れみの賛歌《キリエ》

われわれの間では教えに背いた者は背教者、変節者とされる。日本では望みのままに幾度でも変節し、少しも不名誉としない。

『ヨーロッパ文化と日本文化』ルイス・フロイス、一五八五年

(岩波文庫、一九九一年、岡田章雄訳注)

ひと月後の一六三六年七月三日、マルチェロ・マストリッツリがマニラに着いたとき(つまり、マカオから日本に向かう船に乗ることを阻まれたわけである)、一二人ほどの〝華人に変装した〟ドミニコ会司祭が密かに日本に向けフィリピンを離れたところだった。やはり日本で〝死ぬ〟ことを夢見る者たちである。彼らも将軍の顧問を務める林羅山が言うところの「宗教の毒を撒き散らす毒蠅の群れ」に属していた。

カスティーリャ出身者がほとんどのドミニコ会士に交じって、赤毛で桃色の肌、丸ぽちゃ、四五歳のフランス人司祭、フランス南部ベズィエに近いセリニャン生まれのギヨーム・クルテがいた。マストリッツリがヨーロッパを発って、東方《レヴァント》に向かい、アフリカとインドを経由してマニラにたどり着いた一方、クルテらの一行はヨーロッパから西回り、ヌエバ・エスパーニャ、つまりメキシコを経由して大西洋岸のベラクルスで船を捨て、太平洋岸のアカプルコからまた船に乗った。

クルテは上長のドミニコ会士ディエゴ・コリャードが発した〝殉教への呼びかけ〟に応じたもので、上長のスペイン人司祭はすでに一六二〇年頃日本に住んだことがあり、策略を用いる宣教に熱心だった。なかでも南九州の島原では、真の神のため、ともかくも(その軍事力である)スペイン国王のため、死をもいとわぬ急進化した日本人の大組織網――ロザリオの信心会

——を立ちあげた。それら信徒の、とりわけ農民たちの頭を効率よく洗脳しようと、コリャードは信徒に主禱文および天使祝詞《アヴェ・マリア》を(天国に行けるよう)うんざりするまで復唱させ、男から女へ、女から子どもへと交代しながらも切れることなく何週間、何カ月もくり返され、祈りは口から口へと決してとぎれることがなかった(祈りの回数はきちんと台帳に記入された後、誰か関係者に渡されてローマ教皇の、そして天国の神様の統計を潤していった)。

ほかにも、ディエゴ・コリャードは新信徒らを奮い立たせるため、日本に間もなく(恩恵深い言葉のみで、徳川将軍と日本の国全体を改宗させるにちがいない)救い主《メシア》がやって来ると予告する。つまり狡猾なコリャードは殉教者として終えるつもりなどまったくなく、イエズス会士とポルトガル人をアジアから追い払い、ドミニコ会士とスペイン人を据える、それが彼の真の目的だった。司教冠《ミトラ》を被りたいのは当然ながら、日本で実質的な大司教となってインド諸国(アジア)全域を永遠にキリスト教化することを夢見ていたのである。

いずれにせよ彼の目には、日本が(神授権により)スペインに属しており、ポルトガルの属領ではなかった。一五世紀に結ばれたトルデシリャス条約による境界線は、彼自身と神学校の地図作製者が行った計算によれば、マレー半島のマラッカ港辺りから以東を地球の東方として分割していたとする。それは同時に明国全体およびシャムがマドリードの支配下に……という、政治・地理学的な大博打でもあった。不思議なことに、マニラ統治当局は——同じスペイン人であったにもかかわらず——ディエゴ・コリャードを日本に行かせなかった(フェリペ四世の、少なくとも公式の下命書を持っていなかったことも事実ではある!)。彼に関する〝挑発的な人物〟との評判を考慮した当局は、すでにかなりの混乱状態にあるインド諸国(アジア)に口火を点じることを危惧したにちがいない。王命を待ちながら彼を拘禁したものの、同行のドミニコ会士六名には日本行きという冒険を許した(というか、見ぬふりをした)。

六名は捕らえられる。台風のせいでジャンク船が座礁した日本列島の最南端、琉球にたどり着いたところだった。ギヨーム・クルテに同行の信徒および同志は、ミゲル・オサラーサ、アントニオ・ゴンザレス、ビセンテ・ラサロ(五年前、日本からマニラへ追放されたハンセン氏病患者)、ローレンソ・ルイス、そしてバルタサル・ベルナルドだった。もっともクルテのように赤毛に緑の目、ぽっちゃりして桃色の肌ならば、たとえ〝華人に変装〟してもその緯度の地域では、ミルクを入れたコップのなかの蝿くらい目立ったことだろう。なぜだかわからないのだが、一行は琉球諸島で一年近くも囚われの身となったあと、遅ればせながら連絡を受けた将軍の命により手鎖で船に乗せられ、長崎に着いたのは一六三七年九月一三日であった。すぐさま拷問にかけられる。

一七世紀のガブリエル・ラダームが、かなり矛盾があるにせよ、ギヨーム・クルテ殉教の光景を版画として残している。腰のあたりを柱に縛りつけられたクルテは、空想の日本兵士らに囲まれているのだが、羽根飾りのついた兜と剣を見ると、侍というよりローマ皇帝ネロ時期の百人隊を思わせる(ヨーロッパ人の画家は、日本人がどんな外見なのか知らなかったか、あるいは構図に〝聖書の香り〟を添えたかったのだろう)。ドミニコ会士としては当然の黒と白の修道衣を着たクルテは、胸の前で優雅に交差させた両手を扇のように大きく開いており、全部の指の爪に鋭く尖った針が「深く、第二関節まで」差しこんである(と、当時の殉教者列伝は、拷問中を通じてほとばしる「多量の血」についても隠すことなく詳しく記した)。

〝写実的〟とは言いがたいその版画に描かれていないのは、人に見られることなく拷問を目で追える透かし入り二帖の屏風がクルテの正面に立ててあって、一帖の後ろには、その「うんざりする、気色悪いお務め」から逃げられなかった奉行の馬場三郎左衛門が、二帖目にはそれが楽しくてしようがない補佐役の榊原職直がいて、そしてそのほかにも通詞を務める元イエズス会士の沢野忠庵ことフェレイラと、了伯こと荒木トマスがいた点である。

奇妙なことに菊もその場にいて、夫と荒木のあいだでいつものように俯いた姿勢で押し黙ったまま、上目遣いで観察していた。その菊が自分から言い出して、きれいに結いあげた漆黒の厚い髪から鋭く尖った長さ二〇センチもの簪《かんざし》を次々と抜き、想像力を使い果たし考えあぐねていた拷問役(裸の上半身が汗まみれのいかにも粗野な男で、役に立ちそうな情報をまだ一つも得ていなかった)に、それを罪人の指に刺したらどうかと勧めた。フェレイラは、ゆっくりと菊が髪から正確に一本ずつ簪を抜いては拷問役に渡すその優雅なしぐさの、また冷たい目で瞳を動かさぬまま凝視する眠りを誘うような、物欲しそうなその視線に官能的な美しさを見て魅了された。彼女はまるで何かの儀式、たとえば一つひとつの動きが巧みに計算された茶の湯を楽しんでいるかのようだった。ユダヤ王の妃にもかかわらず選ばれたる民を迫害したフェニキア人イゼベル、イエズス会の文書では真の神の敵である異民族の女を示す代名詞だが、そのイゼベルも、菊に比べたら教会で司祭を手伝う無邪気な〝ミサ答えの少年〟のようなものだった。

ひとたび簪が〝しかるべき箇所〟に刺されると、今度はギヨーム・クルテの延伸した右手の指で延伸した左の指を、ギタリストが弦をかき鳴らすときのようにせよと強要した。またしても菊の賢明な〝思いつき〟だった。かくして収穫した情報は「非常に懸念される内容、脅威と言える」ものと判断され、それはまた、ほんの二〇日後にマルチェロ・マストリッリ神父から聴取したものと充分すぎるくらい合致するのである。

マストリッリは密航して日本に着いたばかりで、やはりフィリピンからだった。ただちに居場所は突きとめられ、ほぼ同時に捕縛された。

「あの神父たち、まるで便所の臭いに酔いしれた銀蠅のように日本に殺到してくるのだがこうも時期が重なるので将軍をうろたえさせてしまった！　家光は逆上していると奉行から打ち明けられた。激怒しているらしい！　血を流せと言っている。キリシタンに見える連中なら、当たっていようといまいと皆殺しにしろと言い出しているようだ！」荒木トマスがフェレイラの耳に囁いた。

二人はそれぞれの膳を前に、並んで正座していた（というのも日本では、同じ餌箱に群れる家畜のように、不器用な西洋人が二人あるいは五人、一〇人、ときには使徒たちのように一二人も同じテーブルを囲むことはない）。膳には蛸《たこ》の薄切りと海苔を散らした生海胆《うに》、それと盃が用意されていた。それぞれの後ろには仲居兼遊女が無言のままじっと待機しており、皿もしくは盃がけっして空《から》にならぬよう見張っている。ほかに誰もいない。当時の〝名店案内〟のどれもが薦めている丸山でも指折りの茶屋〈大幸〉、その一室に二人はいた。〝名店案内〟といっても、普通は扇のようには折りたためない団扇《うちわ》のことで、町中で子どもが数文で売っており、そこに宣伝として食事処とか宿、愛想のいい娘についての情報が書かれてあった。扇や団扇は、色々な使い道がある。

マルチェロ・マストリッリが一〇名ほどの日本人イエズス会士を引きつれ入国し、おまけに全員が一般人に偽装していた事実、それが日本側に堪忍袋の緒を切らせてしまった。それに先立つことほんの六日、ということはギヨーム・クルテへの〝吟味〟が始められた直後、台湾（麗しい島《イーリャ・フォルモーザ》）から来たジャンク船が三人の聖職者、というか三本の大樽を積んでいて、塩水を満たしたそのなかに首を切断した遺体――ドミニコ会および聖アウグスチノ会、フランシスコ会の会士三名、いずれもスペイン人で自国の商館がある台湾の基隆《キールン》の住人だった。キールンは、同じ島にあるオランダの熱蘭遮城《ゼーランディア》と敵対していた――を保存してあった。この航海のために大金（銀一〇〇〇枚）をはたいた善良なる三人の司祭は、商人と自分らが思った華人の海賊（その種の者らが商人であり、同時に海賊でもあるという事実を知らなかったので）に、不用心にも打ち明け話（やはり日本で〝殉教する〟こと、それが叶わないなら、体制打倒の種を撒こうと思っていること）をしてしまった。台湾の島影が見えなくなるかならないうちに、短刀を手にした華人は身ぐるみ剝ごうと司祭らに襲いかかったが、必死の抵抗に遭ったため仕方なく殺してしまった。司祭三人のうちの一人の名、フランシスコ会士ハシント・エスキベルしかわからなかった。神のご慈悲を賜りますように！　落とされた首の方は、別の、これも塩水の入った小樽に入れてあった。〝その全部〟を海に放ることなど、彼らはもちろん考えもしなかった。それらを長崎奉行に〝差し出す〟までは。誰でも知っていることだが、たとえ死んでいても、聖職者たちには値がつく。死者には一〇〇両、生きていれば三〇〇両というように！　大樽小樽はジャンク船から奉行所まで転がされていく(武士らに護衛されて)。

奉行所の庭で、開けられた樽に身をかがめながら馬場三郎左衛門は鼻をつまみ、かつてないほど辟易《へきえき》した表情を見せながらも、ほんとうに西洋人の司祭であるか否かを自ら確かめ(不快に思っても、事は極めて深刻だった)、それは貧弱な体格と修道衣によって、そして海賊らが巻きあげてあった公式書類からも証明された。しかもスペイン人ときている！　コンキスタドール！　馬場が将軍に届ける報告は、すでに妄想症《パラノイア》の様相を呈している雰囲気を鎮静化するはずもない！

「もういい！」奉行は言った。

「カスティーリャの性悪連中が作戦を開始したのだ、これは間違いない！」白髪交じりの髭をこすりながら、荒木トマスはフェレイラの耳元で囁きつづける。「無敵艦隊のときと同じ手をまた仕掛けてくるつもりだ！　かつてムーア人《マタモロス》を殺せと雄叫びを上げた例の騎馬隊がマスケット銃を構え、日本の海岸に押しよせてくるのが目に見えるようだ。数カ月以内、それより先の話ではない。これはえらいことになるぞ！」

「スペイン人が攻めてくるなら、わたしとかあなたもだが、とにかく昔の話であっても、多かれ少なかれキリスト教に関わった者すべてが始末されてしまう危険性は大だ。大掃除、これは大粛清になるな！」フェレイラも怯えたようすで応じる。「あのスペイン人ども、頭がおかしくなったのか、自分らが何を始めてしまったのかまったくわかっていない」

「将軍に最も近い補佐役たち（堀田正盛および阿部重次、松平信綱）によると、将軍は追いつめられているのだそうだ。最も恐れているのは、キリシタンあるいはその残党が、侵略してきたスペイン人と、さらには浪人と幕府に対して共同戦線を張る可能性だ」

　浪人とは職を失った武士で、君主のいない〝郷士《イダルゴ》〟とか〝遍歴騎士〟のような者らのことを指し、当時その数は非常に多く（四〇万人を数える時期もあった）、一部はキリシタン、あるいは一六〇〇年の名高い関ヶ原の戦い（天下統一を果たした豊臣秀吉の跡継ぎ、秀頼を立てる勢力と、それに対抗する徳川家康側の戦いであり、勝った後者が江戸幕府の第一代将軍となる。敗れた豊臣側の大名たちは処刑され、その兵たちは浪人となった）のあと粛清された多くのキリシタンも含む大名たちの元家来である。秀頼は堅牢強固な大坂城内に逃げこみ、その防衛を買って出た援軍のうち多くが浪人だった。その後、秀頼は何事もなく一五年を過ごす。家康には、忍耐強いとの評判があった。一六一五年（フェレイラが日本に来た六年後）、大銃が振るわれる。徳川家に抵抗する最後の砦となった大坂城は包囲され、火を放たれた。秀頼は火に囲まれたなかで死に果てる。結局のところ、徳川父子と孫は、二度にわたる血なまぐさい戦いのあいだ、敵陣にキリスト教徒の軍旗、それもただの軍旗ではなく、四世紀初めに自ら改宗し帝国全体をも宗旨替えしたローマ皇帝コンスタンティヌスの軍旗《ラバルム》が翻っていたのを忘れるはずがなかった。この徴により、汝は勝利せん《イン ホック シグノー ウィンケース》！　それらラバルムには、聖餐《エウカリスチャ》の象徴である聖杯《カリス》と、キリストのギリシア文字表記の最初と二番目の文字X《キー》とP《ロー》を重ねたものに、最初《アルファ》と最後《オメガ》をあしらった徴《クリスマ》が描かれてあった。ほかにも、キリシタン大名の兵たちは突撃の際、〝ゼスマル（イエス・マリア）〟と叫ぶのが常であった。非常にまずい結果を生まざるをえない。

　そんなことすべてを、魅力的な仲居が注ぐ盃を重ねながら、荒木とフェレイラは酔いに沈みながら低い声で話し続けた。警戒には念を入れ（シーッ、日本ではそこら中にスパイ、回し者、目明かしがいる）、優秀なイエズス会士であった二人は自由に操れるラテン語で話した。言葉《ウェルバ》は銀《アルゲントゥム》、《ネック》沈黙《シレンティア》は金《アウルム》なり。六五歳の荒木は人生の一五年間をヨーロッパ、マドリードで、とりわけローマで過ごした。そこでは教皇パウロ五世（アルコール依存症の小児性愛者であり、今は地獄の炎に焼かれている）および権勢をふるう枢機卿ロベルト・ベラルミーノと昵懇《じっこん》だった。このベラルミーノという人物は、（宇宙が無限であるとの大それた主張をした）悪魔の哲学者ジョルダーノ・ブルーノをローマで公開焚刑に処したことを誇りにしていたのみならず、そのあとも、不誠実なので生きるに値しないアモリ人〔現在のアムル人〕を、選ばれた民が殺戮しやすくなるようにＹＨＷＨ《ヤハウエ》が**太陽の運行**を止めたとする聖書〈ヨシュア記〉の権威に楯突いて、あろうことか太陽が地球の周りをではなく、反対に、地球が（一種の衛星、奴隷、家僕のように！）太陽の周りを回っているのだと主張する、なおいっそう悪魔的なガリレオ・ガリレイについての審問調査も行った。ガリレイは、もはや人類が宇宙の臍《へそ》でないと言いたかったのだろうか？

（キリスト教会が彼の教えと著作を発禁処分にして、悪魔の理論が決して中華帝国および日本に伝えられぬよう万全の手を打ったことは言うまでもない）

　トマスこと了伯は地獄耳だった。悪いことに、彼はラテン語のほか、ギリシア語とイタリア語、ポルトガル語、スペイン語を流暢に話すのだ。したがってヨーロッパにいたあいだ、スペインが故国日本に対して何を考えているかを、宗教上の七面倒くさい言い回しの裏からすばやく嗅ぎとった。それは、日本のみならず明国をも屈服させることである！　征服を果たしてきたそれまでの状況に鑑《かんが》み、万国の君主《モナルキア・ウニベルサル》の名による世界の征服である！

　荒木は一六一五年に帰国すると、ヨーロッパ滞在中に見聞きしたことすべて――彼がいても、誰も注意を払わなかった。どうせノワシ〔フランス語の中国人〝シノワ〟の倒語。現代の若者が使う俗語〕だから問題なしとされたのだろう、わたしはそう思った――を将軍の補佐役たちに余すところなく語った。たとえばマドリードのサン・ラサロ修道院では、ポーランドおよびイタリア、スペインの枢機卿クフノスキ、ベルナルディーノ、そしてバローサ猊下らの話し合いを聞いてしまう機会があり、そこで自分らの言葉に、また相互了解に至ったそれぞれの思想のみごとな調和に酔いしれた三枢機卿は、(モンテーニュを嘲弄しつつ)偶像崇拝(または異端宗派)の国すべての主権に**正義の戦い**をもって介入するに際し、その根拠としてスペイン国王が**聖なる干渉権**を前面に出したこと、だがその**干渉主義**は純粋な**人道主義**とみなされるべき性質のものであり(トマス・アクィナスや聖アウグスティヌス、フランシスコ・デ・ビトリアを読むがいい!)、なぜなら鉄火をもってなされるにはちがいないが、それなくしては地獄に堕ちることを運命づけられている不幸な異教徒らの目を、唯一かつ真の宗教に強いて向けさせ、(洗礼によって)救済するからだ、という結論に達した。

「スペインが攻撃してくるとなると、それはフィリピンからだ」フェレイラが言う。「あそこが彼らのアジアにおける要衝だからな。それにしても、ばかげている。わたし自身、亡くなった上長のマテウス・デ・コウロス神父と同じく、あの無教養なスペイン人のフランシスコ会とドミニコ会の連中に、日本がメキシコとは違うことを何度も言ってやった。アメリカ大陸を五〇〇人の征服者《コンキスタドール》を率いて制圧したような手柄は絶対に立てられない、日本はうまく統治され、組織化され、戦いにおいても鍛えられているのだと」

イエズス会への憎悪で頑迷になっていたオランダ人の想像とは違い、イエズス会士もローマ教皇庁も、日本列島を植民地にするという夢(スペイン人のフランシスコ会士およびドミニコ会士の多くにはその心づもりがあった)は抱いておらず、キリスト教化することのみを望んでいた。一七世紀初頭まで、つまりキリシタン迫害が始まる前、イエズス会は自分らのやり方を忠実に守り、列島南端の九州の大方を影響下に置くことに成功し、有馬氏をはじめ、肥前、豊後、肥後などの各藩の大名たち(彼らはイエズス会との交易に関心があった)を改宗させると、その大名たちが今度は自藩の民に改宗を強いた。キリシタン大名は、有力な藩主間での政略結婚により〝勢力〟を強め、遣り手婆のように人脈を開拓のうえ、同時に碁あるいはチェスに似た気の長い戦略でキリシタン集団の拡大を図り、いずれ将軍もしくはその跡継ぎ――日本のコンスタンティヌス一世(前述の自らキリスト教に改宗し、公認したローマ皇帝。軍旗に例のラバルムを選んだ)――に洗礼を受けさせようと思っていた(要するに、下層民や弱者、病人、被差別者のなかに体制転覆の種を蒔くディエゴ・コリャードほかスペイン人聖職者らとは異なり、標的を選良に絞っていたのだ)。

それどころか、イエズス会はもっと壮大な夢を温めていた。日本人の武勇精神を知るイエズス会は、ひとたびキリスト教化した日本人に働きかければヨーロッパ軍の支援を得て、明国に対する大規模な十字軍遠征をしかけ、最終的にあの巨大帝国を教皇の支配下に置く。そもそも一六世紀末に太閤秀吉の軍隊、キリシタン大名の小西行長(肥後国宇土城主、洗礼名はアウグスティヌス)などに率いられた一〇万の兵が朝鮮に侵略した際、すでにイエズス会の〝従軍司祭〟があちこちで跳ねまわっていたというではないか。その作戦の目的は、朝鮮のさらに向こう、中華帝国の北京さえも征服しようとする狙いがあった! だが、惨憺たる結果に終わる。頓挫したその遠征から、日本人は製陶の新技術のほか、遊郭を補給する奴隷たち(女と稚児)、想像を絶する数の〝鼻と耳〟(兵は自分の武功を証明し報賞金を受けとるために、可能なかぎりの耳鼻を塩漬けにして持ち帰らねばならず、数を増やすため、不当にも男女老若を問わず、子どもまで対象にしたという)を持ち帰った。今日でも京都の丘の上には、〈静かな朝の国〉からのそれら身体突起物を葬った塚がある。快い響きを持つミミヅカ、だが耳塚の名が示すとおり耳を埋めてあるのだ。

このように二つの国際主義が対抗したわけであり、まだ造語こそされていなかったが〝植民地主義的〟利益が育んでいたスペイン国王の帝国主義(万国の君主)が一方に、そしてローマ教皇庁およびイエズス会の神学政治的なそれが他方にあった。

「わたしも同意見だ、あなたも感じているだろうが《テークムセンティオ》」荒木がフェレイラに言う(常にラテン語で)。「日本に向けてスペインによる攻撃があるとすれば、それはフィリピンからとしか考えられん、そういうことだ《イータエスト》！ 老中の堀田正盛(ここだけの話だが、これはずっと家光の稚児としてかわいがられてきた男なんだ)が、マニラの驚くほど精確な湾と砦などの絵図を見せてくれた。マスケット銃や大砲の数、その防御に当たる壮健な混血もしくは生粋のスペイン人の兵数が説明として入っていた。それだけの情報を集められる間諜が現地にいるということになる。その絵図はオランダ商館長クーケバッケルと次長フランソワ・カロンにも見せられた。家光は、マニラが攻撃をしかけてくる前、逆に先手を打ちたがっている。家光には、作戦に必要な五万人の勇猛な兵がいる。一〇万かもしれん！ 望む兵員数など、いくらでも集められるからな！ それにオランダの連中だが、兵員を輸送するのに船を二〇隻ほど出すつもりだ(さらにわが国のジャンク船だが、その数には入ってない)。一点、オランダ人連中が反対していることがあるにはある。それはマニラの前にマカオを包囲すべきという話で、というのも一五年前、彼らは一度ひどい目に遭っているからな」

「そうだな《イータ》」フェレイラが相槌を打つ。「なるほど《ベーネ》、よくわかった《インテレッゴ》」

地図の作製、日本人はその技術を一六一一年にスペイン人大使セバスティアン・ビスカイノに同行して来日した地理学者から教えられた。彼らの任務の一つに、北日本沿岸の測量を行い(マニラとメキシコ間を行き来する際、そこを通るスペイン船にとってはとくに危険な場所だった)、嵐の際に避難できそうな入り江をみつけることが含まれていた。ところがまたしても高慢さが、ビスカイノに修復不能の過ち(将軍に謁見を許された際、彼が長靴を脱ぐのを拒んだことは、読者も思い出されたことだろう)をくり返させてしまう。前述の作業の成果が記され、日本側にも伝えられた地図上に、彼は表記された町村の名をスペイン語でキリスト教化するより良い方法をみつけられなかった。仙台をはじめ、小本村、磐城、福島がサンタ・クララ・デ・ラ・ヴィルトゥード〔淑徳の聖キアラ〕、サン・セバスティアン、あるいはマードレ・デ・ラス・ドロレス〔嘆きの聖母〕などと改名されていた。

「日本国をどのように呼ぶつもりかな？」幕府船奉行の馬飼兵衛門が皮肉っぽく聞いた。「新カスティーリャ、あるいは新セビーリャとなるのか？　すでに新エスパーニャ〔メキシコ〕は貴国の新たな属領に使われてしまっているからな」

他国人（ことにコンキスタドールを自称するスペイン人）が日本沿岸の接岸可能な地点を熟知することの危険性を、時の将軍秀忠はわかっていなかったが、江戸に住む異端者イギリス人およびオランダ人がすぐご注進に及んだ。その日を境に、ビスカイノは冷遇されるようになり、幕府の勘定で連日連夜楽しんでいた宴も、また宴のあと、頼みもしないのに寝間に現れる極上の太夫も、見世物やら踊り、唄、花火、それらすべてが終わってしまった。以後、すべて自腹となり、しかも帰国しようとした最初の出帆は船に浸水があったため、自分はもちろん、使節の随行員らも二年間、日本に閉じこめられることになったので、着ている肌着さえ売らざるをえなくなったことだろう。

〝この日本人どもは、古代の異教徒よりも質が悪い〟彼は回想録に書く。〝彼らには救済という概念がまったくないのである！　心配事は現世のことばかり、したがって最も不幸と思われているのは貧しいこと、最大の幸せとは裕福で女たちに囲まれることなのだ〟と。

日本人には、信仰宗派の説話に本来あるべき世界創造、太陽や月、星々、空、大地、海、その他すべてのものの創造に関する知識がまったくありません。それらの始まりがなかったように思っているのです。彼らが最も心を動かされるのは、わたしから霊魂にはその創り主がいるのだと聞くことなのです。

一五五二年一月二九日付書簡、聖フランシスコ・ザビエル

マルチェロ・マストリッリに対するきわめて公式な最初の尋問は、長崎奉行所の公事場と呼ばれる間にて行われ(奉行はいつものように上の間に座っていた)、幕府が早急にマニラ攻撃の意志を固めるだけの結果をもたらした。

フェレイラは荒木トマスとともに、二週間前のクルテおよび同行者らの尋問のときと同じように今回も立ち会うことになった。しかし前回の尋問でクルテのドミニコ会上長者アントニオ・ゴンザレスに対し、フェレイラが身分を明かしたところ、「裏切り者」とか「ユダ」、「卑猥な悪の獣」、あるいは「腐った豚」と罵られた(また罵倒の合間に、マカオでの審議会《コンスルタ》においてて、自分がイエズス会から追放されたことを知った)ので、今度は正体を明かそうとしなかった(その一〇日後、クルテと〝兄弟《ブラザー》〟たちは穴吊りの刑で絶命する)。着物姿のフェレイラは、非常に優れた彼の日本語と相まって、ヨーロッパ人なのか日本人、あるいは混血なのかとの不審の念を一般の外国人には抱かせる。それとは別に、イエズス会から破門されたという知らせ(平手打ちを食らった思い!)はより慎重な行動を彼に強いた。今後、彼への手加減はいっさいなくなる。打ち倒されるべき身となった! 油断すれば、彼は野

良犬のように殺されるだろう。以後永遠に、彼は**敵方**に与したものと判断された。敵である！　もはや選択はない。脱出口からこっそり逃げだすこともできない！

　奇妙なことに、自分が途方もない**裏切り行為**に踏み出せたにもかかわらず、修道会からの追放は、人から浴びせられるどんな罵詈雑言よりも彼を深く傷つけた。我慢ならないと思った。まるでそれは自分が四〇年間も捧げてきた聖職、とてつもなく長かった哲学や神学、イエズス会独自の論法、ギリシア語、ラテン語の学習、日本での潜伏期間中の恐怖、穴吊り刑の苦痛(今でも、腹のなかの逆さまになった内臓がよじれるのを感じる)、子ども時代の夢、ばかげていたにちがいない理想の数々、幻影、儚い世界の**漂うような映像**、そして夢の夢《イ ロス スエーニョス スエーニョ ソン》、幻影《マーヤー》のヴェールを一瞬にして消されたに等しかった。考えれば考えるほど、憎しみが湧きあがる。日が経つにつれ、身体に刺さった棘《とげ》の毒が広まるように感じた。「悪党どもめ！　そんなやつらが善良なる神の名で語る慈愛？　あいつらに慈愛の何がわかるのか？」

　しかし、(罪人と奉行のあいだに荒木といっしょにいて)目の前で二人の刑吏に挟まれ、両足に縄をかけられ白州に尻を落とした〝哀れな狂信者〟マルチェロ・マストリッリが、かつての自分と同じようにおかしな修道衣のまま捕縛されたあと、錯乱し、唖然としながら怯えているのを目の当たりにして内心では喜び、快感すら覚えていることを彼フェレイラは認めただろうか？（この文章を書きながら、わたしは彼がそのあやしい快感を味わったことを**知っている**と、自分の内で感じる）マストリッリが、彼フェレイラもそうしたように、刑吏の足下までいざって、フェレイラが嘆いたように嘆き、フェレイラが泣いて懇願したように泣くところを見たいと、彼は思っただろうか？　そして最後は、打ちのめされて観念し、恐怖に戦《おのの》きながら立ちあがると、卑怯にもフェレイラがそうしたように、マストリッリも冒瀆の裸足を上の間に座る奉行の目前で、恍惚の表情を見せる主イエス・キリストが彫られた真鍮板を踏みつけるところを、彼は見たかったのだろうか？

馬場三郎左衛門（すでに述べたが、フェレイラ棄教のときは、切腹して今は亡き今村伝四郎が奉行だった）は上の間で優雅に半跏趺坐《はんかふざ》していた。この日の馬場は気分がすぐれなかった（この「蚊もたじろぐバテレンの執拗さ」にはやる気も萎えた！）こともあり、不吉な喪服のような白絹（当時は白が服喪の色だったが、今の日本人は色についても南蛮の基準に合わせ、葬式には黒の喪服を着る）の裃を着ることにした。それはともかく、日本人キリシタンの頑迷さが、ヨーロッパ人のそれよりもっと彼を落ちこませるのである。実際、彼ら東洋人（おまけに、その多くが教育を受けていない農民）にとって、あの唯一神でありながら同時に三者であるとかの話、また子を産みおとす処女とか——人をばかにしてるのと違うか？——難解な教理のいったい何が理解できるというのか？　何という非妥協性、盲従、過激さだろう。西国あるいは北国の稲作農民、府内の漁師、福島の馬沓《うまぐつ》売りが、神の恵み《ガラサ》あるいは聖餐《エウカリスチヤ》のいったい何を理解できるというのか？　学のある彼でさえ、もし何カ月かそれを（胃潰瘍になるほど）猛勉強したところで、ちんぷんかんぷんにちがいないのだ。そもそもそれは、彼らの頭にそんな下らぬことを、うさんくさく、危険かつ国家転覆をけしかける目的で吹きこんだ西洋人司祭らバテレンに、マストリッリたちの輩、フェレイラたち、ペドロ・カスイ（この男はまだ捕まっていなかった！）たち、ヴィエイラたちに責任があるのではないのか？

馬場は白州に控えるマストリッリ（黒い髪をぼさぼさに伸ばし、血走った目、殴打の青い痕がまだらをつくる顔、こっぴどく殴られたのだ）を異国の不可解で奇妙な動物、かつては（キリシタン迫害以前）日本人を魅惑し楽しませるためにインド、あるいはアフリカ、アメリカのどこからかわからぬ場所から運んできたあの鸚鵡《おうむ》やら鰐《わに》、犀《さい》、象であるかのように観察する。一六世紀終わりに長崎の地を踏んだ最初の象は、みごとな騒動を引きおこす。それほどに、狭い島に閉じこめられている日本人は新しいもの、奇妙なものには目がなかった。国中から狂乱状態の群衆が、驚嘆すべきというか、未曾有の奇跡、またしても何をしでかすかわからない(うぶな日本人の心をとらえることなどお手のものの)南蛮人がお膳立てした見世物に殺到した。殴り合い、刃傷沙汰、怪我人、死人まで出た！　象を見たい一心で群衆が押しのけ合う。妙ちきりんなマストリッリはその象だった。象以下でも以上でもない、一頭の象！

今回は広間の両側、左右に三列、豊前をはじめ、豊後、筑前、筑後、日向、薩摩、大隅、肥後、とくに肥前からは大村のほか、五島、島原などの各藩(以上が九州)、土佐、阿波、伊予、讃岐(以上が四国)、そして(本州の近国)周防、長門、出雲、石見、安芸などの主なる大名もしくはその名代が座っていた。それらの多くは数万石から一〇万石を超えていた。さらに、幕府直轄の京ならびに大坂、堺の遠国奉行も臨席していた。

ささいな事件ではなかったからである。〝哀れな狂信者〟マルチェロ・マストリッリは、やはり捕縛されて拷問にかけられた一〇名ほどの同行者らの供述によれば、ただの〝狂信者〟とは違っていた。スペイン国王および教皇(教皇とは何者なのか、軍を持っていないのにその強権の由来は、というのが日本人がまだ解答をみつけていない疑問だった)から謁見を許されたことがあるほか、フィリピンのマニラ総督セバスティアン・ウルタード・デ・コルクエラ(日本の主要なる敵、なぜなら地理的に至近にいるので最も危険である)とも昵懇だという。スパイであることに間違いない！

「わたしはフランシスクシャビエルの使者ですぞ！」

マルチェロ・マストリッリは下手な日本語で、だがよく響く声で脅すように言った。

奉行所のなかを睨《ね》めまわし、教会の説教台からミサを盛りあげるかのような様子である。

「わたしはフランシスコ・ザビエルの使者であります！」

馬場は、すぐそばの段の下に座っている補佐役の榊原職直のほうに身をかがめる。
「フランシスクシャビエル、何だそれは?」

マストリッツリが一六三七年九月に長崎の南東、日向国の櫛津港に近い森で捕らえられたのは、フェレイラの進言によるところが多かった。教皇の後ろ楯でスペイン人に取り入ったこの著名の士は、そのうえ〝使命〟を果たすに必要な財源も充分に(六〇〇〇エキュ金貨)持っており、マニラでは計画を万事滞りなく成就するためのあらゆる便宜も与えられた。明国のジャンク船が〝お薦め〟の唐人の(台湾を発った不幸な司祭たちを、樽のなかに塩漬けにした海賊などとは異なる)乗組員付きで用意された。そしてジャンク船には、ぬかりなく日本の小舟が載せてあり、イエズス会士らが少人数の水夫とそれに乗り換え、目立たぬように日本の海岸に近づこうという計画だった。ジャンクから降ろされた小舟には日本人司祭と信徒の同行者のみで、アンドレ、ポリカルプ、オウロタシオ、コンスタンティーノ、アポリナリオ、パンクラーセ、ボニファーシオ、アンブローシオ、ブレーズ、マシェールなどの洗礼名からは日本人とわからぬ一〇名、マストリッツリを入れれば合計一一名、ユダを除いた使徒の数と同じである。要するにこの場合は、超大作の日本版リメーク〈マルチェロによる福音書〉ということになる。

マストリッツリがローマから引きつれていた二三人のイエズス会士は、その危険な冒険に加わることを許されなかった。一年以上も前、マストリッツリがマカオからフィリピンにたどり着いた一六三六年の七月、その地の総督セバスティアン・ウルタード・デ・コルクエラはそれら同行者をただちに送りかえしてしまった。マストリッツリのみに滞在が許された。目立ってはならなかった。狂躁《ヒステリー》状態にある二三人の司祭を、〝妄想症《パラノイア》〟状態にある日本人のところへまとめて一気に**送りつける**わけにはいかなかった! マカオから届いた書簡でも、その点ははっきりしていた。商業を温存するには、すでにかなり苛立っている徳川将軍とは絶対に新たな外交問題を起こすべきでないと。彼の国にどのような形であれ聖職者、たとえそれがマストリッリであっても、送り出すことなきよう強く忠告したいとあった。それについては後日説明するにせよ、ともあれ教皇、またスペイン国王の真の利益であろうことはご理解いただけることと存じる、と。

書簡にはイエズス会巡察師マヌエル・ディアスの署名があった。

マニラのスペイン人総督セバスティアン・ウルタード・デ・コルクエラも、イエズス会の上長アレハンドロ・ソラナも——誰にも知られずに日出ずる国への上陸をさせるため〝失敗しようのない〟かつ〝危険のない〟計画を立案(その後どうなるかは、彼らの知るところではなく、神もしくはマストリッリがその使者と自称する聖フランシスコ・ザビエルが憂慮されたまうにちがいない)したにもかかわらず——予期していなかったのは、日本ではすでに述べたとおり、荒木とフエレイラが偶像崇拝者らのためにイエズス会士ならではの繊細さを発揮した結果、一つの御定書が制定されたところであり、領民は自分の名と菩提寺を記した札を首から提げなければならなくなった。ところがマニラでは、マストリッリが黒髪に黒目だったため(クルテの緑の目とは違う!)、また同行者が何十年間も異国で暮らしていたにせよ日本生まれであり、メールを送るような手軽さで(今日ならそう言う)入国できるだろう、聖なる日本の地を踏んだらすぐさま誰にも見られず感づかれぬよう地元民のなかに紛れこみ、マストリッリも日本語をなんとか操れるので目立たぬはずだ、あるいは聾者で通し、同行者に話をさせればいいと考えていた。

そういうわけで、マストリッリはジャンク船が積んでいた小舟が降ろされると一〇名の同行者とともに乗り移った。数日後、九名を小舟に残したまま、彼は日本人司祭アンドレと薩摩国に上陸する。二人は地元民のような格好をしていた。舟のほうは海岸に沿って進んだ(日向国、櫛津の港近くにいたのだろう)。しかし怪しい舟は幕府の船足の速い関船にたちまち捕まってしまう(沿岸は、〝コンキスタドール〟による軍事介入を恐れていたため、厳重な警戒が張られていた)。まずは慣例の矢が射られ、舟の腹に刺さった。舟は臨検された。世俗の一般人に変装した日本人司祭らは、〝善良なる商人〟として通るだろうと思っていた。各人の〝菩提寺の札〟を見せるよう求められたが、そんな新しい制度のことなど知らないから持っていない。その場で捕らえられ、薩摩国の役人による拷問が始まるとほぼ即刻、洗いざらい白状した。プロタシオ(この奇妙な名は、前世紀にSFXから洗礼を受けたという信心に凝りかたまった高齢な婦人から名付けられたそうだ)が最も多弁だった。

「わたしたちは一人の神父《バテレン》とマニラからやって来ましたがその方はただのバテレンじゃない奇跡を起こします! どんな病でも治せる」

その話のなかで、当該バテレンに重要人物との繋がりのあることが明らかになる。

「神父さまは教皇さま、またスペイン国王ともご昵懇で、フランシスクシャビエルとも会われた(役人が「そのなんとかシャビエルってのは誰だ?」と彼に聞いた。またもやくり返し《ビス レペティータ プラケント》)マニラ総督セバスティアン・ウルタード・デ・コルクエラ閣下の親友でもあります。神父さまとともに、九〇〇名のスペイン兵がモスリムのスルタン、要するにモロ人ですが、が治めているフィリピンのミンダナオ島に十字軍として向かったのです! そして、勝利を収めました。つまり、マストリッツリ神父は無敵なのです。鉄砲の弾、大砲の弾ですら傷を負わせることはできません」

司祭プロタシオはひどく動転し怯えてもいたが、その告白がすべてが妄言だとは言いきれなかった。それを理解するには、一年ほど時を遡らなければならない。マストリッツリの企てに水を差し、フィリピンから日本へ向かうという執念を後退させるためだったのか、あるいは奇跡を起こすらしいイエズス会士を、マニラで計画中の軍事遠征に役立たせられるのではないかと、スペイン人に共通の信心深いマニラ総督セバスティアン・ウルタード・デ・コルクエラが考えた結果なのか、ともあれマニラに着いて一カ月後のマストリッツリは、現在のところスペイン帝国による支配を免れているミンダナオ島のスルタンに対する軍事介入時に非戦闘員(従軍司祭?・)として〝動員〟されることになった。問題のコッラトというスルタンは倒さねばならなかった。なぜなら地元民をイスラム教に改宗させるだけでは満足せず、コッラトはかつてスペイン人がキリスト教徒にした者たちを奴隷身分に追いやっていたからだ。したがって、一五世紀にスペインからムーア人を追い払った再征服《レコンキスタ》運動を一七世紀の地球の反対側フィリピンにて、それらモロ人を追放するために再編成しなければならなかった。日本で捕らえられたマストリッツリの同行者たちが後に語ったところでは、当人はSFXの像が描かれた幟を掲げ、(スルタンが待避していた)サンボアンガ要塞攻撃の折には、スペイン軍団の先頭に立ったという。矢も弾丸も、マストリッツリを傷つけることはできなかったようだ。要塞は短時間で陥落し、スルタンはその軍隊とともに逃亡した。スペイン軍は敵兵二〇〇名を捕虜にした。(要塞内の)モスクにあった〝聖なるもの〟を破壊し、『コーラン』もすべて燃やした。モスクは勝利の聖母教会《サンタ・マリア・デ・ラ・ビクトリア》となる! これもマストリッツリの同行者が日本の役人に陳述したことだが、司祭はそのあと、いつも腰紐に括りつけてある小箱からごく少量の粉(SFXと呼ばれる聖人の爪と皮膚を削りとって粉末にしたもの)をとって小麦粉に混ぜ、その錠剤を自軍の負傷兵に与えた。病人および負傷者は、死に至るような罪を犯した者を除き、すぐに全快したという。砲弾で身体不随になっていた荒くれ兵士が踊り出したとか、顔を破壊された兵が一五歳当時の表情を取り戻したとか。捕虜にした二〇〇名の元気そうなモスリム兵(ほとんどがイスラム教に改宗したフィリピン人)については、額に〝S〟の文字と〝釘〟を描いた焼印を入れた後、奴隷とした。〝釘〟をスペイン語でクラーボといい、〝S〟と合わせて**エスクラーボ**、つまり奴隷を意味する判じ物である。

捕虜たちに焼印を入れたのは、タガログ族ほかフィリピンの先住民がアメリカ先住民と奇妙なくらい似ていたからである。まさにその地へ送りこんで働かせようとしていたので、目印をつける必要があった。事実、アメリカ先住民を奴隷として使役することは禁じられていたが、それはキリスト教徒になったアメリカインディアンがスペイン国王の〝自由民〟とみなされたためで、奴隷とほぼ変わらぬ労働をさせるにせよ、驚くほど安い報酬が一応は支払われていたのである。一方、アフリカからアメリカ大陸に輸入された黒人の虜囚については、外見が違っているため混同は発生しなかった。

　軍隊を引きつれたマストリッツリ神父のマニラ帰還はまさに凱旋だった。ラッパに太鼓、横笛も揃えた大パレードが目抜き通りを行進する。先頭を歩む黒の祭服を着た神父は今や血痕のついたＳＦＸの幟を掲げ、その後ろに、鎧に羽根飾りのある兜、勲章をつけた騎乗のセバスティアン・ウルタード・デ・コルクエラと、やはり鎧に兜、羽根飾りに勲章をつけた下っ端の歩兵集団が続いた。兵士全員が青と緑、赤の小旗をつけた大きな矛槍を担いでいる。道の両側に集まったスペイン人と地元民、マンティーラにヴェールの婦人の群れが際限なく「ホサナ！」と歓喜の叫びをくり返し、行列に向けて花を投げる(当時、マニラの人口は四万二〇〇〇人、うちスペイン人が七二〇〇、華人一万五〇〇〇、先住民二万人を数えていた)。行列の最後尾には、鎖をかけられた上半身裸の奴隷たち。催しがあると、あとに恒例のコリーダが用意されている。夜になれば飲んだくれ、ダンス(フォリアを踊りまくる！)の後花火で締めくくる。翌朝は、コンサートとミサ。

　美しいバロック様式のサン・アウグスティン教会、金色天使の彫刻で装飾過剰な説教台からマストリッツリは大説教をしている最中で、自分が背教者フェレイラを救うため間もなく日本へ〝死にに行く〟こと、その前に日本の将軍と面談して真なる唯一神の教えを説くつもりだと告げた。

　マカオからの警告を受けたマニラ総督は、マストリッツリに承諾を与えるのを長いことためらった。しかし、自分のうちに理性と信仰の不一致はあったが、結局〝信仰〟のほうに心は傾いた(スペイン国王も教皇もこの人物に何ら《ニヒル》支障なし《オブスタト》との太鼓判を捺しているくらいだ。それは、もし何かあっても文句なしの〝口実〟になるのではないか?)。神は存在する、おそらく。しかし、ほんとうに存在するのだろうか？　セバスティアン・ウルタード・デ・コルクエラはマストリッツリの奇跡を信じるか？　弾丸も砲弾も傷つけることはできないと？　マストリッツリはミンダナオ島で彼のすぐそばで〝戦った〟のか？　突きつめればそうなのかもしれない。それに、あの男はヨブのように、天との〝契約を結ぶ〟ことを決めたのだ。

「神父さま！」彼はマストリッツリに話しかける(二人はマニラの総督官邸にいた)。「わたしとしては、ご承知だと思いますが、改宗させるべき異教徒が無数いて、おまけにイスラム教徒もいるここフィリピンにあなたが残ってくださったほうがいいと思っております。それに比べ日本では、死という果実しかあなたは得られないでしょう」

「ＳＦＸが日本にわたしを送るのです！」

「わかっています。では、わたしから一つ提案をいたしましょう(そう言って、机の引出しから大きな重そうな麻編み巾着袋を引っぱりだした)。この場で一五〇〇エキュ金貨をお渡しします。あちらに着いたらそれほどの額でないことがわかるでしょう。たとえば、もし捕まってしまったなら、役人やら審問官を買収しなければなりません。なぜなら日本では何でも買うことが可能だからです。ただし巧妙さと手順を守らねばなりませんが。わたしはその事情を知っているから話すのです。ただし……」

総督は立ちあがり、机の反対側、黒檀製の椅子に腰かけているマストリッツリのそばに来た。毛深い大きな右手を神父の痩せこけた肩におき、告解(ゆるしの秘蹟)をするかのようにその耳に口髭を近づける。突如、奇妙なことに神父の肩甲骨を、それから右上腕の筋肉、左上腕の筋肉の部分、次に手首、掌、そして指を揉むのだった。さらに太腿まで——断食をくり返しているため、骨ばっていた——もスータン越しに揉む。

「ただし」総督は続けた。「わたしは〝この全部〟が欲しいのです」

「この全部とは？」

「あなたのお身体です」

「わたしの？」

「はい、（神父の鼻先に金貨入り巾着袋を近づけ）この見返りにお身体をわたしに遺贈する旨、遺書を書いていただきたい。この全身をです！　それをわたしだけに、それがわたしには必要なのです！」

「遺書を書く？」

「あなたが日本で殉教者として亡くなった場合、その可能性が強いわけですが、ご遺体を何らかの方法でここマニラまで送りとどけていただき、わたしはそれを聖遺物にしてこの宮殿内の礼拝堂と、わたしが建設しようとしている神学校にて顕示するつもりです。それは、今もいつも世々にいたるまで〈マストリッリ神学校《コッレギウム》〉とあなたの名をとどめるでしょう。これはあなたが長崎の奉行かその手下と取引をすればできることです。日本でスペイン人が好ましからざる人物《ペルソナ・ノン・グラータ》に指定されているのは形式だけ、表向きの話です。実際、われわれのジャンク船は乗組員こそ華人ですが、長崎とは取引を続けています。彼らには絹を売っている。したがって刑場に向かわれる前、あなたには**本件**を日本当局と調整しておいていただかねばなりません。ご遺体は、彼らが当方にいつも銀を送ってくるのと同じように送ってもらう！」

それを言い終えると、コルクエラは神父の膝の上に巾着袋を落とした。落ちたとたんに袋は破れ、アルゴスの王女ダナエーの膝に降りそそぐ黄金の雨のように金貨がこぼれる。豪華なペルシア絨毯《じゅうたん》（ホルムズ〔現在のイラン、ペルシア湾口の海港〕商人から手に入れたのだろう）が金貨だらけになった。

けれども総督は、頑丈な骨ばった指で敬虔なる訪問者の痩せて虚弱な身体を揉みつづける。そうすることで、家畜商人が〝旨そうなところ〟を確かめているかのように、身体の各部分〝全部〟がある日、立派な聖遺物に〝なってくれる〟かどうか、その質と価値とを吟味しているようであった。

「わたしの遺体を青田買いしたいと」マストリッツリが言った。「そういうことかな？」

「そうとも言えますな。いわば**先物買い**と言いましょうか。別件ですがあなたにお伝えしておく内密のことがあります。日本の政治方針に関することです」

それら奇妙な建物や人々、その他のものすべてを見るにしたがい、わたしは古い騎士道書の華麗さ、すばらしさを信じるべきであり、またあの『ドン・キホーテ』の著者が間違っていたことを認めざるをえないように思った。というのも、日本がその驚くべき王国の一つであることは確実であるからだ。

Relacion del viaje(旅行関連)、セバスティアン・ビスカイノ、一六一四年

最初はジャンク船に残っていた同行者らが捕らえられ、したがって彼らの自白により二週間後、マストリッリは司祭アンドレとともに日向国の森に隠れているところを捕まった。人里離れた場所だったので油断し、厳しい寒さもあり、鰯を焼くついでに暖もとろうとしたのである。馬場三郎左衛門が放った捜索隊にその煙を見られたのだった。金貨で役人たちの買収を試みたが、役人はそのうまみよりも苛烈な仕置きを恐れた。捕縛されて船で長崎まで連行された。

奉行所にて奉行も立ち会う最初の正式な吟味が終わると、翌朝一六三六年一〇月六日からはマストリッリが同行者とともに送りこまれたクルス町の牢屋敷にて本格的な尋問が始まった。内庭に野天で各人を入れた竹籠が並び、だが牢番がいるため言葉を交わすことはできない。牢屋敷は長崎の中心地、扇形の出島からほんの数百メートルのところにあり、島にはすでに二カ月前から、今回は昨年よりも三隻多い八隻で、マカオからの——商売は続けなければならない(絹の輸出はマカオにとって酸素であり、それなくしたらマカオは窒息してしまう!)——商人たちが滞在していた。ガリオット船の船尾楼から、もしくは出島の宿舎の窓か

ら、遠眼鏡を使えば竹矢来で囲まれた牢屋の内庭の様子が手にとるように見えた。芝居小屋の桟敷席にいるようなものだった。

辰の刻(午前七時から九時。当時の一刻は今の二時間、したがって一日は一二刻だった)、奉行補佐役の榊原職直(馬場三郎左衛門は気分がすぐれないとのこと)は内庭奥の座敷に二人の補佐役とともに座り、尋問の開始。榊原は各陳述の突き合わせをするつもりなので、マストリッツリら一一名を一人ひとり白州に座らせて尋問を行う。各人の申し立ては補佐役の一人が詳細に記録する。さらに二人ずつ、あるいは四人ずつ呼んで、すぐさま証言の突き合わせを行い、食い違いがあればこっぴどく叱責する。

天は低く、灰色だった。巳《み》の刻(午前九時から一一時のあいだ)になった。マストリッツリはブルブル震えていた。その時点ではまだ一人で、三人の吟味役の正面に座らせられている。彼らは薄手の裃しかまとっていないのに、寒さを感じないようだ。たしかに三人の前には火鉢があった。ときどき彼らはそれで煙管《きせる》の火を点けた(煙草《たばこ》が日本に広まったのは一六世紀で、それはスペイン人がアメリカ大陸から梅毒といっしょに持ちこんだもので、ジャガイモも同時だった。歴代の幕府は、いとも簡単に火事を引きおこす喫煙をなんとか禁じようと試みた。木造の家のなか、煙管を畳に落とすだけで町全体を燃やしてしまうからだ! だが喫煙の習慣は男女問わず、ことのほか宮廷内に広まってしまい、お達しがくり返されたものの効き目はなかった。「煙草を駆逐できなかったのと同じで、将軍は日本からキリスト教を根こそぎにすることはできない!」とイエズス会士ガスパル・ヴィレラは言った)。やはりこの宗教、悪の一種であるということか?

さて、マストリッツリは三人の吟味役の正面にひとり座っていた。榊原どのは、馬場どのとは反対に、腹の出た太った男で、細い口髭、二重顎にも鬚を生やしていた。鮮血のような明るい裃、絶好調ということか。

「名を申せ」榊原は言った。

フェレイラとともに廊下の下、マストリッツリのそばに控える荒木トマスがそれをイタリア語に訳す。

「マルチェロ・マストリッツリという！」被疑者は吟味役と通詞の目を覗きこむようにして答えた。

無慈悲で非現実的な一瞬、フェレイラとマルチェロ・マストリッツリの視線が交差した。背教者は、羽織袴に髷を結ってはいてもおよそ日本人には見えそうにない自分のことを、マルチェロ・マストリッツリが訝《いぶか》しがっているのを感じとった。高すぎる鼻、大きすぎる目、濃すぎる髭の剃りあとを隠せようか？　フェレイラはマストリッツリの目に「この男は何者だ？　まさかあの男ではないだろうな？」との執拗な問いが浮かんでいるのを見た。

「姓はマルチェロ、名はマストリッツリ」榊原が声に出して言い、それを右側の補佐役が台帳に書きこむ。

「間違いにてございます！」荒木トマスが訂正する。

「姓はマストリッツリ、名はマルチェロ」

「どういうわけだ？」榊原が疑わしそうに聞いた。

「この男は姓の前に名を言ったのか？　もう一度聞いてみろ。何を企んでいる？　何を隠そうとしているのか？」

マストリッツリはへたくそな日本語で通詞に説明を試みる。

「わたしの国ナポリ、キリスト教を信じますヨーロッパですね、姓を言う前名前言います」

「じつに愚かな習わし、南蛮のばかさ加減が如実である！」榊原が大声をあげた。「なんとなれば、家族および家系、すなわち姓がより重要であり、名とはちっぽけな個人、無限に連なる先祖と己の子孫の流れにおいて一個の人間でしかない。小さな虚しい〝われ〟、時の全体のなかでの微細な一瞬、偉大なる全体の鎖の一個でしかないだろう？　何故にこの愚かな南蛮どもはわれわれと同じ名乗りをしないのだ？」

「なぜならばそれがわたしたちの慣習ですね」マストリッツリが日本語で応じた。

「ここは日本であり、ここでは日本の慣習を尊重せねばならぬ！」


時を遡ること一世紀を少し欠ける時期、日本行きを目指していたフランシスコ・ザビエルがまだマレー諸島にあるポルトガル海上帝国の町マラッカにいて、日本語の教師兼通訳として雇った元海賊の日本人ヤジロウに聞く。

「いったいなぜお前たち日本人は上から下に向けて字を書くのだ？　どうして**わたしたちと同じように**横書きにしないのだね？」

「あんたたちが**われわれと同じように**しないのはなぜかね？」ヤジロウが反問した。「あんたたちはカニの横歩きみたいに書くけど、そのほうが優雅ってわけか？　上から下に書くほうが理屈に適っていると思うが、それは頭から考えが、つまり言葉が出てくるからじゃないかね？」

「いったいどこで日本語を習ったのだ、まあ、そなたが口にするおかしな言葉が日本語だとしての話だが？」

マルチェロ・マストリッリも日本人の、つまり長崎副奉行榊原の抗しがたい理屈に直面することになり、すでに一五分前から罠の仕組まれた尋問を浴びせられていた。

「旅をしているあいだに覚えました」被疑者は答える。「船上で、あるいは寄港地で、日本人の神父たちから教えてもらいました」

「どこの寄港地だ？　ゴアか？　マラッカか？　マニラだったか？　それともマカオか？」

「わたしはけっしてマカオにも、またマニラにも寄ったことがない」(神父はその二都市の長に、外交上の――とりわけ商業面での――断絶を回避すべく、けっして巻き添えにせぬよう約束していた)

「そなたの旅の道連れどもをひねってやったら逆のことを言ったぞ。アンドレやオウロタシオ、アポリナリオなど、以下省略。あの連中は、フィリピンでそなたに会ったと言明しておるぞ！　それにだ、そなたの軍事的行動について褒め出すと際限がない！」

「そんなことありえない、嘘です！」

「そなたはミンダナオ島でフィリピン総督とともにモロ人を相手に戦った。そのあと、凱旋を祝って軍隊行進に加わった。総督およびその家族の前にして、マニラ、よいかもう一度言うが、マニラにて、そなたは典礼を司ったのだ！　そなたをここに送りこんだのは総督であろう、白状せい！　そなたは命を受けた間諜である！」

「いいえ！　違う、違う、違います！　わたしはフランシスクシャビエルの使い、それ以外の何者でもありません！」マストリッリは日本語で反論した。

「何者だ、そのフランシスク何とやらは？」

「日本の使徒フランシスコ・ザビエルです！　この日本に最初の主キリストのお告げをもたらした方です。豊後と大村、籠手田、木村の城主がキリスト教に改宗したのもザビエル様のおかげです」

「だがそれも遠い昔のことではないか。ほぼ一〇〇年前に起きたこと。そなたの言うフランシスクシャビエルが死んでからもずいぶん年月が経っている」

「現世では亡くなられましたが、天上ではずっと生きておられます。それが証拠に、わたしはお目にかかったのです！」

「死者と会った？　それは亡霊か幽霊だろう、どっちだ？」

「いいえ、ザビエル様は生きておられるのです。神のうちに生きておられます！　そして、わたしを救ってくださいました」

そこで荒木トマスと、荒木の耳元で助言を与えるフェレイラも当惑してしまう（これも慎重を期してラテン語で）。副奉行の榊原にマルチェロ・マストリッリが体験したという奇跡を説明しなければならないのだが、マストリッリ本人が病的な熱意を見せてその長くて細かい経緯を語りはじめたのである。頭に金槌が落ちてきて気を失い、聖人の出現があった云々。

「わたしは神父フェレイラに会うためこの地にやってきました」ついにマストリッリは要点を大声で言い放つ。

その幻影を追っているかのような目が、恥じる背教者の目と再び交差し、後者は巧みに視線を落とした。榊原にはその「フェレイラ」という名に覚えがない、沢野忠庵という日本名でしか知らなかったからである。

荒木もその部分については訳すのを避けた。ただし、それに続く言葉は忠実に訳した。

「将軍様にお会いする目的もあって参りました。持ってきた荷物――捕吏に押収されてしまいましたが――のなかには、将軍様が患っておられる難病の特効薬も入れてあります。わたしは将軍様が真の神への信仰に心を開かれるようお話をすることもできましょう」

「そなたは、いかなる権限も持たぬうつけ者が日本の将軍、公方様に会えると思っているのか？　己を何者だと思っているのだ？　特効薬を持ってきたとのことだが、何だそれは？」

「わたしの荷物のなかにありますが、聖フランシスコ・ザビエルのご遺体の肉そのものと爪を粉状にし、それを錠剤にしたものです。それを服用した者たちは、あらゆる悪病からその場で治癒しました！」

榊原は補佐の一人に向かい大声で言う。

「こやつの頭はおかしいぞ！　妄言を吐いている。マニラもしくはマカオの総督がこの男を日本に遣わしたという可能性はほんとうにあるのか？　それに、連れの者どもが言っているように、ローマ教皇自ら、スペイン国王自ら遣わしたとも？」

「荷物のなかに、聖フランシスコ・ザビエルの肖像画も入れてあります。あなたのお屋敷に飾られるといい。数々の奇跡が起こることでしょう！」

そのSFXの肖像画は、スペインに滞在中だったマルチェロ・マストリッリがベラスケスの弟子の一人に細々と指示を与えて描かせたものだった。昏睡中に見た出現を絵師に描いて聞かせ、復元が自分の見た、あるいは見たと思ったものと異なるところは絵師に直させた。

「具体的な点にもどるぞ！」副奉行は言った。「そなたが日本語を覚えたのはマニラであるな？　日本語の学校はいくつあった？　教えているのは何者か？　日本人神父か？　マニラに日本人神父は何名いるのか？　毎年何人が神父になるのか？　その者どもを日本へ送りこむつもりか？」

　それらの質問すべてが散弾のように襲ったが、マストリッリは同じ言葉で答える。「いいえ！　いいえ！　いいえ！」

「マニラにいる兵士の数は？　要塞にある大砲の数は？」

「わたしはマニラを知らない！　フィリピンに行った、それは白状しましょう。しかし、サン・ミゲルの港しか見なかった」

「島原の地に〈ロザリオの信心会〉という集団があるのを知っているか？　秘密の反幕府キリシタン組織だというが」

「いいえ、まったく知りません！」

「バテレンのディエゴ・コリャードを知っているか？　一五年前からそのような信徒集団をつくっていると聞くが？」

「その神父はイエズス会批判の書を著したことで名が知られています。当人はドミニコ会士わたしはイエズス会士です。一度も会ったことはありませんし、今後会いたいとも思いません」

「今はどこにおるのかな？」

「知りません！」

「日本には知り合いがいるか？　仲間はどうだ？　それは誰か？　名を何という？　どこに住んでいる？」

「わたしは一度も来たことがないので、誰も知りません」

「では、神父のペドロ・カスイ、またの名を岐部といい、七年前に日本に帰国してきた人物で民衆を狂信化しているのだが、聞いたことはないか？」

「エルサレムに赴いたただ一人の日本人ということで有名な神父ですが、わたしはそれ以上のことは知りません」

「では、浪人どもはどうか？」

「浪人とは何ですか？」

「蘆塚忠右衛門という名を知っているか、浪人どもの首領だが？」

「まったく知りません」

「そなたは愚か者なのか、それとも愚か者の真似をしているのか、どちらだ？」

「わたしはとるに足らぬ司祭にすぎません」

「われわれがそなたに非難するのはまさにその点である！　この日本で何をしようというのか？　公方様の御下知を知らぬと言い張るか？　バテレンがどこから来るにせよ、日本に入国することを禁じているのだ。そなたがこの場所にいること自体、国家に対する罪である。御定めに背く罪なのだ！」

「わたしが知る唯一の**掟**は**神**の掟です。神はわたしたち皆の主であり、将軍もこの**神**の民の一人にすぎません！」

「将軍が民の一人？」

　榊原は火鉢の上で煙管を叩いて灰を捨てると、（苛立ちを鎮めるかのように）ゆっくりとしたしぐさで二つの部分に分け、袴の帯に挟んであった煙管入れにしまった。

「このバテレンめ、言ってることは妄言か嘘、矛盾だらけだ」榊原は補佐役に洩らす。「まあ、芝居を打っているのでなければの話だが。そういうのも、こやつの連れどもが白状した内容からすると、どうも全員がわが国で世直しをするためにやって来たと思われるのだ。メシア、あるいはモイセス（モーセ）について話しており、その者が世直しの指導者となるはずのようだ。このマストリッツリがモイセスではないのか？　ただちに牢問（拷問）にかけねばならぬ」

　それを本人に告げた。

「わたしは苦痛を恐れてはいない、望むところです！」マストリッツリは叫んだ。「ここまでわたしがやって来たのは、主イエス・キリストがエルサレムで全人類のために十字架上で亡くなられたように苦しむためです！　わたしはあなたたちのために苦しむのだ！」

「もし苦痛が好きでたまらんと言うなら」榊原は貪欲な笑みを浮かべて言う。「たんまり味わうがいい。もう二度とそんな口を叩けぬようにしてやろう」

新しい船隊司令官《カピタン・モール》フランシスコ・デ・カステルブランコが遠眼鏡を通して観察できたのは、とにかく驚くべき光景だった。遠眼鏡の円い視界のなか、遠くクルス町の牢屋敷の内庭で、数メートルは離れた二本の柱の天辺からV字を描いて延びる縄にそれぞれの足を括りつけられた男が逆さまに吊るされ、頭は下の金だらいのなかに沈んでいた。カステルブランコは、誰がその拷問に遭っているのかわかっていた。出島の通詞と乙名を兼ねる名村八左衛門が教えてくれた。

「今日はいよいよマルチェロ・マストリッツリ神父に取りかかるようだな。本人もだが、仲間たちからも多くの情報が得られたが、かなり懸念される内容らしい。懸念すべきは日本にとってだが、もし貴公たちがわれわれとの商売を継続したいのであれば、ポルトガル人にとっても同じことだろう」

カステルブランコは、鼻の下に先端をマゼラン海峡産のグアノで固めて信じられぬほど跳ねあげた髭をたくわえた金髪の巨人で、この名村八左衛門(南蛮人のあいだでマキャベリに因《ちな》んでニコライと呼ばれるほど、悪知恵に長《た》けていた)については大いに不満を持っている。出島商館のとんでもない賃料(銀貨五〇〇〇枚)をとったうえ、低級の遊女を太夫の値段で送りこんでくるのである。それに、同じ重さの金の値段——というか、ほぼそれに近い——で名村が売りつける牛肉(食用に牛を死なせることは禁じられているので、どこから入手するのかは不明)の件は言うまでもないのだが、結局、カステルブランコは何も言えない。なぜなら、宝島というよりは監獄島と呼ぶほうがふさわしい場所に閉じこめられたこの二カ月間、とてつもなくうまみのある取引がひっきりなしにあったからである。たしかに銀の価格は、太平洋経由のアメリカ大陸産銀の信じがたい供給量が影響し、下がる傾向にあった。しかし買付けを銀貨で支払うことで損をする分、日本人がますます絹を欲しがるので、カステルブランコは売りつける商品の増大で取り戻せる。日本船による異国との交易がいっさい禁じられ(明国船と平戸のオランダ船は例外)、競合が少なくなったことの恩恵もある! カステルブランコは立派な口髭を淫らな手つきでしごきながら、今回の航海の費用と合わせて投資分を二倍ではなしに(もし神がそれをお望みで、さらにこの度しがたい司祭連中が日本であまり騒ぎを起こさずにいてくれるなら)、三倍に増やそうかと目論んでいる。マストリッツリへの拷問を目の当たりにしながら、彼が密かに悦楽を覚えぬわけでもないというのは、そういう事情があった。

「あの金だらいのなかには水を入れてある」カステルブランコの横でベランダの手すりに肘をつき、やはり遠眼鏡で〝見物〟をしているニコライこと名村八左衛門が説明する。「マストリッツリどのは、ちょうど鼻の穴がたらいの水面に来るように両方の足を括られ吊るされているのだ。そのせいで、息を吸うには頭を持ちあげて水を吸いこまぬようにせねばならず(ちょうどそのとき、逆さ吊りになったマストリッツリが首をねじ曲げ、息を吸おうとした)、それはそれで大いに苦痛を伴う」

「刑吏連中は、このあとどうするつもりなんだろう?」カステルブランコが聞いた。

マストリッツリの向こうに一人の男、というか人影(通詞ニコライが「あれが刑吏だ」と説明する)がイエズス会士の身体を右から左方向に回転させるのが見えた。ぐるぐる、ぐるぐる回しはじめた。すると開かれていた両脚が縄で縛られているため〝V〟字を描いていたものが合わさり、間もなく〝Y〟の字に変形し、その縦軸となる両脚が徐々に伸びて上部斜めの二本線が短く水平に近づいた(同時に、水中に潜りそうだった司祭の鼻が少しずつ浮きあがった)。回転は〝Y〟の二枝が水平になって、完全に〝T〟の横線を描くようになるまで続けられる。

「さてカステルブランコどの、これから目にするものをよおく見ておくがいいぞ」ニコライこと名村八左衛門がカステルブランコの耳元に囁いた。

それまでイエズス会士の身体を回転させるためしっかりつかんでいた刑吏がその手を放した。極限まできつくよじられた二本の縄は、一気に解きはなたれた司祭の全身を恐るべき速さの逆回転に引きこんだ。それまで逆に垂れさがっていた司祭の服が広がり(下穿きを着けていなかったため)、風に揺れる花びらのなか花冠のような男性器《ブデンダ》が哀れにも露わになった。〃Y〃の縦軸はどんどんその長さを縮める。それが突如なくなると、寄りそっていた脚が鋏のように開ききり、酷い乾いた音が聞こえてくるかのようだった。二本の縄は完全にほどかれた。縄と脚とが初めと同じ大きな〃V〃を描いた。しかし司祭の身体は関節が外れた人形のように、(おそらく激痛により)てんでばらばらの痙攣《けいれん》に襲われたまま鎮まらない。

「あれはとくに背骨と尾骶骨《びていこつ》がやられたのだろうな」

ニコライはポルトガル語で言った(彼は猛勉強で、半世紀前に印刷されたジョアン・ロドリゲス神父の辞書で解剖学まで含む語彙を増やしていた)。「回転によるめまいは言うに及ばす、気が変になる。それでなくとも、縄がほどければ頭がまたたらいのなかに潜り、水まで飲まされるからな」

日本では、刑執行(仏教徒を名乗る者は、少なくとも理屈のうえでは殺生、それが動物であっても許されない)などの行刑役は雑色のなかでも〃非人〃が担った。日本には大きく分けて、武士、百姓、町人という三つの職業があり、カーストとしては武士の下に百姓と町人がいたものの、金ずくでその順序を〃ひっくり返す〃こともできたようだ。そのまた下に、職業や住む場所を厳しく制限され、前記職業との人づきあいからも排除される人がいた(罪人の子孫とされ、何世代も前の先祖の罪を、それが何であったのかの詳細も記憶もなしに償わされてきた)。通常は前記三民の生活圏から離れた場に住むことが多く、着るものまで制限された。死骸に触れる皮なめしや、死者の埋葬、草鞋づくり、遊郭の下働き、あるいは刑吏などの忌避されがちな仕事に就いた。彼らの困窮を考えれば、(**ぬかるみ**のなかで説教をし、**ぬかるみ**のなかで釣りをする)司祭らの〃平等〃を唱える教えに心を動かされるのは当然で、パラドックスではあるけれど、当時の刑吏には密かに洗礼を受ける者が多かったという。マストリッツリ神父に拷問を科する刑吏が聖なる教会の新帰依者だったかどうかはわからない。

午《うま》の刻(午前一一時から午後一時)になった。北風が身を切るように冷たい。刑吏の一人が両足首の縄を解くあいだ、もう一人が司祭の腰を抱えてたらいに落ちぬようにしている。そして、マストリッツリを二本足で立たせる。目が回って、司祭はよろめいた。濡れた髪の毛と髭が逆立ち、目は大きく開かれ、足がふらつく。立っているのがやっとのようだ。それは牢問を行う場所で、先ほどの吟味の内庭と異なる。副奉行は補佐役とともに座敷のなかに陣取り、火鉢を前に煙管をくわえていた。少し離れて、荒木トマスとクリストヴァン・フェレイラも座っている。マストリッツリは縛られた両手で指をさし、副奉行や通詞らを睨めつける。突如、激昂して日本語で怒鳴る。

「お前たちが望むなら、わたしを拷問するなり殺すなり勝手にすればいい。だがわたしの死後、わたしの代わりにほかの神父たちが、一〇〇人ずつ、一〇〇〇人ずつ殉教の聖なる炎を引き継ぐためにやって来るだろう、**日本がキリスト教の国となるまでは!**」

副奉行は勝ち誇る。煙管で補佐役兼書記の脇腹を突きながら叫ぶ。

「大したものではないか! すばらしい! ようやく重要な情報を得られたな。この下劣なるバテレンめ、ついにマニラとマカオがわが国に神父らを送りこんでくると白状した。あの二つの町と、そこに群がるキリシタンの害虫どもを壊滅させること、その責務は喫緊事となったな! マニラを壊滅させることだ!」

聖書をいっさい読んだことのない日本人キリスト教徒(殉教者)らに見られるあれほど偉大な堅忍はいかほど敬服を示しても足りないほどで、そのような毅然たる態度が神のお言葉に基づくものではまったくないことから、それは毅然たる態度というより頑固と名付けるべきだろうと思われる。

『手紙』、Reyer Gysberts(日本に一六二二年から二九年まで滞在したオランダ人)

明日のことは思いわずらわない。未《ひつじ》の刻(午後一時から三時)。凍えて、関節が外れたような状態で、マストリッツリ神父は牢に放りこまれた。跪いて賛課の祈りを始める。「死よ《オ》、お前の呪い《モルス、エロ》はどこ《モルス》にあるの《トゥア》か。陰府よ《モルスス》、お前の滅び《トゥウス》はどこに《エロ、インフェ》あるの《ルネ》か」

「明日はどういうことになるのかね?」だいぶ前から遠眼鏡をベランダの脇においたカステルブランコが聞いた。

「見応えのありそうなものはない」名村八左衛門が答える。「漏斗《ろうと》責め。これはまるで面白くない。元々は二〇年前、日本人が目新しいことをみつけられずにいたとき、オランダ人が教えてくれたのだ。マニラから密航してきたフランシスコ会のフロレス神父と聖アウグスチノ会のズニガ神父を拷問にかけるという件だった。当人を梯子に縛りつける、仰向けの頭がたらいの上に来るように梯子を倒す。そうすると大だらいの上に頭が伸びるのだ。漏斗を口にくわえさせ、どんな量なのかは知らぬが水を飲ませる。それから梯子ごと地面に降ろして、膨れた腹を踏みつけて水を吐かせる。それを際限なくくり返す」

「そのフロレスとズニガ両神父はスペイン人なので」カステルブランコが言う。「ポルトガルが交易権を持つ日本にはいられないはずなのだが。それで、二人はどうなったのかな?」

「火炙りになった。西坂の刑場で、二〇名ほどの司祭や信徒ら、南蛮やら日本人、女、子どもが遠火で焼かれた! 乳呑み児を見逃してやろうとするのに、いっしょに天国へ向かうのだと言い張ってともに処刑される母親たちもいたそうだ! あれだけのキリシタンが当時の長崎にいたとはな、まさに信じられぬ光景だった。町の者ほぼすべてが刑場を取り囲み、跪いて祈っていた。数万人もいただろうか。家族親戚の誰かが殉教するのに立ち会ったのだろう。それが凄まじい人数だったものだから、刑場の番人らを圧倒するほどだった。しかし、そうはならなかった。間もなく始まる刑が恐ろしいものだとわかっていたんだろうな。火が点けられるなり、無数の口から「アヴェ・マリア」と「サルヴェ・レジーナ〔元后憐れみの母〕」が叫ばれ天まで昇った。あれは一六二二年のことだ、貴公らの暦ではな。この地に住む者の誰があれを忘れようか? じつに。あの山だが、どれだけの悲劇を見てきたことか」

ニコライこと名村八左衛門は袖をはためかせ優雅に手を上げ、左手に広がる浦上の対岸、鉄色の雲を頂く緑濃い稲佐山の頂上を示した。

「稲佐山は覚えている」名村は続ける。「夜になり、焚刑が続くなか、集まっていたキリシタンたちはあの山の上方に一つの光、大きな星が蒼穹《そうきゅう》のなかを飛んでいくのを見たのだ。群衆が叫ぶ『奇跡だ! 奇跡だ!』と。偉大なる神が自らお出ましになったのであるまいかというわけだ。そして突然、ざわめきが高まる一方のなか、その星が何と言ったらいいか、へたってしまって空から転げ落ち、広大な無のなかに消えてしまったのだ。翌朝、当時の左兵衛という名の奉行が仕組んだいたずらだったとの噂が広まり、長崎のキリシタンたちは赤っ恥をかく。奉行は、処刑の始まる時刻に合わせ、夜空に提灯を吊った凧を上げるように命じてあった。そして、糸を切ってしまう。凧が落ちて火は消えた。何たる神の御業であることか! ローマ教皇庁の敵、異教徒や異端者がどれだけ笑いの種にしたことか！　わたしの記憶では、棄教したイエズス会士ハビアン・不干斎がその話を排耶書の冊子『破提宇子《はでうす》』、つまり神《デウス》を破るという著書で語っているが」

五島町の書斎から稲佐山を眺めるたびに、フェレイラは奉行の長谷川左兵衛藤広《ふじひろ》が仕組んだと言われる悪戯のことを思う。だが、ニコライこと名村八左衛門は間違いを犯した。凧による悪戯は一六二二年ではなく、大がかりなキリシタン迫害のあった一六一四年のことである。まあ、それは重要ではない。あれはまだキリシタンの熱気が感じられる時期だった。あの光、沈黙の夜空から墜落するあの〝星〟のことはよく覚えている。もしかして幕府の脅威よりも、拷問よりも、穴吊りの刑よりも、あの件が彼をして、不干斎ハビアンのそれに続く排耶書の冊子を書かせしめたのではないだろうか。天のあの偉大なる沈黙が。宗教とは茶番劇、（セルバンテスが揶揄《やゆ》するところの）下劣な冒険物語にすぎないのではないか？　そして、宗教同士が互いに仕掛ける戦争、自らの偏見がしみこんだ壮大な物語同士の抗争ではないのか？　トーラ、福音、コーラン、ルター、サヴォナローラ、モーセ、ムハンマド？　すなわち、**文学**論争か？

あのあとマストリッリ神父がどのような残虐行為を受けたのかは不明である。すべての牢問にフェレイラが立ち会ったわけではない。ほかの通詞が彼と交代した、あのニコライもである。あの不幸な司祭が真に弱みを見せたのは、全裸にされたときのようだ。全裸を慎みへの陵辱と感じたからだろうか、ともかく彼にとっては深刻な苦悩のようだった。後に奉行所の役人が語ったところでは、生殖器に焼きごてを当てる拷問だった。マストリッリ神父はこう叫んだ。

「何であれ、やりたいことをやればいい。だが〝それだけ〟はやめて欲しい！　両腕、両脚、両足首、舌、両耳、何でもくれてやる。だが〝それだけ〟はやめてくれ！　あんなにもわたしが美しく思い描いていた日本、そして日本人！　ああ長崎よ、わたしは憧れていた。それほど繊細なあなた方、聖フランシスコ・ザビエルが感嘆した人々がこんなにも極端に走って下劣になれるのか？」

その非難は馬場三郎左衛門にも報告されたようで、ちょうど馬場は二人の一四歳の娘（それ以上なら、彼は返品さえいとわない、年寄りが嫌いなのだ！）と至上の甘美な色事にふけっている最中であったが、牢問を中断させたという。つまるところ、司祭からは知るべきことすべてを手に入れてあった。それに関する報告は江戸に送ってあり、将軍はそれを読むなり、すぐにでもマニラに何らかの外交目的という名目で間諜を送りこみ、彼の地の情勢を知ろうとするにちがいない。さらには、対フィリピン攻略の公算がますます高まるなら、戦略地点の詳細な絵図の作成まで行うかもしれない。ほかにも、すべての異国人（オランダ人も含む）に対し、日本国内を自由に往来することが禁じられた。以後、彼ら全員が商業活動を行う港内だけに居住も制限される（西洋人司祭でも、例の赤毛でオランダ人に似たバテレンのギヨーム・クルテのような者が世俗商人を装い、バタヴィア風の名で偽造した書類を持って入国してくるのを恐れた！）。

一六三七年一〇月七日から一四日までのあいだ、奉行所はマストリッリ神父には何もせず放っておいた。神父は野天の牢屋のなか閉じこめられ、寒さに震えながら神への祈りをつづける。

彼の地では上下ともども年中祝宴と酒飲みに明け暮れ、しかも領主と仏僧らがその常連であるという、運命の良き面しか見ようとしない国民なのであります。その者らが迷いこんでいながら自覚しないその状況から救済すること、是非とも神権陛下のご配慮を賜りまりたいと存じます。

Relacion del viaje(旅行関連)、セバスティアン・ビスカイノ、一六一四年

寛永一四年八月二六日巳の刻、ということはキリスト紀元一六三七年一〇月一四日水曜日午前九時から一時のあいだ、気の滅入るような灰色の雨の日、クリストヴァン・フェレイラは(菊と並び、家の間口に立って)、五島町の(油紙の傘を差す興奮した群衆でひしめき合う)通りを自宅に向かってくるかと思われる亡霊のように陰鬱な行列を眺めていた。行列の先頭では、役人が竹棒を振るって人混みをかき分ける。傘がぶつかり合い、被り笠もぶつかって、それでも先を争うから地面に落ちる。叫び! 怒号! それに続き、悪夢を見ているような出現、まるで亡きセルバンテスの(フェレイラがその貴重な一冊を家に持っている)『ドン・キホーテ』から引っぱり出したようである。痩せ馬(その痩せようはロシナンテも顔負け)の背にまたがり、(背で括られた手首を馬の腹と自分の両脚に)縄で縛りつけられた姿は関節の外れた操り人形のようで、顔はというと、(ピカソのキュービズムの肖像画に似て)髭と髪が半分だけ剃ってあり、残りの右側半分は毛むくじゃら、ただし真っ赤な塗料が塗ってあった。内側に鋲が突きでる猿ぐつわ——かつてローマでジョルダーノ・ブルーノが処刑される前に嚙ませられたような——のせいで、いっさい声を出せぬようにしてあ

る。当人が顔を天に向けざるをえないのは、頸部を強く絞めている縄が尻の辺りで組む後ろ手に繋がっていたからだ。頭上に掲げられた板は、それを支える棒が背に括りつけてあり、駄馬の歩みに合わせて揺れる。板には、警護役のうち二人がそれぞれ掲げる捨札と同様に、罪状および判決内容が墨書されてあった。〝この不埒な者は仏および八百万の神による定めを愚弄し、異国の信仰を説きに日本に来たり。皆この者が穴のなかで滅びるのを見に集まれ。その罰が見せしめとなるよう。奉行　馬場三郎左衛門　副奉行　榊原職直〟

その〝脱構築〟され、〝解体〟された〝キュービズム〟の人物、悪夢を見ているような出現は――拷問の刻印により変形した顔が赤く塗られていたせいもあり、フェレイラもすぐには見分けられなかった――ほかの誰でもない、マルチェロ・マストリッリ神父だった。

しかしフェレイラは、正面のマストリッリの身代わりとなって鏡に映る自分を見ていた。四年前、穴吊りの前に顔の半分を剃られ、残り半分に色を塗られて、同じように長崎の町中を、もうほとんど脱キリスト教化した(もしくは、正直な気持ちを明かすには怯えすぎている)群衆の冷やかしと、残酷な子どもたちが投げる石に晒されながら彼も引き回されたのだった。この陰惨な行列を市中引回しと呼ぶ。西洋人の目には異様に映る見世物に味を添えるかのように、罪人がまたがる馬は日本人が蹄鉄《ていてつ》を打たぬため、草鞋を履かされていた。牢屋敷のあるクルス町――四時間前、そこから引っぱり出された――を出ると、マストリッリおよび、同じく縛られて馬に乗せられた五人の同行者ら(ほかの五人は棄教したため自由放免となった)を引き回す行列は分地町〔現在の万才町〕に向かい、そこで奉行所と扇形の出島のあいだを通る江戸町に下る。島内に住むポルトガル人――一〇〇名、あるいは二〇〇名いたかもしれない――は島を囲む板塀越しにあの悲愴な痩せ馬に揺られる不幸なる布教者――憂い顔の騎士《ドン・キホーテ》――を見ようと、椅子や長椅子によじ上った。船隊《カピタン・》司令官《モール》ドン・フランシスコ・デ・カステルブランコより、行列が通過する際に言葉あるいは悲鳴、つぶやきを発してはならないとの厳命があった。ところが若いおっちょこちょいの見習い水夫が、ほかの者らよりいくらか信心深いか、より事件に興味があったのか、拳を振りあげ、マストリッリに向かって「ヴィヴァ　ラ　フェ　デ　クリスト（キリスト信仰、万歳）！　ヴィヴァ　ラ　フェ　デ　クリスト！」と叫ばずにいられなかった。それが聞こえたマストリッリ神父は（空を向くように喉を絞めつける）縄を引っぱり、感謝を伝えるためかすかに頭を下げた。すると少年は、自分が立っていた板塀の内側の長椅子から飛びおり、日本の武装役人たちが見張る港の桟橋に繋がる小さな橋に向かって走りだそうとした。だが近くの長椅子に立っていたカステルブランコは、少年の水夫服をむんずとつかむと、「ばかたれ《カブロン》！」と往復びんたを食らわし元の場所に戻した。そのあと行列は、かつて慈善院《ミゼリコルディア》とサンチャゴ教会があったが今は破壊されてしまった築町《つきまち》を通り、唐人町（フェレイラはあとで知った）に入り、次に（キリスト教化されていた長崎で、最初に建立された仏寺の一つ）正覚寺の前を進み、さらに（長崎の唐人が寄進創建した）崇福寺、大光寺、大音寺、そして（フェレイラが棄教後、仏教に改宗して壇信徒となった禅寺）曹洞宗の晧臺寺へと回る。行列は間もなく眼鏡橋で中島川を渡り、（朝鮮人町にあるサン・ラザロ病院跡に建てられた）本蓮寺に沿って進み、（かつてサント・ドミンゴ教会が建っていた）副奉行の屋敷、（一六二五年に創建された）長崎の産土神《うぶすな》を任ずる諏訪神社、そして（かつては諸聖人《トードス・オス・サントス》教会で、日本人信徒がトドサンと呼んでいた）春徳寺などへと。

それからしばらく経った巳の刻のあたりに、行列がフェレイラ宅の通りに来たことはすでに述べた。（優雅に市女笠を被った）菊を連れ、こちらは円錐形の編み笠で顔を隠した元イエズス会士も群衆のあとを追い、聖人たちの山、西坂に向かった。そこにはすでに馬場三郎左衛門および榊原職直の正・副奉行が六つの穴（横木が突き出た吊り柱が六本）の正面の床几《しょうぎ》に座っていた。先端を尖らせた竹矢来（まるで有刺鉄線）がそれを囲み、さらに銃もしくは弓矢で武装した警護役が三重で囲むという厳戒ぶりである。神父と艱難《かんなん》の道連れ五人が〝闘技場《アレーナ》〟に入れられた。刑吏が二人がかりで神父の手足の縄を解いて痩せ馬から降ろす。道連れとともに正・副奉行の正面まで引っ立てられる。役人の一人が、罪人たちに穴吊りの刑を科される旨、それが〝死に至るまで〟続けられるとの文を読みあげた。マストリッリの猿ぐつわを外すや否や、神父は叫びだす。
「この日はわたしの死の日ではなく、わたしの生の日である！　キリスト者にとって唯一重要な生とは天国に生きることである！　皆さん、全能なる神が何をなさるのかご覧になればいい！」

刑吏は司祭たちの足を同時に払って穴の手前に転がすと、瞬く間に縄をかける、というより、足から肩まで天火《オーブン》に入れる鴨のように縛りあげてしまった。各人のこめかみに剃刀で既定の切り傷を入れる。それから、足首を結わえた綱を吊り柱横木の滑車にかけ、(やはり二人がかりで)罪人たちを一気に引き上げる。身体が大きくよじれてから、頭を下にして吊り下がった。

ゆっくり綱を放し、刑吏は司祭たちを地面にぽっかり開いた穴のなかに下ろしていく。地面が腰のあたりになるまで。そして穴を両側から、腰の部分だけくりぬいた厚い板で塞ぐと、マストリッリとその連れは(目が飛び出さんばかりにその光景を見つめ、ぞっとするあの瞬間を脳裏に浮かべている)フェレイラが体験したように、完全な闇のなかに沈められる。雨のなかを集まった群衆の重苦しいつぶやきが聞こえた。

勇気ある者と見られた――あるいは、教皇およびスペイン国王に謁見を許された重要人物と推定された――からか、奉行所の〝敬意〟の表明として、マストリッリの穴からは排泄物が除かれてあった。人が言うには、排泄物が発する毒気が麻酔効果を持っているらしいので、本人はより苦しむことになろう。

市女笠の白地の薄い垂衣で半ば隠れた菊の顔をふり向き、フェレイラは〝妻〟が目の前の光景に魅惑され、見るからに上気したその様子に違和感を覚えるほかなかった。彼はキリスト暦二世紀にテルトゥリアヌスが書いた見世物を非難する冊子『見世物について』を頭に浮かべた。

「こんなもの見るのがそんなに好きか?」彼は聞いた。

菊は白粉で真っ白になった顔を彼に向ける。市女笠の赤い紐は唇と同じ紅色で、唇のすぐ下で大きな飾り結びをつくっている。絵に描かれた女、一人の女というより一枚の版画、生身の作品のような。生きていて。

「退屈なのですね。穴吊りは、ほんとうに退屈!」黒く塗ったきれいな歯を覗かせ、菊は笑みをこぼしながら言った。「わたしが好きなのは火炙りの刑、ほんときれいなんですもの」

キリシタン迫害が始まった当時、子どもだった彼女は(どの受刑者がいちばん長くもつか計るための)砂時計あるいは線香を手に、たいていは寺子屋に通う仲間といっしょに、「キリシタン焼き」の見物を欠かさなかった。菊がそれを打ち明けたとき、フェレイラは彼女に魅入られてしまったように身動きできずにいた。菊の目は、昔の版画手法を継承した現代漫画の女主人公のそれのように、大きくて黒く、気が遠くなるほど神秘的で、空虚さを感じさせたのだ。

(フェレイラはそのあと、旧正月のしきたりで、菊が五島町の家のなかで「鬼は外、福は内!」と叫びながら炒り豆を撒いてふざけたとき、今と同じ目つきをしたことを思いだした。ある瞬間、菊が背教者の夫の顔めがけて豆を投げながら、凍りつくような声で「鬼は外、福は内!」とくり返したのだった。そのとき、菊がキリスト教徒の言葉で愛と呼ぶところの何かを一度でも彼に対して感じたことがあるのだろうかと自問した。それにしても、二人が〝結婚〟したあと、彼女は毎晩のように、穴吊りの**暗い夜**のなかで自分を吊るした縄による足首の傷痕を、どれだけ優しく揉んでくれたことか)

フェレイラが穴のなかで五時間だけ耐えた一方、マストリッツリと連れの者たちは九六時間、すなわち寛永一四年八月二九日の申の刻、キリスト紀元一六三七年一〇月一七日の午後五時まで耐えたのである。その忍耐力にひどく苛立った刑吏たちは、一存で彼らを穴から引きあげた。問題は翌日が祭、それも長崎の産土神である諏訪神社の大祭だった。そんな祝いの日に——

囃子《はやし》やら相撲、歌舞伎、能、通りを練り歩く神輿や竹馬、着飾った遊女たち——キリシタンであれ、南蛮あるいはバテレンであれ、罪人を苦しませるような行為は避けたかった。それを解決するためのきわめて日本的なやり方か(?)、**祭の前に首を落としてしまえ!** 司祭たちを両足で立たせようとしたら、全員が腹を押さえながら悲鳴をあげ、うずくまってしまった。長いこと逆さまになっていた腸が急に元にもどされ、恐ろしい痙攣を起こしたのだ。刑吏たちは(祭の刻が近づいており、もう待てないので)ただちに全員を跪かせ、その首に刀を振り落とした。

イタリア人画家アントン・マリア・ヴァッサロの一六五〇年頃の絵〈マストリッリ神父に出現した聖フランシスコ・ザビエル〉に、その光景が描かれている。日本人とされる刑吏はなぜかトルコ人のようにターバンを巻いており、恐怖に顔を歪めている。マストリッリの首めがけて打ち下ろそうとした剣が、神秘な力によって彼の手から離れて地面に落ちたのだ。絵の左側に剃髪で髭を生やしたSFXが現れ、処刑を中断させる。驚くマストリッリは恍惚とした表情で聖人を見つめる(「SFXはやはりわたしをお見捨てにならなかった!」と)。SFXのさらに左上方には、ぽってりと太った三人の小天使が湯気のように気持ちよさそうな雲のなかから花輪と殉教者の冠を差し出すところである。しかし列聖されるためには、異教徒の剣の下で死ななければならないのでは? 当時のキリスト教文書には、神父が刑吏に地面に落ちた剣を拾うよう命じ、その命によって、言い換えるなら、神の命によって斬首の遂行が可能になったのだと書かれた。

それからずっと時代を経た時期の日本の文書は、それが「悪質なデマだ!」と一刀両断にする。それらの文書は、マストリッリが穴から吊り上げられるまでの四日間、豚のように叫びどおしだったと言い張る。そんなわけで、侍たちが彼の身体を刀で細かく切り刻んだのだと。遺骸は焼かれて灰となり、したがってマニラ総督セバスティアン・ウルタード・デ・コルクエラが聖遺物として回収できぬまま浦上川に流された。「ヨーロッパ人が愚かというのは、すでに承知のことだが」と、その文書は続ける。「あの**頭のおかしくなった哀れむべき人物**の生涯と死とを誇張した荒唐無稽な話など、いったい誰が本気にするだろう？」と。

ほぼ四世紀後、わたしは西坂の山、アジアにおけるゴルゴタの丘を訪ねてみた。（かつて焼かれ、あるいは腐敗した刑死者の遺骸の臭気が呼びよせる）腹を空かせた野良犬はもういないし、来るべき時を待って空を旋回する猛禽も、また鼠もいない。今やすべてが清潔、清潔にすぎた。第二次世界大戦後、（一六世紀に太閤豊臣秀吉の命により）磔刑に処された最初のキリスト教徒二六名を慰霊するための記念碑が建立された。そのムッソリーニ風の（ロマネスク様式も採りいれた）記念碑は、日本人キリスト教徒の建築家が設計した。興味深いのは、おそらく建築家自身も気づかなかったことだろうが、当時のキリスト教会内部での抗争を反映している点である。二六体の等身大ブロンズ像は、巨大な平行六面体の壁の厚みのなかに匿われ、海に向かい並んでいる。下を向く足先と、合掌あるいは開いた聖人たちの手は〝浮揚〟の状態を表している。彼らが死んで昇天するその瞬間をとらえたものだ。それは意味深い、というのも中央にいる六名がスペイン人（うち一人はスペイン語教育を受けたインド人）で構成されているからである。ほか〝両端〟に並ぶのは日本人。全員がフランシスコ会士かその信徒だった。例外は左側にいる日本人のイエズス会士である。像が並んでいる順番は、彼らが磔刑に処された十字架の位置を踏襲している。したがって（中央の）スペイン人が（両端の）日本人よりも誉れある位置にいて、それは（マカオに本部を置く、つまりポルトガル人の）イエズス会士に対しても同様なのだ。記念碑中央で〝花形〟を演じる（マニラから来日した）スペイン人フランシスコ会士の名はわかっている。ペドロ・バプティスタほかマルティン・デ・ラ・アセンシオン、フェリペ・デ・ヘスス、ゴンサロ・ガルシア、フランシスコ・ブランコ、そしてフランシスコ・デ・サン・ミゲルである。

彼らが書き残したもの、とくに狂信的かつ戦闘的なマルティン・デ・ラ・アセンシオン神父のそれを読むと、メキシコおよびペルー、フィリピンをそうしたように、日本をスペイン国王に隷属させることとしか頭になかったようだ。実際マルティン・デ・ラ・アセンシオンにとっては、その考えを引き継いだディエゴ・コリャードと同様に、スペイン帝国に割り当てられた〝西インド諸国〟とは太平洋を西に越える日本および中国までも〝オリエント〟であった！

西坂の記念碑はキリスト教殉教者らが昇天する瞬間を表しているということはすでに述べた。ただしそこからは、磔刑に処される際の悲劇的な行き違いを見ることはできない。たとえばパウロ三木のために用意されてあった十字架は大きすぎた（というか、本人がきわめて小柄だった）。十字架に縛りつけようとして両手首を横木に結わえたところ（おそらく十字架はまだ地面に寝かせてあったのだろう）、脚が短すぎて下の横木に足首を結わえられなくなった。刑吏は応急措置として、両足はそのままにし、腰を柱に縛りつけるほかなかった。十字架を立てたとき、縛られてない両足が支えを求めて動きまわった。それをやめさせるため心臓に槍の二突きがあった事実を作品にした芸術家はいない。今であれば、動画が投稿されたかもしれない。フランシスコ会のフェリペ・デ・ヘスス神父に起こったことも痛ましい。尻を置くための柱の出っ張りが低すぎたのだ。したがって、体重がもろに首を柱に結わえた縄にかかってしまった。十字架を立てたとたん、神父は首吊り状態になってしまう。それ以外にも、フランシスコ会の指導的立場にあったペドロ・バプティスタ神父（手首を縛られるだけなのでがっかりした）が、自分も〝キリストのように〟釘打ちにして欲しいと刑吏に頼んだけれど拒まれたという話を人々は話題にした。聖書に書かれた伝統に外れると、自分の**死後列聖**が危ぶまれることをきっと危惧したからだ。

長いあいだイエズス会は、（自分らの私猟地である日本へ勝手に乗りこんできた）スペインのフランシスコ会士に対し殉教者の名誉を与えることを拒否しており、フランシスコ会も対抗策として同じ方法を選んだ。西坂殉教の大事件を、イエズス会の画家は同会の司祭三名しか描かず、残り二三名について考慮することはなく、逆にフランシスコ会画家は二三名の会士とその信徒らを描き、ほかの三名のことは忘れた。共同の列聖を執りおこなうにあたり、双方が和解するのに数世紀という長い年月が必要だった。

一九八一年二月二六日午後三時、教皇ヨハネ・パウロ二世(初代教皇ペテロの後継者すべてといっしょに地獄の炎で焼かれている)は黒雲が垂れこめる空の下、西坂の記念碑の前で黙禱を捧げた。そのときの説教で、教皇はその最初の「殉教の実りの豊かさ(ママ)」を褒めたたえ、〈ヨハネ伝〉のそれに関する「一粒の麦は、地に落ちて死ななければ、一粒のままである。だが、死ねば、多くの実を結ぶ」という言葉を引用した。天空が突如としてそのサタンの手先の頭上に崩れ落ちて(南日本では滅多に見られぬ気象現象)、これほど凄まじい雪嵐が長崎を襲ったのを、それまで誰も見たことがなかった。天が抵抗したのか？　長崎が白くなった。白い立山の斜面にある諏訪神社の白。長崎湾でまどろむ貨物船の白。埋もれていた幾世紀もの濃霧のなかに現れたジャンク船の幽霊の白さが、運河や堤防、あるいはもっと南のクレーンを逆立たせる白い三菱造船所に居すわろうと戻ってきたかのようだった。

（トルデシリャス条約の締結以後）教皇庁代々の至高権限者がその大勅書のなかで、さらにはスペイン国王がその領事信任状のなかで、フィリピン諸島および中国本土を〝西インド諸国〟と呼ぶように、また日本がそのフィリピン諸島よりもヌエバ・エスパーニャ（メキシコ）に近いこともあり、カスティーリャの王には、当地の民の改宗を助けるという至上の義務がある故に、その目的を達するに必要なあらゆる方策を駆使し、すべての障害を取りはらう必要があるものと思料いたします。

Relacion、聖マルティン・デ・ラ・アセンシオン（日本の殉教者）、一五九七年

一六〇〇箱の銀を満載した八隻のガリオット船が長崎港を出たのは一六三七年一一月六日のことだった。すぐさま馬場三郎左衛門は早船に乗り（大坂を経由、そこからは陸路で）江戸に向かった。司祭マルチェロ・マストリッツィの処刑を滞りなく終えたことを将軍に報告しなければならなかった。特記すべきは、カピタン・モールのドン・フランシスコ・デ・カステルブランコが先のガリオット船にてマカオに向かってはいなかった点である。彼も（おそらく、宣教師らの頑なさによって弱体化した日本・ポルトガル間の関係を改善させるため）、将軍から拝謁を許されるとの特別書状を手に江戸に向かった。豪華な手みやげを持参したことは言うまでもない。だが、謁見が許されなかったばかりか、贈答品も断られ、一カ月も待機させられたあげくに拘禁されてしまった。そして、椅子駕籠に縛りつけられ長崎に送りかえされた。扇形の出島に〝人質〟として見張り付きで禁足されることになっていたのである。

なぜならその間に、救い主《メシア》（もう数カ月前から庶民のあいだで、その噂が広まっていた）がついに登場することを決め、それも控え目にではなく、数万人のキリシタン武士、浪人やら農民その他の先頭に立って長崎の東に位置する島原の、主に天草諸島にて反乱を起こしたのだ。こうして使徒ヨハネおよび教皇ヨハネ・パウロ二世の言葉を踏襲するなら、迫害されてきたあの司祭らが蒔いた愛と体制転覆の種が〝実を結び〟はじめたことになる（「わたしが来たのは地上に平和をもたらすためだ、と思ってはならない。平和ではなく、剣をもたらすために来たのだ！」）。反乱軍は徴《クリスマ》、あるいは聖なる秘蹟を象徴する聖杯の描かれた幟を掲げていた。その中央には深紅の十字架、ポルトガル国旗を（あまりにも！）連想させるものもあった。あちらこちらで見る〝チラシ〟が、すべての日本人は改宗しなければいけない、そうしないと真の神が左足の踵をつかんで地獄に放りこむだろうと主張していた。前哨戦が田舎の領主らとのあいだで起こり、〝水呑百姓〟の群れがその領主たちを皆殺しにするという嘆かわしい事態となった！　武士が貧農に殺される！　反乱が江戸に報告されたのは、一六三七年一二月二五日、クリスマス当日であった。幕府に動揺が広がる。

「そら、始まったな」フェレイラはつぶやいた。

「絶好の機会とばかりにスペイン人が攻めてくるだろう！」荒木が応じる。

「ぜんぶ示し合わせてあったにちがいない内乱、そして外からも攻撃をするぞ」

「そんな状況のなか、わたしはどうなるんですかね？」スペイン人背教者のアルバロ・ムニョスが心配する。「どちらが勝つにしろ、わたしたちは裏切り者として処刑されるんでしょうね！」

三人は長崎の（遊女が特別に愛想のいい）通い慣れた茶屋〈大幸〉で飲んでいる。（棄教した元聖職者仲間で）同じ恐れ、同じ恨みを分かち合いながら。島原の内乱が続くあいだは毎晩のように、酒を酌み交わしては手に入れた情報についての意見を交わす。〝それら全部〟がなぜ起こったのかと問いつづけながら。

一六世紀、日本で最初に天下統一をなし遂げた太閤豊臣秀吉は、後に徳川家康をして「百姓は生かさず殺さず」と言わしめた苛酷な年貢制度の基礎となる農地の検地を行った。秀吉は自分が農民の出だから、彼らをよく知っていた。全国の農地を調べあげ、(ことに)米の収穫高を計算して年貢をとれるようにした。元々は一六一二年に切腹をして果てたキリシタン大名の島原藩を松倉家が受け継いで、その二代目藩主の松倉勝家が徳川家康の教訓を守らず、領民に死なずにすむだけの米を残してやらなかったことが原因と思われた。もう一つ、一六三九年に世に出された排耶書『吉利支丹物語』は、藩主松倉勝家が自藩の米の収穫高を実際の二倍に見積もり、その過大評価高に対して六割の年貢を課したのだと述べる。収穫の半分を持っていかれる煙草畑、六割を差し押さえられるカブ畑、どんなささいなものにも税がかけられた。家の庇に、戸の枚数、竈《かまど》の数。死者を埋葬したちっぽけな墓にすら。それは、もし作物を植えていたなら税をかけられたものをといら考えだろう。ある日、貧者の鼻の穴まで課税しないと誰が断言できよう?

松倉勝家の弁護をするわけではないが、彼自身も日本のあらゆる藩主と同じく重税をかけられていた。将軍は、彼ら臣下の者が豊かにならぬよう、強くならぬように腐心した。藩主は高価な進物はもちろんのこと、行列になるほどの供を従え、隔年毎に江戸まで参上しなければならず、それがたいへんな出費となった。さらには大名に対する将軍の信頼があまりに厚いがため、江戸のだだっ広い藩邸に妻子を人質として残しておかねばならなかった。将軍に搾りとられる藩主にまた搾りとられる民衆が、この悪循環のなかでの最大の被害者だった。民衆は最後の一滴まで血を搾られた。ひどいところでは、土や草を口に入れる者までいた。年貢を出し惜しみする者よ、覚悟をしておけ……。

オランダ商館長のニコラス・クーケバッケルが断言するのは、簑《みの》踊りと呼ばれる刑は松倉勝家が考えついたものだということだ。簑は肩に羽織る雨除けだが、その踊りを見応えあるものにするため、刑の執行は日が落ちてから始められた。年貢を納められなかった農民を一人選ぶ。その両手を後ろ手に縛って肩に簑を羽織らせ、しっかり襟元を紐で留める。本人が住む村で、その村民全員が集められる。簑の全体に染みわたるよう、充分な量の油をかける。すっかり日が暮れたところで、簑に火が点けられる。すると、両手を縛られた農民は踊りだす。跳びあがり、あちこちに走りまわり、肌を焦がす火を消そうとむだな試みをくり返す。暗がりのなか、羽根を震わせる蛍の優雅な飛翔のように、きれいな火花と火の粉が周囲に散って、夏の夜に儚い青白い光をまぶす。ときには、苦痛にあがく不幸な男が木の幹に頭から突っこむ。ときには、川にはまってしまい、溺れ死ぬ。簑踊りは、年貢をごまかそうとした者に適用される軽い処罰の一つでしかない。様々な掟に違反した者(ことにキリシタン)は、たとえば島原藩中央部の火山の雲仙で裸にされ、硫黄混じりの煮えたぎる湯壺に沈められた。フェレイラ神父は棄教する前、教皇に送った最後の書簡のなかで、そのような処刑について詳細に述べた。死刑が行われた忌まわしい場所は、見わたすかぎりグツグツ沸きたつ泥であり、濃い湯気が悪臭を放つ。日本人はそこを地獄と呼び、今日では慢性リウマチに悩む人々が〝湯治〟に訪れる。

乱の勃発前の一六三七年一一月、藩主松倉勝家とその家来による似たような行き過ぎが民衆の怒りを煽りたてていた。かつて宣教に最適の地とみなされていたため、数多くいた〝隠れキリシタン〟がそれを機に、不満を抱える民衆を味方に引きこむ。人の話では、年貢を滞らせたある村の長の妊娠している妻が、竹籠に入れられたまま干潮の浜辺に晒されたという。こうして、満潮になっても籠のなかにいる女が半分しか水中に没しないようにしてあった。潮の干満のほか、冬の寒いさなか、昼と夜とがくり返され、女は一週間もちこたえた。子どもを産み落としてから死んだそうである。もう一人の農民のたいそう美しい娘は、大名の荒くれ武者らの慰みものにされる。村の浜辺に裸で晒されたうえに焼印を押された。それに立ち会わせられていた父親は見るに見かねて、警護の役人を振りはらって彼らの頭目に襲いかかり首を絞めた。

しかし、〝燎原の火〟が放たれた原因には、少なからずキリスト教が直接に関わっていたようだ。一人の農民が自宅の櫃《ひつ》の底に、神の絵、髭を生やした白髪のY《ヤ》H《ハ》W《ウ》H《エ》の絵を隠し持っていた。ところが、ある奇跡が起こってしまう。ある日そっと櫃から出してみたら、彼の知らぬ間に、絵が布地に貼られて、周りに赤い飾り紐までついていた。すぐさま家に同じキリシタン仲間一〇人ほどを集め、いっしょにその聖画を称える祈りを捧げることにした。密告され、祈りの最中に踏みこまれた。彼らは村の広場に集まった村民を前に、まだ試験段階で一般的でなかった刑罰の実験台にされた。頬と額それぞれに、忌まわしい言葉〝切支丹〟の三文字からとった一文字の焼印を押されたのだった。そのうえ、聖画も焼かれた。村全体が強く反抗する。激昂した村民が、武者たちとその頭目を八つ裂きにした。それをきっかけに、隠れキリシタンの〝潜伏組織〟があちこちで立ちあがることになった。そして、新たな**メシア**がそこに現れる。

メシアの年齢は一六歳。二五年前に日本を追放されたイエズス会士の書き残した〝チラシ〟が、ひどく回りくどい言い方で、「五年間が五回」過ぎるや否や「八歳の二倍の年齢の」麗しい童貞の若者が日本に現れると予言していたのだ。少年の合図とともに、領内全域が蜂起した。それら反乱軍の先頭に〝白地の幟〟が翻るのが見られた。戦士たちは首に十字架を下げている。あらゆる偽りの信仰は打ち倒され、真の信徳が求められよう。そのような〝チラシ〟が、数カ月前から密かにキリシタンのあいだに回覧されていた。メシアはほかにも「早咲きで花は開くだろう」とも告げていた。この晩秋の時期、島原で桜が咲くのに立ち会うということだろうか？　また、この乱について、〝日本の春〟と呼ぶ人もいた。当のメシアは天草の生まれだったので、天草四郎の名で知られるようになった。キリシタン名はジェロニモであり、かつて秘密裡に洗礼が行われた長崎で授かったという。きわめて利発な少年であり、奇跡をくり返すため農民の畏敬の的となっていた。少年が手を差しのべれば、空高く飛んでいる鳥がそこに降りてくる。掌に卵さえ産むという！　ある日のこと島原の浜に集まった群衆の見ているなか、天草四郎は波の上を燃える十字架のあとを追って歩いたそうだ。

その奇跡は一五年前の、フランシスコ会のスペイン人司祭フアン・デ・ラ・マドリードの挫折を挽回するものだった。同じことを平戸で試みようとした司祭は、それを見物しにたくさん集まった異教徒を教化しようと思い、高い桟橋から海に飛びこんだのである(キリストがガリラヤ湖の水上を歩いたように、司祭も神の恩恵により間違いなく歩けるものと確信していたのだ)。すぐに沈んでしまい、もしオランダ東インド会社の商館員、しかもカルヴァン主義者のメルヒオール・ファン・サンフールトが海に飛びこんで引き上げてやらなかったら司祭は溺死してしまうところだった。日本人の異教徒およびオランダ人異端者らの格好の笑い話となったものだ。「もしあなた方に信徳さえあったなら、わたしは**あなた方のために**水上を歩いたにちがいない」と、デ・ラ・マドリードは自分を嘲笑する者たちに釈明を試みた。

神を信じぬ(地獄の炎で焼かれている)歴史家たちは、天草四郎が一〇人ほどの浪人、なかでも父親の益田甚兵衛やその友人である蘆塚忠右衛門、多くは関ヶ原の戦いおよび大坂の陣で徳川家に粛清されたキリシタン大名の元家来たち、彼らによって担ぎ出された名前だけの操り人形にすぎないと主張する。純粋で一徹、見目麗しい若者の方が半ダースの老いた武士よりも大衆をうまく熱狂させられる、おそらくそう考えたのだろう。ある意味で、天草四郎は東洋のジャンヌ・ダルクだった！　反乱軍の主導者たちが初期の段階から住民に対し「どちらに付くか決めること」を迫ったと、前述の神を信じぬ歴史家は主張する。真のかつ唯一神の御旗の下に集まることを多少なりともためらう者は切り捨てた(旗の一枚が保存されている。絹地に聖杯が描かれ、そこに黒い十字架が記された白の聖餐が置かれ、上方には〝ご聖体の秘蹟の称えられんこと(LOVVADo SEIA O SACTISSIMo SACRAMENTo)〟というポルトガル語らしき文字、聖杯の左右には翼を広げ両手を組んだ天使が二人跪いている)。

　天草の島民二万一〇〇〇名のうち子どもを含めた男女一万四〇〇〇名のキリシタンが手を組み、また島原の住民四万五〇〇〇名のうち二万三〇〇〇名も反乱軍に加わった。それをキリシタン指導者らは絶好の機会ととらえ、暮らし向きと年貢が一揆の原因であることは沈黙し、宗教次元のみを前面に出し将軍宛に非難文を送りつけた。〝キリスト宗派が日本にて許されていないからこそ、わたしたちは反抗するのです。わたしたちの多くは、未来の生を信じることが最も重要なことと考えています。ところが、天にましますわれらの主を敬愛するからという理由で、わたしたちは死ぬほどの拷問にかけられます。キリシタンを排撃する掟は撤廃されるべきです！〟と。

　一連の衝撃的な勝利のあと、反乱軍は島原にて仇敵である藩主(一揆が発生したときは江戸に行っていた)松倉勝家の城を攻めようとしてしくじる。反乱軍は兵力不足を自覚して、長崎(キリシタンへの同情が厚い町民からの支援、とりわけひどく不足していた武器および弾薬を当初は期待していた。兵といっても、武士は数えるほどで、ほかは鎌や竹槍で戦う貧農だった)への進攻も断念した。そこで天草四郎(あるいは彼を煽りたてる者ら)は自軍に退却を命じ、南島原の二〇年前からの廃城で、ほぼ廃墟となっていた原城に立てこもることにした。天草諸島の叛徒たち約一万名も、船首に十字架を掲げるジャンク船の帆を上げて原城を目指した。総数にすると三万七〇〇〇名の子どもを含めた男女(うち、ほんの一万五〇〇〇名のみが戦闘要員)が籠城《ろうじょう》する。兵糧《ひょうろう》などほとんどなかった。

　日本の城がすべてそうであるように、同心円上に三つの郭があって、その中心に本丸がある。長さ二〇〇〇メートル、幅一二〇〇メートルという広さだった。ひどい状態にあったものの、南北と東を海に囲まれた地の利(高さ三〇メートル近い断崖の上)があった。西は沼によって護られ、土地勘のないよそ者は沼にはまる恐れがあった。籠城した者たちが最初にやったことは、郭の補修工事だった。その材料は、天草から彼らを乗せてきたジャンク船である。甲板の板を用いて柵を構えた。ひと月後、城はうまい具合に補修された。城壁のあちこちに木の十字架とキリスト教のシンボルをあしらった幟が立てられた。叛徒たちを驚かせたのは、幕府あるいは藩の軍がまったく反応を見せずに、彼らに城の補修を続けさせたことである。

それは、一揆が勃発した場合、当時の決まりで該当の藩主にのみ鎮圧の武力行使が許されていたからである。隣の藩主には、将軍から事前の許可がないかぎり、いかなる軍事行動も許されなかった。したがって筑後ないしは肥後の大名も、島原藩の救援に駆けつけることはできなかった。あらかじめ書面による幕府の命令書が必要であり、それには時間がかかるのだ。将軍家光は、それらの藩が幕府に対抗して結託するのを恐れていたのである。だから各藩主を厳重な監視下においていた。だが、しばらくすると長崎では(江戸にいた奉行の馬場三郎左衛門が大急ぎで戻ったところである)事情に詳しい者たちが、すぐさま行動を起こさぬ将軍についてほかの可能性を論じはじめた。またいつもの「狡猾なやり口」ではあるまいかと。

「事が深刻になる前にひねりつぶしましょう!」家光も臨席していた会議で老中の松平信綱が叫ぶように言った。「時は緊迫しています!」

「あの叛徒どもは農民くずれの質の悪い下層民であり、一握りの浪人連中に引きずられているだけですから、たやすく叩きつぶせます!」家康の近習出頭人であった板倉重昌も同調した。「すぐに行動を起こすべきでしょう!」

長崎奉行が荒木トマスに打ち明けたところでは(そして、こんどは荒木が毎夕の〈大幸〉での定例会議の席でクリストヴァン・フェレイラとアルバロ・ムニョスに打ち明けた)、家光は鬚を撫でながらクックと残忍な笑みを浮かべ、老中たちに「あの害虫どもだが、急がずに国の隅々から原城に集まってくるのを待ってやろうではないか。その時を待ち、一度で皆殺しに、一刀のもとに八岐大蛇の頭を切りおとしてやればいい。

そうすれば〝キリシタン問題〟を最終的に解決できるだろう」と答えたという。

「スペインによる介入はどうなる？　将軍は心配ではないのだろうか？」フェレイラが荒木に向かい、驚いた口調で問いただす。「マニラからのガレオン船が反乱軍を救いだすかもしれない。一五年前にイングランド艦隊がフランスで、ユグノー派の叛徒を助けたように！」

フェレイラは一一杯目の酒を飲みほす。腹がねじれるかのように恐ろしかった。背後に控える仲居＝遊女が決して盃を空のままにはしない。こうして注がれる酒は言わずもがな、歩合をとる彼女らの収入源である。

アルバロ・ムニョスが突然笑い出した。

「そのスペインによる介入だが、一つの神話にすぎない。与太話だな！　マニラ駐屯の〝勇猛なるコンキスタドール〟の実態は、ごく最近の情報によれば、純血のスペイン兵は九〇〇名しかいないそうで、五十代あるいは六十代の年寄りばかり、それもほとんどが梅毒とマラリアにやられている。ここの侍たちと渡りあえるとはとうてい思えんが。貴殿らも知っているように、わたしは唐船という名目であちらに行けるジャンク船を持っている。だから情報は入手できるのだ。わたしが思うに、フィリピンのスペイン人は、いつか日本を征服しようなどとおよそ考えてはいないし、むしろ日本人が進攻してくるんじゃないかと死ぬほど恐れているのだ。それに、この日本までやって来ると言うのなら、オランダ船にも立ち向かうことになる」

「それでも将軍の火遊びは終わらないだろう」荒木トマスが言う。「わたしの推定では、島原および天草の住民の少なくとも四分の三はキリスト教徒だろう。まあ表向きには棄教しているのだが。これはじわじわと拡大する可能性があるな。かつてフランシスコ会は江戸の北にある仙台で盛んに宣教を行っていたんだが、あちらでも反乱が起きるかもしれない。そうなると、幕府は挟み撃ちにされてしまうこともありうる！」

言葉にするのも憚られる罪（肛門性交のこと）について、
日本人はほとんど問題にしようとしないため、
子どもやその周りの者たちは公然とそれを言いふらし、自慢さえするのである。

Relation missionnaire（イエズス会宣教報告）、
イエズス会士アレッサンドロ・ヴァリニャーノ、一五八三年

「敵はいたるところにいる！」と、家光は妄想にとりつかれていた。ひょっとしてキリシタンが床下に潜んでいないかと、座敷の畳を上げさせることまでやった。自分の周囲にいる者すべて、近習やかわいがっている小姓にさえ絵踏みを強いて、各人がゼズスの聖なる顔を踏む瞬間の表情をしっかり吟味するよう役目の者に言いつけた。少しでも顔に緊張が現れるか赤らんだりする、あるいは目を不必要に瞬いたりしたら一巻の終わり、当人はすぐ拷問にかけられた。

家光はでっぷりしていたと伝わっている（ところが、彼が痩せて背が高く美形だったと言う者もいて、それは数少ない証人が謁見の折に本人を離れた場所からしか見ていないのと、おまけに連日連夜のご乱行で起きられぬときなど、よく替え玉を使っていたからである）。顔は疱瘡の痕があって、酒の飲みすぎで顔料を塗ったように赤紫色だったそうだ。父親の将軍秀忠は、将軍職を彼に継がせるのではなく、その弟の忠長にしようと考えていた。忠長も家光と同じ秀忠の正室お江与の方の息子であり、秀忠夫婦は長男よりも見目が良く利発と思われた弟のほうを好み（当時では珍しく、乳母をつけずに自分で育て）、家光の将軍職継承を阻止しようと画策していた。たとえば家光の前髪を剃っ

て月代《さかやき》にする元服、また具足始の儀式についても数年遅らせた。男色や小児愛は普通の唯一神にこそ呪われ、当時の日本では一二から一四歳の男児が稚児として、とりわけ仏僧らの少年愛の対象となっても異常視されなかった。だがひとたび大人への通過儀式を行えば、男性間の同性愛ではない能動的な役(女性を好きになって子をつくるという目的もあるので)を果たさねばならなかった。そのように家光を小児化、女性化させて将軍職に似つかわしくないように仕向けたのである。

そのような〝悪魔的な〟風習は、初めて日本に足を踏み入れた善良なるイエズス会士らを震えあがらせた。「この国には誘惑が多すぎる」と、おそらくあやしい美しさを持つ若者が多くいることに度を失い、SFXはそう書いた。宴席で酔って聖人の長衣の下に手を入れ太腿を揉みはじめた藩主に向かい、彼は「それらの罪を罰するため、ヤハウェは雲から硫黄の炎を吹く竜巻を投げ落とし、いくつかの町、ソドムとゴモラを破壊した！」と言い放った。「ならば、二つの町のみならず、ヤハウェどのは日本全土を燃やさねばなるまい」と件《くだん》の藩主は応じた。偶像崇拝の王国、日出ずる国は男色の国でもあった。

ところで、家光は根っからの(政治的な意図で、そちらの傾向に仕向けられたこともあり)同性愛者だった。衆道に耽溺《たんでき》してしまったのである。治さなければならぬ！　祖父の家康はそう思い、死ぬ前に三代目将軍を継ぐのが家光であり、ほかの誰でもないことを明言。一六二三年八月二三日、家光は将軍となった。秀忠と江与の思惑とは反対の筋書きに事を進めたのはほかでもない、家光の乳母の福の方(後の春日局《かすがのつぼね》)だった。家光が将軍になると同時に、福は小姓遊びから家光を遠ざけるために全力を尽くす(世継ぎを持たなければならない)。公家や上流武家の最も美しい女性をみつけ、日本全国から集めようとした。家光は、将軍職に就いてようやく二年後、二〇歳頃で結婚したが、それは形だけのようだった。孝子姫といい、まぶしいくらいに美しい女性だった。しかし新将軍が心を動かされることはなく、孝子に触れようともしなかった。彼女は見る間に痩せて青白くなったという。ある日のこと、家光の機嫌がよさそうなので、春日局があれほど美しい女性をなぜ放っておけるのかと小言を述べてみた。それはさらに悪い結果を生んだ。怒った家光は江戸城内に邸を建てさせ、孝子を軟禁し、許可なく外出することを禁じてしまった。

そんなあいだにも、家光の周りは衆道の愉快な雰囲気に包まれていた。その小姓たちのいずれも美しく、袴の後ろに穴をあけ、動くたびに衣擦れの音のなか、尻を観賞できるようにしなければならない。お気に入りを近習に取り立て、なかには一〇万石の俸禄を与えられた者もいた。近習のなかでも最も近いとされていたのが堀田正盛および阿部重次、松平信綱である(前者二名は三〇年後の家光死去のとき、絶対忠誠を示すため自刃した)。それでも粘り強い乳母は諦めたりせずに、次々と美しい娘を家光の周囲においた。そしてついに一六三七年、島原の乱が勃発する少し前、春日局の養女として大奥に入れたお振の方に家光が最初の子を身籠もらせる。残念ながら生まれたのは女児で、千代姫と名付けられた。奇跡は続く。お祭り騒ぎだと言っても過言でないくらい。将軍は陽転したのだろうか？　その後、異なる側室とのあいだに五人の子を得ており、刑死した農民出の父親を持つお楽の方が四代将軍となる家綱を産んだ。血統は継承されたのである。

つまるところ、家光は過度に飲酒と男色を好んではいたが、政治に関しては狡猾だった(祖父の家康はそれを見抜いていたのだろう)。自ら治世に乗り出すとすぐに、それまである程度の自立性を保持していた仙台や広島の有力大名を恭順させる。そんな術策を知っていたのである。様々な事情があったにせよ、実弟の忠長に蟄居《ちっきょ》を命じ、後に切腹させた。ライバルの排除！　また、スペイン人が危険分子とみなされ、西洋人としては最初の国外追放となったのも彼の治世時である。さらに〈風紀の改善〉と称し、女役者による歌舞伎を禁止したため、若い男の役者が**女装して**演じるようになった。遊女中心の女歌舞伎が若衆歌舞伎に、男娼中心になったのもおそらく将軍の好みだったのだろう。一六二三年に将軍交代のあった数カ月後、それに併せて対キリスト教会への寛容政策を期待していた善良なるカトリック司祭たちの思惑に反し、家光は父親と祖父の残忍さの一段上を行くかのように、五〇〇人近いキリシタンを虐殺した。当時(棄教に先立つこと一〇年)、本州に潜伏して聖職を続けていたクリストヴァン・フェレイラは、江戸の東海道に近い海沿いで焚刑という神明裁判〔江戸の大殉教〕にかけられた五〇名のキリスト教信徒につき、心を揺さぶる〝報告書(教皇宛書簡)〟を書いている。

ずっとあと、奉行たちの見ている前で自分の震える足が真鍮板の聖なるキリストの顔を踏みつけることになり、フェレイラは殉教したキリスト教徒(そう、彼らは殉教を選んだ!)の〝栄光〟のためにかつて隠れて書いた当の〝報告書〟や、ほかの同じような多くの〝書簡〟のことを忘れるわけにはいかず、過去の悲痛な皮肉を味わった。その数カ月前にも、長崎で捕縛され袋叩きに遭ったとき、同じことを思いだした。そのあと、長崎に近い大村のあの先端を鋭く尖らせた竹矢来のなかで半分死にかけて、髪の毛と爪、髭も伸ばし放題——切ることは禁じられていた——で痩せこけ、寒さと熱に震え、落ちこんだ目、こけた頬、あばら骨も露わに、みすぼらしい布をまとった聖職者一〇人ほどといっしょに数カ月間も閉じこめられ、雨と風に身を凍らせていたあいだも、絶えず同じことを思い出していた。さらには、頭から逆さまに、壊れた時計の静止した振り子さながらに穴の底に吊るされ、あらゆる時空感覚が消滅する冷たいビロードのような深い闇の只中、彼は(わたしたちは)一刻一刻ごと足首を縛る縄が彼の肉、わたしの肉、わたしたちの肉に食いこんで、永遠に終わることなくそのままいっしょにぶら下がっていなければならないかのように感じたことを(わたしも)より強烈に思い返していたのである。

ローマに極秘で送られたそれらフェレイラの報告書のひどく仰々しい、ときには誇張もされた文章が、どこか所在不明の調律が狂ったピアノから流れる調和のない音楽のように、彼の記憶のなか、わたしの記憶のなかを逆流する。一六二三年半ば、羽根ペンを手に江戸の殉教者たちの〝不屈の精神〟を誉めそやしていたあの男はほんとうに彼だったのか？　熱情の炎に煽られ、彼は「苦痛のほんのわずかな徴候さえも彼らは見せようとしない！」と書いた。「ほんのわずかな徴候さえも」、ほんとうだろうか？　ふり返ってみれば、そもそもまともに受けとられるはずもなく、自分自身、ある刑死したキリシタン領主の妻の屋敷に匿われながらそれらの文字を書きつけたときも、また彼がそれを送りつけたイタリアにいるイエズス会総長ムツィオ・ヴィテレスキおよび教皇グレゴリウス一五世（まだ存命だったろうか、教皇の地位ほど儚いものはない）の耳にも、そのすべては空々しく聞こえていたのである。彼フェレイラは真剣だったのか？　彼の上長の者は、本気にしただろうか？　さもなければ、地球を挟んだ反対側同士で演じる一種の芝居でのやり取りにすぎなかったのだろうか？　彼の報告書によれば、その神明裁判〔大殉教〕に立ち会った人々は処刑されたキリスト教徒らが毅然として屈服することなく、「炎に包まれながらも、不動、無言」だったその「揺るがぬ態度と勇気」に「感銘を受けた」そうで、見物人のなかで最も頑なな異教徒すらも、その「揺るぎなさ」が「尋常」ではないと打ち明けたとある。つまり、神々しい揺るぎなさだったということか？　恩恵だろうか？　フェレイラには決して訪れなかった見えぬ影のような恩恵のことだろうか？　彼の惨めな人生において一瞬たりともなかった恩恵のことか？

それは一六二三年一二月四日、江戸の神明裁判の当日で、初めに総数五〇人のうち四七名、全員日本人のキリシタンもしくは協力者が焚刑に処された。ほかにも西洋人の聖職者二名と日本人のキリシタン旗本一名が縛られたまま馬に乗せられており、それはシチリア出身のジローラモ・デッリ・アンジェリ神父とスペイン人のフランシスコ会士フランシスコ・ガルベス神父、そしてジョアンこと元は家康の御側衆頭〔警護役〕の原主水《もんど》だった。先の信徒らが処刑されるさまを最初から最後まで立ち会わせるためであり、フェレイラの説明によると、その恐ろしい光景によって彼らの決意を挫き、疑念を植えつけられればと期待していたという。だが、自分たちに用意された残忍な死に怯えるどころか、逆に彼らはその死を受容することに〝歓喜〟している様子だった。群衆のなかから二人の人間が飛びだし、奉行らの控える場所まで近づき、「わたしらもキリシタンだから、あの兄弟たちといっしょに死にたい。火炙りにしてください！」と叫んだ。二人は捕らえられて牢に送られた。

すでにその時点で、キリスト教徒を殺すのが最善の方法でないことに幕府は気づいた。殉教が殉教を呼んでしまうからである。幕府は以後、彼ら、なかでも西洋人宣教師を転ばせようと躍起になる。彼らの英雄的なイメージを打ち壊し、その信仰および教えの虚しさを証明することに努める。彼らが信ずる神の臆病さを！　後に例の排耶書を書くにあたりフェレイラは自問する、ジローラモ・デッリ・アンジェリとフランシスコ・ガルベス、原主水をわざわざ馬上から仲間の信徒らの神明裁判に立ち会わせたのは、はたして三人を怖がらせるためだけだったのかと。むしろそれは三人に**罪悪感**（人々を改宗させ、信徒にした責任があるのではないのか？）を植えつけるためであり、そうして芽生えた感情、意識のなかに現れた亀裂によって彼らの確信を壊すためではなかったかと。

「**殺してはならない**、何とすばらしい考えか！」と、フェレイラはモーセの十戒を批判する自著の章に書く。哀れな民衆にとって、無知な農民にとって何なのかまったく理解できず、ただその標語を機械的にくり返すしかない宗教を説くというのは、将軍の決めた掟に彼らを背かせ、無意味な死の危険に晒すことではないのか？　つまり彼らを殺すこと、間接的であることは確かだが？　「**殺してはならない！**」かつて有馬の神学校《セミナリヨ》にあった印刷機で、イエズス会士たちは二種の日本語冊子『マルチリヨ（殉教）の心得』と『マルチリヨの勧め』を印刷した。そのなかで、審問を受けた場合に己の信仰について嘘を言うことを禁じている。それがインヘルノ（地獄）行きに値するからである。キリシタン禁制下においては、誓いに背くよりも捕まって拷問を受けることを受けいれねばならないともある。責め苦を受けるあいだ、勇気を得るには十字架上のキリストを目に浮かべなければならない、持ちこたえるための助けとなるであろうと。そういったことを二冊子は助言しているのである。受刑者が理解しなければならないのは、彼らが死んだあと目にするパライソ(ポルトガル語のparaiso、天国の意)のたとえようもなく大きな至福の海に比べるなら、現世で受ける苦痛などほんの一滴にすぎないというのである。

フェレイラは、ある年老いた農民の女がラテン語で祈るとき、いつも「アヴェ・マリア」とはなく、「アベ・マリア」と言っていたのを思いだした。発音の問題だろうと思い、ある日のこと女が聖母マリアの苗字が安倍というのは、安倍川のそばで生まれたからだと物知り顔で言うまでは、直してあげようと思っていた。日本では苗字が先になるので、彼女が毎回「安倍マリア」と祈願するのは普通に思われたのだった。数年後、(フェレイラを匿っていたため、いっしょに)捕まって死刑を宣告されたのだが、(棄教しなかった彼女は)息絶える寸前にもおそらく、聖母が聞きたかったにちがいない「安倍マリア」を叫んだことだろう。

一六二三年の江戸の神明裁判から三日後、刑場の警護が手薄になった深夜、司祭に指示されたキリシタンらが遺灰に駆けより、聖遺物にするため真っ黒になった大腿骨や頭蓋骨、軟骨、歯を拾い集めた。キリシタンとその仲間二〇〇名が捕まり死罪を言いわたされた。それより一〇年ほど遡る一六一二年ごろのこと、同じような行動が大規模な弾圧を招くことになった。日本人キリシタンの錺《かざり》職人が**幕府の刻印がない**銀貨を売りさばいて捕まった。全国に散らばる銀山で働く者を買収したにちがいない。ところが幕府は、継続的に明国から買いつける絹の代金の銀で北京を潤し、仲買のポルトガル商人にも手数料を抜かれていたのだが、その銀の流通および相場を管理することに躍起になっていた。日本からは、毎年一五〇トンの銀が輸出されていた。数十年前から代々の将軍は、その破滅的な出血を止めようと無為な努力をくり返していた。当の錺職人は磔にされる。十字架の前に跪いた数百名のキリシタンが死者を崇めた。それだけでなく、張り番が目を離した隙に、小刀と鋸を持ったキリシタンは磔になったままの死者から肉と骨を切りとってしまう。その貴重なる聖遺物は国外に移されたのだろう。現在はマニラに保存されている。さて、その騒動を知らされた将軍秀忠と(隠居していた)家康は激怒したという。キリシタンの狂信者どもが不届きにも、犯罪人、それも国家の富の源泉である銀貨、**貨幣**をないがしろにして二重の罪を負った罪人を崇めるという所業に及んだからだ。

キリシタンどもは**国家のなかの国家**であると！

怒りの日《ディエスイレ》

司祭たちは、わが国をスペインに隷属させるための陰謀を企て、
そのためあらゆる類の空虚な嘘で民衆を騙した。

『破吉利支丹』鈴木正三、一六六二年

「**殺してはならない！　殺してはならない！**」とフェレイラは、島原の原城を囲む沼地の血にまみれた泥を草鞋で踏みつけながら、そのグロテスクな戒めをくり返すのをやめなかった。時は一六三八年四月一六日、幕府の討伐軍が反乱軍のキリシタンと彼らの**メシア**を打ち破った翌日である。反乱軍は敗れるまでの三カ月籠城した。辺りの平原と浜辺には、無数の打ち落とされた首が竿の穂先に刺され地面に立っている(後に明らかになったところでは、首級一万八六六九を数えた)。まるで地獄の入口を見張る死者たちのよう、幽霊たちの教皇選挙会場だった。ことに夕暮れ時、陽が鮮やかなバラ色を溢れさせるとき、息をのむ光景となった。「**殺してはならない！**」キリシタンもしくはそれに近い者が三万八〇〇〇名、原城に立てこもって九〇日間も勇気もしくは相当な狂信をもって攻撃に抵抗したあと、それ以前に兵糧不足で餓死していなかった者がついに討ちとられ、首を落とされた。家光は目的を達成したことになる、**キリシタン世界を絶滅させる**ことに！　ほかにも、数百人の若くてきれいな娘たちは本州の〝茶屋〟に出された。〝島原〟という名が今でも京都の花街に残っているのは、あの恐ろしい戦いの名残だろうか？　さて、数千の首が船で長崎まで運ばれ公の場所に晒された。藩民への威嚇であった。

フェレイラは提灯の明かりで竿の穂先の首を一つひとつ調べていく。アルバロ・ムニョスなど背教者ら幾人かといっしょに西洋人がいないか識別するよう命じ

られたのだが、それはスペイン人およびポルトガル人の司祭もしくは世俗人が反乱の背後にいたとの疑いがあったからである。事件の顚末《てんまつ》を世界に知らしめたい幕府は、反論の余地がない証拠をどうしても集めておく必要があった。〝**殺してはならない！　殺してはならない！**　どちらにせよこの惨事――恥さらしなこと《エスタ インファミア》――は直接的に、あるいは間接的にわたしたちの責任ではないのか？〟フェレイラは思う。

　西洋人なので、彼がこれら無数の死体のなかから自分の同類を――いくら顔が歪んでいようとも――見分けるには適しているだろうと奉行所に判断されてのことだった。彼の後ろにつく少年は、もういっぱいになった袋を背負っている。調査目的に〝適合〟しそうな首があると、フェレイラは槍で取りあげて少年に渡し、それを少年が袋に入れた。あとで選別すればいい。

　反乱軍にとっては幸先のいい緒戦だった、少なくとも初めの数週間は。一六三八年一月、すなわち皆殺しになる三カ月前のこと、彼らは天草諸島にて唐津藩主の寺沢堅高《かたたか》に対し二度も勝利を収めた。それから全員が原城に立てこもった後も、夜中に忍び出ては攻囲軍を襲って数千人を殺し、兵糧も奪った。幕府より討伐軍の指揮を任された武将の板倉重昌は、九州諸藩の寄せ集め部隊を使って城の周囲に防塞と堀を設け包囲した。土塁と厚板の防塞の高みから、鉄砲と弓で城内への攻撃をする一方、矢文にて板倉は投降するなら助命すること、農民を苦しませた重税を撤廃のうえ、失政の責任者を処罰することを伝える。同じ矢文にて、籠城軍のキリシタン武将（天草四郎もしくはその補佐役）は「われわれが原城に入ったのは、キリシタンの信仰活動を自由に行いたいからである。われわれが目指すものは現世のそれではない。われわれは全員が天国に行くので、死を恐れはしない。**天からの使者、メシア**の命に従い、われわれは戦っているのであり、その**メシア天草四郎にのみ**、日本人は従わねばならない」と言いかえしてきた。

　数週間が経った。攻囲軍のなかに死者が続出した（寒さが主原因だが、くわえて食糧事情の悪さ、数万人の武者に食べさせることの困難さのほか、定期的に城から出て殺戮《さつりく》をくり返す籠城軍の挑発もあった）。江戸は苛立ちを隠さない。日本はどう見られるのか！ 一握りの農民が幕府の討伐軍全体を苦境に追いこんだ？ 何たる印象を（とりわけ異国に！）与えてしまうことか？ 日本の脆弱性の露呈ではないか？ これは、スペインに日本を攻撃せよと誘っているも同然ではないか？ あの連中、ついに例の〝無敵艦隊《アルマダ・インビンシブレ》〟の派遣を決めるのではなかろうか？ 徹底的に、強烈に叩きつぶせ！ 原城という腫れ物を潰してしまえ！ 見せしめにせよ！ 板倉重昌の無能さは充分に証明されたのだ。更迭《こうてつ》してしまえ！

新しい討伐軍の総大将に、家光は側近中の側近、かつては自分の小姓だった老中の松平信綱を任命する。一六三八年二月初旬、信綱は数千の武者を率いて江戸を発った。目的地は島原。

自分の更迭を噂で知った板倉重昌は、ひどく恥をかかされたように思った。すぐに行動を起こさねば、松平とその武者らが到着する前に。いずれにせよ、自分には精鋭武士団がいるのだ。原城のキリシタン農民などあっさり片づけてやる。勝利で雪辱を果たせばいい！ 一六三八年二月三日の明け方、攻囲軍は城を急襲する。弓と鉄砲による反撃が雨のように突撃隊を襲う。大潰走、大量の死者が出た。突撃隊は三重になった城郭のいちばん外側である三の丸にも行き着けなかった。城壁の上に並んだキリシタンが笑いながら、キリストを象徴するX《キー》とP《ロー》を組み合わせたクリスマや聖体の秘蹟をあしらった旗を掲げて「サンチャゴ！」（イベリア半島を再征服したレコンキスタたちの勝ち鬨《どき》、聖ヤコブの意。だが、いったい誰が教えたのか？）と鬨の声をあげた。ほかにも城内からの矢文には、攻囲軍の総大将に向けた皮肉たっぷりの言葉が連ねてあった。「ふぬけ集団！ おまえの侍どもの立派なことよ！ 侍が質の悪い商売をやるため本業の武術を捨ててから久しいと言われるが、おそらく剣よりも銭勘定のほうが得意になったのか？ 今日のざまを見るがいい、おれたち哀れな農民がおまえらに名誉と勇気を教えてやらねばならぬ。か弱い女たちを拷問にかけるほうがずっと簡単か？　おれたち相手に攻めてみろ、だいぶ話は違うはずだ。度胸があるならこっちに来い、臆病者め！」あるいは、「天地同根、万物一体と言う。生ける物にあっていかなる〝貴〟と〝賤〟の区別をするべからず」とあった。

自分の〝名誉〟がかかっていた。こうして板倉重昌は（新任の総大将松平信綱が到着するまえに）第二の攻撃を仕掛けることを決めたが、それを最終の総力戦にする覚悟である。それに向け、数万の戦闘員が動員される。（旧暦正月、すなわちキリスト紀元一六三八年二月一四日）夜明けを待ち、大将を先頭に突撃を開始した。戦のまえ、板倉は日本の武人の例に倣い、奇妙にも死を予測しているかのように、雄々しさとはほど遠い辞世の句〝あら玉のとしの始に散花の名のみ残らば先がけと知れ〟を残した。

新たな総攻撃も惨めな敗北を喫する。またしても、攻囲軍は三の丸を一時的に押し開いたものの侵入するには至らなかった。武者六〇〇名が命を落とし、三〇〇〇名が重傷を負った。突撃隊の先頭に立っていた板倉は頭に銃弾を受け戦死する。恥を雪《すす》ごうと、死を選んだにちがいない。

新しく総大将に任じられた松平信綱が戦場に到着したのは、その惨めな敗退の翌日である。新規の増強軍、筑前から三万、肥後から四〇〇〇人なども同時に到着する。その結果、しばらくすると原城を取り囲んで二〇万の兵が結集する。日本の歴史上、あの名高い関ヶ原の戦いにおいてさえ、これほどの戦力展開が見られることはなかった。その全部が、一握りのキリシタン三万八〇〇〇名、その半分以上が刀を持つことすらできない女と子どもらを蹴散らすためだった。板倉が死んだ。それが限界だった！　武士の高貴な血が狂信的になった下賤な農民どもの手によって流されることなど許されないと言うつぶやきがあちらこちらで聞こえた。原城の周りをもっと深い堀と柵で囲み、見張りの人数も増やして絶対に通りぬけられぬ〝鋼の包囲〟とし、夜間も数千の松明で照らして、微小な蜘蛛すら見逃すことなきようにするのだ。そうしたうえで待てばいい。ひと月も待つのだ。それがあらかじめ決めた期限だった。鼠取りのなかであの毒を持つ鼠どもを飢え死にさせることだ。最近の〝夜回り〟に出てきて殺されたキリシタンの死体を腑分けしたところ、城内の兵糧が尽きていることが判明した。剃刀で開いた胃に海藻しかみつからなかったのだ。穀物がない！　ますます増えていた城からの離脱者は、弾薬も不足しはじめていると明かした。籠城軍総大将の天草四郎がいる本丸の大砲のみ発砲できる状態にあった。それでも松平信綱は話し合いを試みる。それは矢文の交換で行われた。籠城軍に対し信綱は、もしキリシタン信仰を捨てるならば助命しようと提案した。同じ矢文による返答は、「われらが信仰はあまりにも強いため、貴軍の鉄砲といえどもわれわれを殺すことはできない。日本にてキリスト教の尊重される日が来るまでは、われわれが武器を捨てることはない。ビバ(万歳)　フランシスクシャビエルさま！　ビバ　マリアさま！　ゼスサレン！　ゼスサレン！」だった。

(その「ゼスサレン」が何を意味するのか判明するまで長い時間がかかったが、エルサレムを表し、歪んだ鏡に映したように、キリシタンはゼズスが死んだ町、「ゼズスが去った」と想像したのだろうか)

その間、討伐軍の総大将信綱の命で平戸港のオランダ人に〝接触〟がとられる(不安になった彼らは「何をわれわれに望んでいるのか？　どうもきな臭い！」と訝った)。急遽《きゅうきょ》ニコラス・クーケバッケルとフランソワ・カロンは呼び出され、早船にて長崎奉行所に出向いた。そのため二人は、持っているなかで羽根飾りがいちばん多いビーバーフェルト帽と、首にもいちばん幅広できちんと襞のついた白襟、そして化粧油で口髭を誇らかに跳ねあげるという一世一代の盛装をした。にもかかわらず、あまり誇り高い気分ではなかった。というか、まったく気が進まなかった。原城を前に幕府の討伐軍が立ち往生していることは充分に承知していたから、敵が何を言いだすかある程度わかっていたのである。すでに噂は広まっていた。それなのに、長崎奉行所の座敷に入って不愉快だったのは、彼らを待っていたのが最高責任者の馬場三郎左衛門ではなく、へそ曲がりで有名な榊原職直だったからである(馬場は、幕府の奉行や目付など役人および近隣の大名と同じように、戦場に出向かざるをえなかった。思春期前の少女を二〇名ほどと、もちろん警護の武者も連れていた)。もっと悪いことに、榊原は、オランダ人の仇敵であり、なおかつマカオのポルトガル商人らと昵懇なことを利用してとてつもない利益を得ている平蔵こと末次政直〔実際は一六三〇年に斬殺されている〕といっしょだった。平蔵は、繁栄する一方の**ビジネス**が手軽にできるので悪辣《あくらつ》な金儲けを狙う多人種集団が集まって広がる、いわば長崎の郊外の新町または外《そと》と呼ばれる地域の乙名だった。だいたいこの平蔵は元キリシタンであったが政治的野心から棄教し、ところが聖水盤の蛙にたとえられるくらい信心に凝りかたまった頑なな妻は棄教を拒否、それについては今のところ誰もが〝黙認〟していた。ある人々は平蔵を(背教者のローマ皇帝ユリアヌスになぞらえ)ジュリアノと呼んだ。背の高い痩せた男で、いつも地味な色の着物姿で白髪の髷を結っている。六〇歳をとうに過ぎているだろう。奇妙にも、いつものオランダ人に見せる態度とは違って、二人に慇懃《いんぎん》な笑みを向けてきた。

それはくつろいだ雰囲気の顔合わせだった。奉行所の広い座敷に彼ら四人しかおらず、それぞれの前の膳には盃と酒肴《しゅこう》が用意されてあった。副奉行の榊原が客に盃を空けるよう勧めるが、そんな上手な誘いにも乗らず、客は副奉行が最初に口をつけるのを待った。招待した側から飲みはじめること、ことに当人が目上である場合には。そうしなければ失礼になる。二人のオランダ人はその習わしを知っており、それに従った。ところで、オランダ人が従わぬことなどあるのだろうか？　榊原が酒を飲み、格付けからすれば次は末次政直、それからクーケバッケル、最後にカロンとなる。平蔵が尖った箸の先で自分の膳の漬けマグロをとって、優雅にクーケバッケルの皿におき、次にカロンに対して同じ気遣いを見せた。

〝まぬけな平蔵め、こんな気遣いを見せていったい何を企んでいるのか？　われわれを毛嫌いしているはずが、このおべっかの使いようはどういうことだ？〟カロンは思い、窮屈な姿勢で座って長い脚を曲げたり伸ばしたりしているクーケバッケルと、不安げな視線を交わす。〝この野蛮人どもめ、椅子の使い方も知らんのか。唐人でも知っているというのに！〟

「貴公らに来てもらったのはほかでもない、それが総大将の松平信綱様、すなわち公方様のご意向だからである」榊原は言った。

一七年前から日本に住み日本女性と結婚もして日本語が達者なカロンが、猿どもの言葉などわからんという態度のクーケバッケルの通詞をする。

「たいへん光栄に存じます」カロンが答えた。

「公方様は案じている。ひどく案じている。この一揆は自然に起こったものではない。たしかに島原藩主の松倉どのの農民に対する行き過ぎもあったが、その処分は行われよう。しかしながら農民というものは簡単にはへこたれぬものだ。何にでも耐えることに慣れているからな。そこでわれわれは調べた。一揆は密かに手引きされていたのだ。連中が掲げる幟も、あの鬨の声（スペインのコンキスタドールと同じ）、あの独特な規律、大砲やら鉄砲などの武器、そのすべてがかなり以前から計画されていたことを示している。数十年前から島原はバテレンにより宣教されてきた！　その多くを始末はしたものの、まだ残っており、なかにはゼスサレン（「エルサレムですね！」カロンが控え目に訂正した）とローマに赴き教皇と会って、毒を撒きちらせとの〝特別任務〟を与えられて帰国した耶蘇〔イエズス〕会士、カスイこと岐部ペドロなどもいる！　かくなる状況に鑑み、幕府はそれら反乱分子いっさいを根絶やしにしたうえ、異国との交易の全面禁止、くり返すが、全面禁止、交易を完全停止とする旨を決定した」

「ということは」カロンは言葉を飲みこみ、右側に座るクーケバッケルの耳元で副奉行の言葉を訳した。

クーケバッケルの顔から血の気が失せた。

「交易を停止するとはわれわれとの商取引もだろう

か？」クーケバッケルがオランダ語でつぶやき、それをカロンがすぐに訳す。

「そういうことだ」榊原が応じる。「貴公らヨーロッパ人は金銭と政治を、そして政治と宗教を混同しすぎる。手の内を明かそうとしないのだ」

「それはスペイン人およびポルトガル人のことでありましょう！　われわれは彼らのやり方を軽蔑しており……」

「あの者らと同じキリシタンではないと言うのか？」

「われわれはオランダ人です！」カロンは言いかえし、質問には答えない。「オランダ人は商取引をするのみ、ほかのことはいっさいいたしません！　彼ら教皇盲従主義者《パピスト》は世界支配しか望んでおりません。なにしろコンキスタドールでありますから！　そういう彼らを、われわれは憎悪しており……」

榊原と末次政直は、オランダがジャカルタのスルタン領を奪取するためインドネシアで多くの血を流し、そこに商館を設けてバタヴィアという地名に変えたことを充分すぎるほど知っていた。だがその問題で言い争うのは、少なくとも今の時点で得策でないと思っている。

「なるほど」替わって平蔵が続ける。「それほどスペイン人とポルトガル人が憎いのなら、それを具体的に見せてもらいましょうか！」

興奮したクーケバッケルは、いきなり胴衣をはだけて赤い胸毛の濃い桃色の胸に走る紫色の傷痕を見せた。

「これはスペイン兵の斧槍《ハルバルト》にやられた傷です。わたしはフランドルでパピストどもと戦ったが、あの手合いは住民がプロテスタントだというだけで村に火を放って血を流し、わたしの家族を何人も殺したのだ！」

末次と榊原は思わず顔を見合わせる。異人らの粗野な態度には慣れてはいたものの、そこまでやるのを見るのは初めてだった。奉行の前で裸になる、誰が想像したろう。

クーケバッケルのふるまいへの反応を見たカロンは、興奮して胴衣をうまく締められずにいる商館長を手伝いながら、礼儀に反した行為ではあったが悪い結果を招くとは思わなかった。日本人の目にイベリア人に対するオランダ人の憎悪を具体的に示す結果になったからだ。

「証拠を見せてもらいましょう」末次平蔵はくり返す。「象徴とかでない、公方様に向けた貴殿たちの完全なる忠実、ひたすらな忠誠を示す具体的なものを見せてもらいたい」

「公方様のご命令に従う所存でおります（不安を覚えつつも、何を言われるのか予感はあった）。それがどういうものであろうと！」

「公方様は、総大将の松平信綱様を通じ、平戸のオランダ船がただちに島原へ向かうことを求めておられる。あちらで叛徒制圧に助力してもらうためである。平戸には何隻来ているのか知りたい」

「二隻のみです」

「嘘を言わんほうがよろしい、三隻いるではないか」

「一隻はバタヴィアに向かったところで、残るは〈デ・ライプ〉と〈ベッテン〉の二隻のみです」

「つまり一隻は許可なく出帆したということですかな？　それは違法だが」

「平戸藩主にきちんと申請を出し、許可を得ております」

「あそこの先代藩主は貴殿らがばらまいた賄賂で腐り、唐瘡〔梅毒〕にもやられて老いさらばえたと聞いている。首が回らぬほど借金も抱えていた。よろしいかな、そのようなことはわかっているのです！　自由勝手に過ぎたのではないのかな」

「商取引は待ってはくれません！　風向きはもう変わりつつあり、あの一隻は出帆せざるをえなかったのです。しかし、〈デ・ライプ〉と〈ベッテン〉については奉行さまのご用命に沿うようにいたしましょう」

「大砲は何門？」

「三〇門あります」


こうしてキリスト紀元一六三八年二月二八日、原城の城壁に隠れて狭間から見張っていた籠城軍は、二カ月前から城を海から包囲する無数の幕府軍船のなかに、帆柱三本に二重甲板の美しい黒船が赤・白・青のネーデルラント連邦共和国の三色旗を掲げて出現するのを見た。援軍としてスペインのガレオン艦隊が来るものと期待していた籠城軍のまえに、宿敵のオランダ船が姿を現した！

クーケバッケルとカロンは〈デ・ライプ〉の船上にいた。二週間にわたり、二人は砲撃の指揮を執る。およそ五〇〇発近い砲弾が三の丸と二の丸にかなりの損害を与えた。籠城軍はペーネロペー〔結婚を迫る求婚者たちが待つ織物の完成を遅らせるため、昼間に織ったものを夜中に解くオデュッセウスの妻〕のように、オランダ船が昼間壊した城壁の修復を夜間に行い、それと同時に矢文を送って、名高い総大将松平を自力で戦わず西洋の紅毛人に援軍を頼む臆病者とからかった。成り上がり者のカロン（バタヴィア船隊には料理人として雇われ、今では平戸商館の副館長にまで出世した）が喜んでいる傍らで、砲声が轟《とどろ》くなか、〈デ・ライプ〉の手すりに肘をついたクーケバッケルは自分の確信すべてが崩壊するように感じていた。それまで誇らかに反りかえっていた口髭が、総崩れになった彼の心の状態を示すように口の両脇に垂れさがっている。何たる破廉恥な役割を押しつけられたことだろう！ すでに一五年前、ラ・ロシェルに籠城のフランス人新教徒を殺戮する枢機卿リシュリューに戦艦を売り渡した破廉恥なオランダ同胞、それにも劣らぬ破廉恥な役割をふたたび演じていた！ 〈デ・ライプ〉と〈ベッテン〉が砲弾を撃つたび、胸が張り裂ける！ 原城に壁をなすごとく掲げられた十字架とキリスト教徒の幟が砲弾の下で崩れていくように、彼自身も動揺を感じていた。いくらパピストの十字架であろうとも、十字架を撃つことに変わりはないのではないか？ たしかに手に余る日本人の叛徒にはちがいない。イエズス会士どもに煽動された愚か者でしかないのだろう。だが少なくとも彼、クーケバッケルと同じキリスト教徒ではなかったか？ キリスト教徒を虐殺するため、彼は世界の果てまで旅してきたのだろうか？

そばで小男のカロンが嘲笑うのが聞こえ、〔頭四つほど部下より背の高い巨人〕クーケバッケルは聞いてみる。

「何がそんなにおかしいんだ？ きみにはこれが面

白いのか？　あの連中は純潔なんだ」

「わたしが笑ったのは、今この瞬間、ポルトガル人らがどんな顔をしているか想像したからです！」

「われわれが砲撃しているのはポルトガル人ではない、日本人ではないか」

「あの鼠の巣にポルトガル人司祭がいなかったとしても、今われわれが砲撃して破壊しつつあるのはポルトガル人の権益です。ここに宣教者を送りこんだのは彼らでありスペイン人であって、われわれではありません！　実際に煽動したかどうかはべつにして、この反乱にどっぷり浸かっているのが彼らなんです。将軍家光は絶対に許さないでしょう」

「だが、われわれが日本人と祝杯をあげることはないだろうな？」

「撃つ砲弾の数だけ、われわれは点数を稼いでいるのです！　実際のところ、日本人はわれわれの協力を必要としていなかった。われわれに話を持ってきたのは試すため、われわれが服従するかを確かめたのです。ポルトガル人はお手上げでしょう！　われわれが金の卵を産む雌鶏、この国の明との取引、絹やら陶磁器、黄金を引き継ぐんですよ！　マカオは死んだ！　バタヴィア万歳！」

優秀な撃ち手を持つ籠城軍が、帆柱の見張り台に登っていたオランダ人船員を撃ち殺した。一石二鳥そのままに、落下した哀れな船員が運悪く真下の甲板にいた者に激突、二人とも即死した。それを見た籠城軍は、久しく笑う機会などなかったため、大喜びだった。実際、兵糧が尽き、ほとんど弾薬もなくなっていたのである。

松平信綱はまたしても交渉を試みる。両軍それぞれ複数の将が城壁の下、大江の浜で会見する段取りまで準備した。だがその折衝において、キリシタン軍はいっさい妥協しようとしない。彼らにとって信仰を捨てることは問題外であった。反乱軍の首領天草四郎に対し、松平は情愛を用いる脅迫まで試みた。長崎近辺に潜伏していた当人の家族全員、母親マルタをはじめ、姉妹レシイナと萬、伯・叔父、甥、義兄弟などを捕らえた。
　マルタの書状を持った親戚の小平《こへい》という名の少年が城内に送られ、指導者らに会ったという。手紙は四郎に戦をやめる(その場合は助命)よう懇願し、もしそれを拒否するならば、籠城者のうち、強制的に籠城させられたか、キリシタンに改宗させられた者を解放するよう求めていた。その場合の交換条件としては、四郎の家族が彼といっしょに死にたいと希望したため、城内に入ることを許すとした。四郎はそれらの提案を拒み、籠城者すべてが心からのキリシタンであり、それを誇りに思っていると言明する。小平が二度目は四郎の妹の萬を連れて城内に入ったが、前回以上の結果は得られなかった。空威張りをしたかったのか、何日間も食べていない天草四郎が妹に木の実を持たせ、二〇〇〇人の兵に護衛させて三の丸の門まで送ったという。しかしながら籠城者のなかに、キリシタンの神の恩寵がもはや天草四郎にはなくなったとつぶやく者が出はじめた。というのもごく最近のことだが、本丸内にいた四郎が敵の砲弾に当たって軽傷を負ったというのだ。そのとき、本人は碁を打っていた。出血したまま碁盤の上に倒れて碁石を散らすのを見た者がいる。碁は負けたのだろうか？　ともかく不吉な徴候だった。提宇《ダイウ》子《ス》に見捨てられたのか。

　ダイウスはラテン語の神《デウス》を意味するが、ＳＦＸことフランシスク・シャビエルがほぼ一〇〇〇年前、キリスト教的観念での神性をできるだけ〝当たりさわりのない〟日本語の発音にしたものである。それ以前は、ＳＦＸが(一五四九年)初めて日出ずる国に来てから数週間にわたり、彼は元海賊ヤジロウの通詞能力を信用しすぎていた。ＳＦＸは、寒さで赤くなった己の巨大な鼻と〝猫の目〟、そして〝鉤状に伸びた汚い爪〟など異様な風体を見物に集まった群衆を前に説教をしていて、聴衆が驚くべき熱心さで自分に聞き入ったり、「父と子と精霊の御名によって《イン ノーミネ パトリス エト フィリイ エト スピーリトゥス サンクティ》」と絶えず唱えながら、洗礼代わりの冷水を額にかけるのを心から受けいれ、一度では足りずに二度も各自の番が回ってくるのを待ったりで、それがほとんど熱狂的なほどに広まり、月にして三〇〇人もの受洗者を数えるようになったことを不自然とは思わなかった(聖霊による予感がなかったのだろうか? それはともかく、意気揚々とその成果を語る手紙をローマ本部の**統計係**に送ることは忘れなかった)。だが二、三カ月もすると、SFXは疑念にとらわれる。

しまいには理解し、思い返してぞっとしたのだが、ヤジロウの訳し方がひどく変わっていたのだ。SFXが集まっている信徒に〝神〟についての話をすると、ヤジロウはその言葉をダイニチ、すなわち真言密教の本尊〝大日如来〟と訳し、またイエスに言及すると、神性を持つ仏《ホトケ》としてしまった。そういうわけで、〝日本の使徒〟と呼ばれるSFXをインドからやって来た一種の僧侶(それが故に、彼とその同行者のポルトガル人たちを南蛮人と呼ぶようになった)、まだ日本では知られていない仏教の新宗派の僧と民衆が思うように仕向けてしまったのである。

その誤解に対処すべく、以後の日本語による説教ではラテン語の**デウス**を用いるようにした。ところが、さらにまずい結果を招いてしまう。その語を発するたびに、大きな笑い声で迎えられるのだ。子どもたちが石を投げつけることも頻繁にあった。犬の糞さえも! インドから新しく伝わった危険な神《ダイウス》の教義に興味を示す寺の信徒らに対し、SFXの天敵である僧侶たちは大嘘《ダイウソ》、大嘘つきの宗教だとこき下ろした。大嘘つきが六日で世界を創造したそうな! 大嘘つきは**アダン**(アダム)のあばら骨を一本とって**エワ**(エバ)を造ったそうな、ウヒヒ! 男や女、木、石、二十日鼠など万物は、大嘘つきの意思と気まぐれだけがよりどころなんだそうな!

歴史のアイロニーなのか、奇妙なことに島原の乱までのキリシタンは、それでも全能の神(ヤハウェ、エホバ云々)を相変わらず大嘘つき、提宇子《ダイウス》と呼びつづけた。

一六三八年四月一二日の前夜、総大将の松平信綱は総突撃を決断する。一〇万名の寄せ手が一団となり、崩れかけた原城の城壁を梯子で駆けあがった。鉄砲による抵抗は皆無か、ほぼそれに等しかった。籠城軍の弾薬はもう尽きていたのである。とはいえ、捨て身の抵抗を見せた。男や女、子どもまでが城壁の上から鍋で熱した砂あるいは煮え湯を攻撃隊に浴びせる。刀がないから鍋で応戦する。将軍の名の下で戦をする武士にとって、これら下層民どもと戦わざるをえないとは何と惨めな気分にさせられたことだろう！　それでも、絶望的な抵抗をする反乱軍の勇気に感銘した武士は少なくない。外郭と二の丸を防御していた柵すべてに火が放たれた。投降せずに、子を連れて火のなかに飛びこむ女たちの姿が見えた。松平の攻囲軍は間もなく本丸に至ろうとしていた。それぞれの壁を防御する空堀がすでに数千の死体で埋まった。三日間にわたり明け方から夜まで戦闘が続き、互いに喉を掻き合う。味方の目印（たとえば、キリシタンは十字架など）を失うと、ことに夜間は同士討ちをしてしまう例もよくあった。夜が明けてみると、友人同士、兄弟同士の差し違えで二つの死骸が並んで転がっていることもあった。一六三八年四月一五日の朝、戦場には六万近い死体が転がり、およそ三万体が一揆軍、そして幕府の攻囲軍もほぼ同数の死者を数えた。前者には生存者がいない。

そのあと、首実検の時が来た。各軍の武将が集まった本陣に続々と首級が集められる。ほこりや泥、汗まみれの武者たち、まだ甲冑を着けている者もいて、順番待ちで並んでいるが、左右の両手には一つ、二つ、三つ叛徒の頭六つの髪をつかんでぶら下げており、歩くと血を滴らせる首が腿にぶつかる。武者たちは首に袋をぶら下げており、なかには削ぎとった鼻が入っている。敵が男ならば首を、女だったら鼻だけ集めるのだ。肥後熊本藩主の細川忠利が抱える武士らが、首級を上げた数では抜きん出ていた。床几に座り、二人の息子を同様に侍らせた細川は、目の前に家来が次々と自分の手柄の首級と鼻一つあるいは複数を見せてはそれを置いて去るのをじっと見ている。後ろに控えた右《ゆう》筆《ひっ》が武者の名と、当人が上げた首級と鼻の詳細を記していく。まったく同じ血なまぐさい論功行賞の手続きを、幕府軍に加わったほかの大名たち三十数人も進めていた。さらなる注意を払い、それら遺骸のなかから一揆軍首謀者、とりわけ彼らのメシアこと、生きたまま捕らえることのできなかった天草四郎時貞の首級をみつけようと誰もが必死だった。彼の逃げおおせた可能性を危惧していたのである。

キリスト教は根こそぎにされてわが国から放りだされたのである。

『吉利支丹物語』作者不詳、一六三九年

長さ二〇メートルほどの板から長い釘が一〇センチごとの間隔で四列になって出ており、その大釘に数百の首が刺してあった。ていねいに選り分けられた首であり、右側には(フェレイラに選ばれた)西洋人らしき首が、左側には天草四郎の可能性がある若い男で整った顔(幕府側には、本人を見知っている者がいなかった)が並んでいた。その晒し台は、原城の半ば破壊された天守閣のなかに置かれた。乱の終結後、フェレイラの妻、菊が若い女たちを率いて二日二晩かけて首に〝処理を施す〟作業を行った。そのように命じられたのだ。血の汚れをきれいに洗い落とし、頸部の血管や気管、食道を蜜蠟で塞ぐこと、いかなる体液も流れ出てはならなかった。それから若い女たちの作業班は、髪を梳《す》いて豚の尻尾のような髷を結い、念入りに化粧も施した。〝生きているようにしろ〟という松平信綱の指示があったからである。

フェレイラは、自分に与えられた任務の結果にはじつのところ不満足だった。選別をしたけれど、そのなかに西洋人と思われる首は一つもなかったのである。どの首も、一六世紀に『日本史』を著したポルトガル人司祭ルイス・フロイスの言葉を借りるなら、「涙の滴る側が閉じられている目」、要するに上瞼《うわまぶた》が目頭の辺りで下瞼に被さり、目尻の吊り上がった目だったのだ。将軍家光は怒り狂うにちがいない。ヨーロッパ人と叛徒が結託していたという物証が欲しくてたまらなかったのだから。まったく正反対に、桃色地に桜をあしらった着物姿に真っ白な表情の菊は、晒し台の左側に立ってとても満足げなようすだった(それとも、ほんとうの表情は化粧で見えないのか？）。彼女が中心となって、女たちの組は首級すべてにみごとな〝処理〟を施した。若い男子たちの首は髪油のほか、頬にもほんのり紅を差してあり、生き生きとして美しかった。見落としたところがないか調べるのはこれで何度目だろう。唇の紅がそうとは見えぬくらいわずかでも顎にはみ出していようものなら、「汚い、こんなのだめでしょ！」と担当した娘を叱りつけた。ときには自ら〝手本を示す〟ため、唾で濡らせた指ではみ出した紅を拭き取って見せる。「ほら、こうすればきれいでしょう！」と。

老中松平信綱を先頭に藩主らがいかめしい様子で女たちの仕事を検分に来たとき、菊は首が並んだ台の前に不動の姿勢で立った。それはあたかも絵師、たとえばベラスケスが新作の絵を国王の高覧に供するとか、あるいは菓子職人がきれいな菓子を陳列台に誇らしげに並べる姿を髣髴《ほうふつ》とさせた。

総大将の後ろを歩く哀れな女たち（なかの一人は中年で、二人の娘ともう一人幼子を連れていた）は俯いたまま涙をこらえており、台上の首を見るよう強いられた。

「よく見て、どれだか申せ！」松平が命じた。

「四郎は死ぬはずがありません」中年の女が震え声で答える。「聖フランシスコ・ザビエルのご加護がありますので。きっと天使様たちが遠くに連れっていってくださったのでしょう」

女は天草四郎の母親マルタで、四郎の姉妹のレシイナと萬のほか、家族の女たちだった。その全員が喪に服しているかのように、白い着物を着ている。マルタは首を一つずつ見ては、頭を横に振る。役人が一人、彼女の表情に心の乱れが現れないかをじっと観察していた。「いいえ、いいえ、いいえ息子ではありません」そして、低い声で「ゼスマル、ゼスマル（イエス・マリア）」と祈りつづける。突然、役人はマルタが青ざめて震えるのを見た。彼女は両手で顔を覆い、嗚咽しはじめた。

「これだ！」役人は叫び、美しい若者の首、痩せこけ血の気のない白い顔に艶出しの蜜蠟の塗られた頭を指さした。「天草四郎です」

母親が両手から顔を上げて息子をまた見たとき、とうとう泣きだして叫んだ。

「こんなに痩せてしまって！」


たしかにどの首も頬がそげ、痩せこけていた。籠城軍が耐えしのばねばならなかった飢餓の結果である。それを埋め合わせるため、菊は作業班の女たちに対し、首級の頬にちり紙の詰め物をして少しでもふっくりさせるよう指示したが、思ったほどの結果は出なかった。

総大将松平の命により翌日すでに、四郎の首は（急いで首を落とされた母親および二姉妹のそれといっしょに）早船で長崎に送られたようである。それらの首は西坂の刑場に晒された。将軍の命に背いて異国の者らと手を組むとどういう結果になるか、その見せしめだった。


長崎に戻るなり、毎晩のように菊は沢野忠庵と連れだって西坂方面まで散歩に出かけた。彼女は、さらし首が夕日の優雅な銅色の反射で染まるのを眺めるのが好きだった。「ほんとにきれい！」なかでも天草四郎の顔を染める反射が一段と美しかった。それが自分のものであるような、〝自分の作品〟であるかのような感覚。その化粧に自分も手を加えたのではなかったか？　だが時間の経過（数カ月間も晒されるので）とともに、顔は黒ずんで皺《しわ》も寄り、鳥に引きちぎられてしまう。万物と同じように何事も、とりわけ人間の惨めな姿、その個性という虚しい影など、儚いこの世で長く続きようがないのだ。

「死とともに、わたしたちの肉体はその性質が変わる」と、元フェレイラは口髭のなかでテルトゥリアヌスを引用してつぶやく。「間もなく〝死体〟という言葉すら適当でなくなり、というのもそれがいくらかまだ人間の形を残すからなのだが、いかなる言語でも名状できぬものになる。以上のことから、肉体においてはすべてが、あのとるに足らぬ遺骸という陰鬱な言葉で言い表されるごとく、死滅するのである」

菊が鼻先で扇子をつかう。腐り出した首が悪臭を放ち、そこに蠅が群がる。存在の儚さの過度な明白さに気が滅入ってしまうため、菊はもう西坂に足を向けなくなった。「もうきれいではありません！」と。

島原の乱のあと、江戸から名高い仏僧の鈴木正三が伝道師として九州に送られてきた。キリスト教によって惑わされた民衆を正道に引き戻そうというのがその目的だった。向かい火を放てというわけである。彼は数えきれぬほどの説教を行って声を嗄《か》らした。でっぷりした体格、剃りあげた頭、茶色の僧服を着ていた。耳たぶはまるで釈迦のそれのように垂れさがり肩に届きそうだった（アジアでは叡智を象徴すると言われ、おそらく何年ものあいだ引っぱりつづけて、そのような結果を得たのだろう）。その説教は同一の主題、**己**の幻影、その人為的なものに関することだった。人間の不幸はそこから来ているのだと。そして幻であるにもかかわらず、その**己**という基盤の上にキリスト教徒は彼らの不純な宗教を築き上げたのである。なぜなら彼らの〝創造神（大嘘《ダイウソ》）〟とは、万物の主、世界の臍だと思いこんだ者の人間的な、あまりに人間的な**己**のありきたりな投影にすぎないのではないのか？　キリスト教の天とは、地上が映る凡庸な鏡なのである！

自分を空にし、〝脱構築〟して破壊されたフェレイラは、あの**お祭り騒ぎ**のあと、自分の弱さ、臆病さに何らかの正当性を与えようとしたのだろうか？　フェレイラは、ひどく合理主義的な西洋の**自我**が、単につけ鼻にすぎなかったという考え方が気に入った。結局のところ、一人の人間が同じ河の水に二度も浸かることなどありえないとしたヘラクレイトスは、道士および仏教の僧侶と同じことを言ったのではないか？　彼フェレイラは、穴吊りのせいで、あるいはおかげで、絶えず変動を続ける宇宙のなかで別人に、突然変異体《ミュータント》になったのではないだろうか？　彼は〝氏名〟を変えた！　だから以後、誰もが彼を沢野忠庵と呼ぶ。同時に彼の本質も変わったのだろうか？　さらにヘラクレイトスは「目覚めた者たちはただ一つの世界を分け合い、眠ったままの者たちはそれぞれの世界を持つ」と言った。個人の数だけ世界は存在するのか？　宗教とは、結局のところ眠りのなかに浸った人々の夢の絵空事でしかないのか？　ユダヤ教徒、イスラム教徒、キリスト教徒、カトリック信者、儒教徒。仏教の僧侶たちは、フェレイラのことを立方体あるいは円筒形、そのほかの器の形状に従順な凍る氷の塊にたとえたものだ。そしてその**器**とは、彼が結局は**順応**するようになった日本、その法律、慣習ではなかったか？　水が本質であり、氷がその過渡的な形状。かつてのポルトガル人が日本人になった？　もう彼には**中心**というものがないのか？　核になるものが？　すべてが際限なく**浮遊する**のだろうか？　人《ラ》の一生《ビーダ》は《エス》、まさに夢《スエーニョ》、夢《スエーニョス》は所詮が夢《スエーニョ》な《ソン》のだ。

しかしながら彼は胸の奥底で、たとえ自分の霊魂がいかに無気力であっても不変かつ不死であるというあの〝愚かなキリスト教的な考え〟を吹っ切れずにいた。その霊魂（彼にとっては**自我**と同一であり、それにしがみつくようにに）にしがみついた。それに執着していたのである！　それが彼にとっては欄干であり、防護柵であった。その霊魂は**ダイウス**、**神**、**大嘘つき**が創ったものなのだ。おそらく永久に、どれだけ呪われようとも！

「始まりのあるものには終わりがあり、始まりのないものには終わりがない」と元イエズス会修道士で、棄教したあと一七世紀の二〇年代に死んだ日本人ハビアン・不干斎が彼に言った。あるとき不干斎に呼ばれ、司祭のフェレイラが訪ねて行ったときのことである。そして、話をわかりやすくするためか（そこは茶屋の座敷だから、遊女たちまで侍っていた）、元修道士は遊女の一人から三味線を借りると弦を一度だけ弾いた。その音は座敷を震わす嘆きとなって長いあいだ響き、それから弱まり、無の静寂のなかへ溶けるように死んでいった。もし霊魂が創られたものであっても不死でいられるのか？　あるいは、誰かによって創られたものなど何もないということだろうか？　「釈迦にこういう名言があるんだ」ハビアン・不干斎は聖体の秘蹟の聖杯《カリス》であるかのように卑俗な酒の盃を天井に掲げながら続けた。「車輪は、動いていようが不動であろうが、一点のみに支えられているというのは、人間存在が意識する一瞬のみ生きるのとまったく同じでことである。その一瞬が終われば存在は消えるのだ、と」ギリシアの哲学者と仏教徒というのは、じつに質の悪い異教徒でしかない！

話は五年前に遡る。西坂の刑場で彼フェレイラの隣の穴に（ほかにも数名がいた）吊るされたのは年老いた日本人イエズス会士で、本書でもすでに触れたが、一六世紀末に三名の修道士とともにローマへ派遣された中浦ジュリアン神父だった。イエズス会庇護の下に進められたその事業は、〝教皇に日本人を売りこみ、日本人に教皇を売りこむ〟という**広報効果**を狙ったものである。その〝使節派遣〟により、バチカンがインド諸国の宣教に資金を投下するよう期待したのである。

すでに七〇歳近くになっていた中浦ジュリアンは、（足を払われ倒れたところを、縄で足首を縛られ吊り台に引きあげられる前）穴を前にしてさえその勇気と揺るぎない精神力で、一瞬ごとに精神的にも肉体的にも挫けそうになるフェレイラに恥ずかしい思いをさせたものだ。一六三三年一〇月一八日、申の刻だった。粗末な衣を着せられた受刑者全員がそれぞれの穴の前に立ち、港から吹きあげてくる寒風に震えていた。フェレイラが怯えているというのに、中浦は刑吏たちに向かい「わたしはスペイン国王に拝謁を許され、バチカンにも行き、シクストゥス五世の靴に口づけをした者だ！」と言い放つくらい敢然たる態度だった。中浦はその全部が自慢のようだった。それらの思い出の力によって、死も苦痛をものともせず、頭から逆さまの状態で吊るされたまま数日後に息を引き取るまで、あんなにも早く誇りを捨ててしまったフェレイラとは異なり、彼は動じることなく耐えた。

事切れるまでの時の経過とともに中浦がますますキリスト教徒になっていく一方、フェレイラは徐々に逆の道を辿った。だが中浦は、イエズス会士らに洗脳され、精神をねじ曲げられたあげくの安手な道徳的修飾——ローマでは、羽織袴から胴衣と長靴下、襞襟、羽根飾りのある帽子という姿に着替えさせられた——をほんとうに信じていたのだろうか？　精神面では、中浦がカトリシズムのありとあらゆる古い衣に包まれながら、架空の**自我**を構築していくのとは反対に、生まれ変わりつつあるフェレイラは**それらを脱ぎ捨てていった**。だが、中浦ジュリアンは自分を欺いてはいなかったのか？

　王子であるとヨーロッパでは嘘の紹介をされた普通の〝日本人少年使節四人〟が八年間の旅を終えて長崎へ戻った一五九〇年の七月、彼らのめざましいキャリアは絶頂を迎え、選良となるべき狭き門イエズス会への入会を許される。ただし、伊東マンショはまもなく没する。中浦ジュリアンおよび原マルチノは熱烈なイエズス会士となり、原は気の遠くなるような宗教書、スペインの神学者ルイス・デ・グラナダ著の『罪人の《ギア・ド・》ための導き《ペカドール》』および『キリスト教の教理《ドチリナ・キリシタン》』、あるいは『キリストに倣いて《コンテムツス・ムンヂ》』などの邦訳に生涯を費やし、そして四人のなかで最も目端のきいた〝少年使節〟千々《ちぢ》石《わ》ミゲルは、帰国すると間もなく修道衣を捨てて棄教したばかりか、教皇および枢機卿の顔に泥を塗った（とりわけ教皇聖下の数多い愛人を話題にする一六〇六年執筆の風刺小説『喜利志袒《キリシタン》仮名書』を書くくらい、彼は反発を露わに見せた）。

　千々石の悪魔的な嘲笑は、教会に甚大な損害をもたらす。たとえば、九州の有力なキリシタン大名である（元サンチョこと）大村喜前《よしあき》と（元ミゲルこと）有馬直純にキリスト教を捨てるよう説得し、かくしてイエズス会の長期的な宣教戦略を根こそぎにしてしまったのである。千々石は、中浦ジュリアンを（〝王子〟どころか、どこかの家僕にすぎない）と冷やかし、本人が言っているのとは大違いで、あまりに不相応なために同行の者たちから押しとどめられ、スペイン国王にも教皇にも会っていないのだと明かした。謁見の当日、仲間の者たちは彼の〝体調が芳しくない〟ということにしたという。ほかにもこの哀れな中浦ジュリアンは、巧みな千々石ミゲルとは違い、スペインおよびイタリアの貴族社会のなかで優雅にふるまうことができなかった。ある日、舞踏会で踊りの相手を選ぶよう言われたこのまぬけ男は、よりによって会場でいちばん高齢で不美人の、まさに自分の祖母のような婦人を選んでしまい、宮廷人たちの物笑いになるしかなかった。千々石ミゲルは、さらにキリスト教を嘲弄するため、（憤慨するかつてのイエズス会恩師たちを前に）イスラム教をそれと対峙させ、コーランの悪魔的な追従者らと同じように、「神は唯一絶対であるから」ゼズスは神の子ではありえないと主張したのである（おそらく千々石は、警護の者らの目を盗み、マドリードおよびローマのどこか貧民窟のモリスコ〔スペイン王に強制されてキリスト教に改宗した元イスラム教徒〕らとその件につき自由闊達な意見交換をしたにちがいない）。

中浦とフェレイラたちを穴のなかに下げる前、刑吏は彼らを吊り台から空中に吊るすこと二、三時間――こうして受刑者の滑稽な姿を晒し、その威信を貶めることに努めた。刑場に集まっていた群衆のなかを、遠い海の波音のような押し殺したつぶやきが響いていった。足首を結わえる綱に切断されるような苦痛が激しさを増し、フェレイラが泣きじゃくりだしたほどである。

「神父《パードレ》、泣くのをよしたらどうか、恥ずかしくないのか！　大勢の人が見ているではないか。わたしたちが手本を示さなければいけないのだぞ！」こうしてフェレイラは、自分を非難する同じ受刑者の運命にある中浦の声を聞いた。

どちらもキリスト教徒だという理由で、一人の日本人が彼ポルトガル人に勇気を持てと教導する！　それにしても、すでにこの日本人はフェレイラよりもずっとキリスト教徒だったということか？　耐久試験のようなもの、聖徳の比較であり、一人がもう一人を負かすという競争であった！　ナショナリズムの対抗。二個人の闘い。おそらく、中浦はまもなく天国に行けるとの確信に力づけられていたのだろう。フェレイラがそれをもう信じられなくなっていたのとは反対に。

それにだ、頭と尻が逆さま、縄でぐるぐる巻きの蓑虫になったような状態でぐだぐだと屁理屈をこねたところで、訝しげな視線を向ける群衆にはどう見えるのか？

「もうだめだ！」フェレイラは喘いだ。

「神がわたしたちをご覧になっているぞ！」中浦が言いかえす。

だがすでに、刑吏たちが握っていた綱をゆるめると、受刑者は頭からゆっくり穴の暗闇へと下っていった。

「コバルデ！」

それがフェレイラに聞こえた自分に向けて中浦が放つ最後の言葉「卑怯者！」であった。

フェレイラにとり、キリスト教の名において一人の日本人から罵倒されることは、西洋人から攻撃される場合——それはずっと後に、通詞を務める牢問の場で、ギヨーム・クルテ神父と共に日本に密入国したドミニコ会士アントニオ・ゴンザレス神父のようなイベリア人聖職者たちから何度「ユダ」と罵倒されたことか——とはまるで比較にならぬ〝異質な〟感覚だった。さらにあとのルビノやマルケス、カペーチェ、キアラなどのほかにも、多くの神父からも攻撃されたが、まるで気にならなかった。彼もその陣営に属したことがあって、でもそこを抜けだしたのだ。彼らが罵倒するのも当然ではないか？　しかし、信仰におけるシャッセクロワゼ〔踊りで相手と位置を入れ替わること〕のごとき作用で、自らも一度宗旨替えをした日本人、外見もあまり似つかわしくない人物が、その信仰を捨てたと言って彼を非難することに、心底灰をなめるような、苦い皮肉のような違和感を覚えた。このように突っかかってくる日本人キリスト教徒は、鏡に映る、だが変形している彼自身であり、あらゆる種類の鞘絵《アナモルフォーズ》を施されたその結果、悲愴なくらい滑稽なのである。戯画なのだ！　彼らの徹底した奇矯さは、フェレイラがそれに慣れてしまうまで、過度な化粧をした歌舞伎役者のように見えた。〝反動〟は激烈だった。

フェレイラにとってその不快な印象が著しかったのは、あのカスイこと岐部ペドロ神父が捕まったときで、それは幕府の討伐軍が島原のキリシタン反乱軍に勝利を収めた一年後のことである。

「忌まわしき者よ、イエズス会の恥である貴様がよくもぬけぬけとわたしの面前で口を開き、浅ましくもわたしに信仰を捨てろと言えたものだな？　こうして神を拒み、すでに幾年にもわたって偶像崇拝を追い求めてきても、後悔はないか？　日本にまで探し求めに来たものがそれだったのか、イエズス会を、そしてキリスト教会全体を汚すことが？」

　このただならぬ囚われ人と体面したとき、フェレイラが最初に耳にした言葉である。キリスト教徒の日本人が仏教徒の西洋人を罵倒する！　何という交錯配列《キアスム》であろうか！

　微塵の弱さを見せることなく、岐部ペドロは穴吊りで一〇日後に非業の死を遂げた。一六三九年七月四日のことである。残念なことに、彼の名高い〝ゼスサレン〟経由のローマまでの徒歩旅行に関する記録は残っていない。しかしバチカンの地下倉庫のなかをよく探せば、長崎にて彼がマティアス・七郎兵衛——首を落とされ殉教したキリシタン——の遺体から剃刀で切断したという足の指がみつかるはずである。長い旅に出る際、岐部は指を柘植《つげ》の容器に入れて持参し、それをイエズス会総長の秘書マスカレニャス神父への贈物とした。なぜかというと、その殉教者は死に臨んで驚くべき奇跡を起こしたのだ。刀で首を切られたあと、地面に転がった頭が首を下にして立ったという。刑吏らが恐れおののくなか、青ざめた唇が「ゼスマル、ゼスマル、ゼスマル（イエス・マリア）」とくり返した。

　岐部ペドロを偲んでブロンズの立像が彼の生地である豊後国伊美郷〔現在の大分県国東市〕に建てられた。鬚をたくわえ大柄で誇り高く、ケープを羽織った岐部は遠く水平線を眺める姿で不朽の像とされた。背教者フェレイラを偲んで建てられた像はどこにもない。本書がそれに代わらんことを！

わが国の最も古い戦の数々に遡ってみても、
島原の乱ほどの死者を数える戦は決してなかった。

『吉利支丹物語』作者不詳、一六三九年

島原の乱が収束したその翌年、将軍の警察組織は大がかりな一斉取り締まりを行い、まだ潜伏中の西洋人もしくは日本人司祭一〇人ほどの捕縛に全力を挙げた。それまであまり調べの行き届いていなかった北日本がとくに対象となった。次々とディエゴ・カルヴァーリョほか、式見マルティーニョ、ジョヴァンニ・バティスティ・ポルロ各司祭が捕まる。フェレイラは全員を知っていた。四〇年前、リスボンからインドに向かう船に乗ったときディエゴ・カルヴァーリョといっしょだった。福島にて真冬に実施された当人への牢問に、彼は立ち会わなかった。あとで知ったことだが、司祭と彼を匿っていた日本人信徒らは、川を堰きとめた一種のプールに裸のまま入れられたという。司祭は重しの石に縛りつけられ、頭と肩だけが水面から出ていた。夜間、堰きとめられた水が凍る。霧氷をまとって白くなった髪の毛と髭の殉教者の顔と胴体とがガラス状になり、それは後に彼を称えてローマで彫られる大理石胸像の原型となった。硬直した輪郭の上に月明かりがよぎると水晶よりも光沢を増し、夜中に近在の人々が観賞しに来るほど繊細な光景を見せた。(「あのちっぽけな蛍のようなキリシタンたちは、明かりとはどういうものかを月に教えた」と、禅僧の鈴木正三は書いた)氷の柩に閉じこめられたまま、ディエゴ・カルヴァーリョは自分を見物に来た人々に、大きく目を見開き、まだ生き生きとして非難がましい青いを瞳を向けるのだった。そして、一週間後に事切れた。

フェレイラに説得され、ジョヴァンニ・バティスティ・ポルロと式見マルティーニョの両司祭はあまり抵抗することなく信仰を捨てた。そして、フェレイラのようにキリシタン取締奉行の配下に取りこまれる（ポルロは昌伯《しょうはく》と、またマルティーニョは式見市左衛門と日本名を名乗った）。長崎奉行所に出仕が決まった二人は、やはり新参のムニョスおよび荒木とともにめざましく発展する〈背教者クラブ〉が集う茶屋〈大幸〉に毎晩通うようになった。侍や平蔵こと末次政直などの乙名、あるいは通詞の名村八左衛門らと盃を交わしつつ、彼らは無謀な神学談義に花を咲かせたが、それはスペインであったなら、もう一味違う異端審問により焚刑に処される内容だった。

「モイセスとその**選ばれた民**というのはただの叛徒ではないか！　ただの火付け役だ！　連中を紅海まで追いはらったエジプトの将軍は正しい。自分らの将軍に歯向かうものではない。エジプトを洪水にした聖書の神のことだが、不公平で残忍だ！」平蔵が言った。

「ときにゼズスのことだが、こっちのほうがもっと不公平で残忍だと思わないか？」名村八左衛門が調子を合わせる。「神の子だと言ってる本人が、何か伝えたいのだったら、パレスティナとかいう世界の片隅のちっちゃな町で何か言いふらしているより日本に来ればいいではないか？　知の生まれ変わりだという彼ゼズスは、東アジアの存在すら知らないということか？　キリストは世界地図《マッパ・ムンディ》を一度も見たことがないのかな？」

荒木トマスがつけ加える。

「それのみならず、かつてあのフランシスコ・ザビエルときたら、われわれの親たちに、もし洗礼を受けなければ、そうしなかったせいで地獄の炎に焼かれている先祖と同じことになるに決まっていると言ったんだ！　そこから抜け出る望みはない、なぜならキリスト教の地獄は、仏教のそれと違って永遠だというわけだ。われわれにとっての名高い聖人たち、孔子や釈迦でさえ、ＳＦＸに言わせれば、悪魔たちに焼かれているそうな。これほどばかげた考えがあるか？　キリスト教の神がそれほど公平かつ完璧と言うなら、どうして戒律という名の下、その**戒律を教えてやろうともしなかった人々**が罰せられるのを黙って見ているんだ？　まったく何も知らずに罪を犯す人間に有罪を宣告することなどありえんだろう！」

「もしキリシタンが考えるように、各人にそれぞれ異なる心を与えたのが神であるなら、なぜある者たちには悪い心を与えたりしたのだ？」式見マルティーニョが論点をまとめる。「地獄での永遠の罰についても、神に責任があるのと違うか？」

天地創造という考え一つとっても（聖書の年譜によれば、創造はたったの六六〇〇年しか遡らない）、アリストテレスと同じように宇宙には始まりも終わりもないと考える日本人は鼻先で笑う。「天と地が六六〇〇年前に創造されたというのは真実ではない」と、フェレイラは例の排耶書で書いた。「中国の史書だけ考慮しても、三皇時代の最初の伏羲《ふっき》から商王朝の終わりまですでに一万九九九四年が経過している！」

それはすでに一六世紀半ば、ＳＦＸに対し申し立てられたことである。日本人の論法に嫌気が差して、ＳＦＸはその厄介な話題を日本にとどまるイエズス会の同僚に押しつけ、ほかの地で説教することに決めて旅立ってしまう。中国にはけっして入ることができず、既述したようにその手前、マカオの南西に位置する上川島にて悲惨な境遇で病没する。「なお一層《アンプリウス》」、それが彼の生活信条だった。

「知っているだろうか、**ほんの束の間**、わたしのあとに日本管区長をやったセバスティアン・ヴィエイラが穴吊りで死ぬちょっと前に言ったことなんだが？」フェレイラがつぶやいた（「ほんの束の間」と言うとき、フェレイラは「ウヒヒ」と意地悪な笑いを洩らした）。「四年前、江戸でのことなんだが、彼はこう言ったんだ『戒律を教えたのだから、日本人も気づいたはず、つまりもう言い訳は通用しない。それでもキリスト教の真実に目を瞑りつづけるつもりなら、それは主イエス・キリストよりバラバ［イエスに代わって恩赦された新約聖書の犯罪者〕を好んだユダヤ人流のやり方だ』とね」

フェレイラが自著のなかではっきりと、イエスを〈破壊活動の煽動者、無知な民衆を操って反抗するよう追いたてる陰謀家だと〉密告したユダの肩を持っている点に注目すると興味深い。ほかにも茶屋〈大幸〉の飲み会で好んで採りあげられる話題には、熱心だが西洋文明についての知識が不足しているため日本人信徒らが犯す、たいていは滑稽さを伴う誤解である。たとえば、〈しばらく前、長崎を訪れたイギリス人船長ジョン・セーリスが語ったことだが〉一六一三年に停泊中のイギリス船を訪れた日本婦人たちが跪くなり、両手を合わせて祈りはじめたのだが、それは煽情的な金髪女性の裸体画で自分の船室の壁に掛けられてあった。婦人たちは、罰当たりなヴィーナスを聖母マリアと思いこんだのだった。

小説は小説とぶつかり合い、習わしは習わしと、夢は夢とぶつかり会う。旧約、新約聖書、ホメーロス、釈迦。フェレイラはある日、騎士道物語の夢想で頭をいっぱいにし、どこにあるのかも定かでない王国を征服しようと旅に出たあの哀れなドン・キホーテが、一方の手に剣を、もう一方の手に聖書を持って世界を服従させようとするコンキスタドールたち〈あるいはSFX〉を描いたものではあるまいかと問うに至った。皓臺寺の禅僧が彼に語ってくれた次の小咄ほどうまく人間の混迷を言い表したものはない。目の見えない男が提灯を持って夜道を歩いていた。誰かが「何で提灯を持っているのか?」と聞くと、「ぶつかられないためだ」という答えだった。ところが、ぶつかられてしまった。そこで、提灯が消えていたと知らされる。だから火を点《とも》した。またしてもぶつかられた。相手を叱りつける。「わたしは目が見えないんだ」と相手が弁解した。

背教者クラブの神学・政治談義は尽きることがない。彼らが夜を明かして空論を重ねているあいだにも、原城の殺戮がついに日本におけるキリスト教信仰に弔鐘を鳴らす。ただしあと数カ月間は、終わりを告げる鐘の音がなんとか生き残ろうと最後のあがきで鳴りつづけるだろう。というのもマカオでは、司祭や商人たち、ことに商人が銀の湧き出る奇跡の泉である日本、東洋のペルーを見限らねばならぬという(恐ろしい)考えを拒否していたのである。

それは万人が得られるだろうと期待する長期の平和を目指すべき理性の教えであり一般的な規範であって、そしてそれが得られない場合は、戦争によるあらゆる救済と利点とが利用可能となる術をみつけるべきなのである。

『リヴァイアサン』トーマス・ホッブス、一六五一年

まるで何事もなかったかのように、三隻のガリオット船が長崎湾の入口にその姿を現した。一六三九年八月一八日のことである。船隊司令官《カピタン・モール》はドン・ヴァスコ・パーリャ・デ・アルメイダ。立山と稲佐山の上の半鐘が船団来航を告げて鳴りひびいた。だがそれは、恒例の町内の通りと丘を這う無数の花崗岩の階段からカスタネットのように賑やかに響く下駄の音を引きおこさなかった。そんな気になれないのは、あれ以降すべての商取引が幕府によって統制された結果、いつ完全に停止させられるかもしれないと危惧する商人たちであり、それはまた丸山遊郭でも事情は同じで、かつてはたくさん金を持った商人たち、金で贖う愛の夜を過ごすためなら下穿きさえ売りかねない金遣いの荒い飲んだくれの水夫たち数百人が港に着くという天の恵みを諦めざるをえない遊女たちだった。彼らは全員出島に閉じこめられてしまうだろう。

〈慈悲の聖母《ノサ・セニョーラ・ダ・ミゼリコルディア》〉号と〈淑徳の聖母《ノサ・セニョーラ・ダ・ヴィルトゥード》〉号、そのほかの〈……聖母《ノサ・セニョーラ》〉号が高鉾島《パーペンベルグ》(最近、その絶壁から島原で捕らえられたキリシタン一〇〇名ほどが生きたまま投げ捨てられた)を通過すると同時に、無数の漕ぎ船に取り囲まれ、そのまま扇形の出島まで曳《えい》航《こう》された。そこで侍たちが乗りこみ、カピタン・モールの喉元に刀の切っ先を突きつけて申し渡す。

「全砲門と帆、操舵輪は只今より当方にて預かる。

それが最新の公方様の御下知である。われわれがそれらを船から降ろし、出帆まで預かることになろう」

三隻のガリオット船の乗員二〇〇名は、沈まんばかりに満載の艀でちっぽけな出島まで運ばれたが、(それまでは考えられなかったことだが)追いたてられ、〝ぐずぐずしていようものなら〟殴られながら島に上がった。それまでポルトガル人の商人と水夫は、マカオとの交易を牛耳っていたため大事にされていた。それが故に、さすがに今回は不安になった。

太って毛むくじゃら、大きな口髭の先端を耳の穴まで跳ねあげた新任カピタン・モールのドン・ヴァスコ・パーリャ・デ・アルメイダは怒りのあまり目がくらみ、湾にせり出した西坂の山から銀色の空に向かって立ちのぼる不吉な三本か四本の煙にまるで気がつかなかった。出島の監獄に人質として一年前から閉じこめられていたドン・フランシスコ・デ・カステルブランコは間もなく一行を出迎え、あの不吉な煙のことばかりでなく、それが意味する惨憺たる政治状況についても教えることになるだろう。

菊は鼻先で扇子を動かしながら、〝丸焼き〟にされるキリシタンたちを眺めていた。〝丸焼き〟をしなくなってからもうだいぶ経つ。何年にもなる！　奉行が火炙りよりも穴吊りを好むようになって以来だった。寺子屋でいっしょだった子どもたちとそんなお祭り騒ぎにはかならず出かけたもので、あの若かった時期を思い出す(と言っても菊はまだ三十代、ほんの中年増にすぎないのだが)。菊は出来事に合わせて着ていくものを考えた。桃色の羽織の下には青地の長着、これも深紅の長襦袢《じゅばん》が覗くようにちゃんと計算済みで、彼女の動きにつれて色の均衡が微妙に変わる。注意深い観察者であれば、まれに深紅の長襦袢の合わせ目から、目にも留まらぬほんの一瞬、彼女の象牙のように白い肌が衣擦れの音にまじって見えることがある。この三〇の中年増は人を惑わした。

そもそも穴吊りの刑は司祭と日本人キリスト教徒にだけ適用されるものなのだ。その日、火炙りにされるのは司祭でもキリシタンでもない目新しい類、少なくとも本人たちの言によるなら世俗のポルトガル人であった。ドン・ドゥアルテ・デ・コレアとかいう大村牢に長く囚われていた男とドン・マヌエル・メンデス・デ・モウラで、二人ともゴア異端審問所の密偵であると疑われたのである。噂によれば、あのメンデス・デ・モウラを長崎奉行に密告したのは、フェレイラ本人もしくはその恐るべき妻らしいということだ。

罪人らは遠火の火炙りに、つまりそれぞれが柱に結わえつけられ、その周囲で薪束を燃やす。その種の刑で、菊が最も心を動かされるのは薪束に火を点ける瞬間である。金色、黄土色、赤褐色、ときおり紫の光線がよぎり、沖からの風を受けて轟音をたてつつ炎が上ると、秋の夕暮れのありとあらゆる壮麗さがそこに凝縮される。しかししばらくすると、黒い煙が猛火の内側で全身をよじる受刑者の姿を隠してしまうので、せっかくの光景が台無しになる。その時点で、もう見ることはやめ、聞かなければいけない。

受刑者の鋭い呻きが薪束の爆《は》ぜるなかから湧きあがり、それは菊に三味線のくぐもった音から立ちあがるもの悲しい篠笛の泣くような調べを連想させた。菊がフェレイラにその説明をする。「ほかの何よりも音曲がいちばんです。だって、あなた方神父さまが打ち立てたという絶対なもの(不滅の霊魂、真実、善、悪、等々)がどれほどばからしいか、これではっきりするのではないですか? 一つひとつの音が次々にあとを継いで、岸辺に打ち寄せては消える波のように無限の静けさのなかに消えてゆきます」

しばらくするともの悲しい篠笛の調べは沈黙した。燃える薪の樹皮や骨が爆ぜて、焼けた肉が破裂する音しか聞こえなくなった。

「ああ、何て美しいんでしょう!」感動に目を潤ませ、菊が言った。

奉行所に呼び出されたドン・ヴァスコ・パーリャ・デ・アルメイダが出島と町を結ぶ小さな橋を渡り、ドン・フランシスコ・デ・カステルブランコを従えて奉行所正門まで甲冑で武装した兵たちがつくる一〇〇メートルほどの垣根のあいだを進む。その仰々しい出迎えに加えて、橋の両側には襞襟に顔の半分を埋め、両腕を組んだ五、六人のオランダ人が羽根飾りつき帽子の下から冷やかすような視線を向けていた。メルヒオール・ファン・サンフールト(かつて、海面上を歩こうとして失敗したファン・デ・ラ・マドリード神父が溺れているところを助けた白髪の老巨人)と、金髪のアポロンことハンス・アンドリース(新鮮な日本娘のお預けを食わされている。たとえオランダ人であっても、低級な遊女以外の地元女性と交渉を持つことは禁止された)、そして陰険な顔つきのフランソワ・カロンたちである。

ニコラス・クーケバッケルはいないが、それ相応の理由があった。おそらく自分の意に反していたのだろう、島原のキリシタンを砲撃したことを得心できずに辞任して部下のカロンに商館長《オッペルホーフト》の席を譲り、かくしてカロンはオランダ東インド会社平戸商館の最高責任者となった。彼のとどまることを知らぬ出世の新たな前進だった。

「あのオランダの下卑た連中が大喜びですよ!」カステルブランコはパーリャ・デ・アルメイダの耳元で囁いた。

長靴を脱いで広間に通されたポルトガル人は、もはや冗談を言えるような雰囲気でない(その逆であったこともないのだが)ことにすぐ気づいた。日本側は全員が喪に服しているかのように白装束だった。広間の端から端まで、二〇名ほどの近隣の藩主もしくはその代理が並んで胡座をかいている。上の間にはいつものように馬場三郎左衛門が座り、左に右筆、右に新しく副奉行になった大河内正勝(小柄で太っており、汚職を疑われ、役職柄回避のできない切腹をした前任の榊原よりもっと抜け目なさそうに見える)が控えていた。

畳に座ったポルトガル人は羽根飾りのついた帽子を膝の上に置き、糊の利いた襞襟の首枷のなかで窒息しそうになりながら不安のあまり汗をかく。通詞として呼び出されていたフェレイラと荒木は先に来ており、奉行と訪問者らのあいだに進んだ。右筆が冷たい口調で、手にした書面を読みあげる。言葉がわからずとも、その口調から恐ろしいことを言っているとは推察できた。右筆が読み終えると、今度はフェレイラが待っていたとばかりに眼鏡をかけ、あらかじめ訳してあった訳文を読みあげる。言葉が繰り出されるにつれ、聞いているほうの表情が見る間にやつれていった。

「不届き千万な害虫ども！（どれだけフェレイラはその言葉「害虫ども」を快く反芻《はんすう》したことか、ウヒヒ！） カティリナよ《クオ ウスクエ》、われわれの《タンデム》穏忍の《アブーテレ、》情にどれだけ《カティリーナ、》甘えを重ねてきたのか《パティエンティア ノストラ》？（元イエズス会士は忍耐の日本的表現をキケロのカティリナ弾劾演説に模して責める） その方らのずる賢い行動に対し、これまで幾度情けをかけて警告をしたことか！ だがこのたびは、それも忍耐の限度を超えた。その方らの過ちにより島原で、天草で、あまりにも多く日本人の血が流れすぎた。当方には、その方らポルトガル人、そしてその方らの主人スペイン人が煽りたて、無知な民衆と、身を崩した浪人どもを領主に歯向かわせた証拠があるのだ！ われわれが捕らえた司祭らは、拷問に耐えかねてすべて白状した。公方様のご意志に背き、わが国の決まりに背き、マカオとマニラが偽装した聖職者をわが国に送りつづけていることはわかっている。マカオとマニラが日本のキリシタンに向けた祈禱の書やキリスト教の祭日と断食の時期を示す暦のほか、聖体《ホスチア》をつくるための小麦粉、そして葡萄酒を送りとどけていることも知っている。これはいくら何でもひどすぎる！ 公方様のご意向で、今後はマカオならびにマニラのみならず、カトリックおよびローマ教会を信奉する国すべてとの交易を断絶することが決まった。新造のガリオット船にてこの地にやってきたその方らには死を申しつけるほかなかろう！ しかしながら、寛大なる公方様のお心は広い。これを最後としてその方らの命を助けよう。すなわち、その方らは来た場所に戻るだけのことだ。だが、これだけはよく承知しておくように。以後決してこの地に足を踏み入れてはならず、それに背けば滅多にない苛酷な刑に処すであろう！ その方らにその旨をマカオの元老院に伝えるよう託すものである」

ドン・ヴァスコ・パーリャ・デ・アルメイダの顔は緑色だった。「おれたちは破産だ」とつぶやき、カピタン・モール職を得るために費やした莫大な出費のことを思った。視界が涙に霞む。ドン・フランシスコ・デ・カステルブランコの顔も緑色だった(「マカオもこれで終わりだ!」)。一年前から出島に閉じこめられていたとはいえ、それを予感させる不穏な雰囲気は感じてはいたものの……。


数分間の沈黙の後、ようやく呼吸を整えたドン・ヴァスコ・パーリャ・デ・アルメイダは言うべきことを言い、それをフェレイラが訳す。

「ガリオット船に積んである商品を陸揚げすることは可能でありましょうか、そうすれば日本の債権者に借金を返済できるのですが? 銀貨建てでかなりの額を都合してもらったのです。積荷には、絹やら陶器、金など……」

馬場三郎左衛門は呵責《かしゃく》ない冷淡な口調で言い放つ(それを訳しながらフェレイラは、ばかにするような身振りと口調を真似た)。

「ここで話されているのは国家の問題である。その方らが数十年前から巡らせてきた忌まわしい謀略の対象が日本の国家主権であったということである。国家が意見を述べるとき、その代官たちは黙らねばならぬ。積荷も代価もとっておけ! そして、それらとともに消えうせるがいい、永遠に」

「しかし、しかし」ドン・ヴァスコが口ごもる。「それは莫大な金額、およそ銀貨にして数十万枚もの、えー……」

「この毒虫どもを叩き出せ! 島原で流された死者数万人の血は乾いていないのだ! 日本は八百万の神の土地であり、その日本人の血に値段などつけられるものか!」


馬場三郎左衛門と副奉行の大河内正勝は立ちあがり、しかつめらしい動作で座敷を出ていった。するとドン・ヴァスコとドン・フランシスコに武士らが駆けよって襞襟をつけた二人の首根っこをつかみ、立ちあがらせた。動こうとしない牛の尻を棒で突くように、二人を肩で手荒く突きとばしながら正門の階段一〇〇段を、さらに監獄島となった出島まで追いたてた。それは南蛮のごろつきを〝われわれ〟から切り離すための最後の扇子の一振りだったのか？

座敷に残っていたフェレイラは、かつての同胞があのような仕打ちをされるのを見て、密かな快感を覚えぬわけにはいかなかった。これで連中とは、まったく相反する立場となった！

翌日および翌々日、馬場三郎左衛門は唐人、それからオランダ人（彼らには、引きつづき交易が許されている）を呼びつけた。馬場は彼らに対し、司祭もしくはその信徒らと何らかの関係があると判明したなら最も重い刑に処すると脅迫した。将軍命により、その点を厳しく統制する必要があった。林羅山がその旨を書いた書簡が明国の広東当局に送られ、それは「彼らは頭を剃って、華人もしくは日本人のなりをしているが、あの高く尖った鼻に猛禽類の舌、あるいは猫の目をいかに隠せようか？」と、日本に向かう船に乗りこみそうな西洋人神父を警戒するよう求めていた。さらにこれも将軍命により（かつて長崎でもスペイン人ならびにポルトガル人の現地妻たちに対してやったように）、平戸港の桟橋にオランダ人の日本人の妻もしくは内縁の妻が混血の子を抱えるか手を引くかして集められ、バタヴィアに向かう船に強制的に乗せられようとしていた。なかには日本に残ると決めた母親もいた。追放されるわが子を乗せた船が遠くに見えなくなるのを見つめる母親の姿があった。今の平戸にあるじゃがたら娘像は、こうして追放された娘たちの望郷の念を偲んだもの。それはオランダ東インド会社に対してとられる最初の重要な措置だった。しかしながら同措置に関し、商館長フランソワ・カロンの妻子（キリスト教徒であったにもかかわらず）が脅かされることはなかった。日本は外国への門戸をついに閉じてしまった。

原城に対する長期間にわたる攻囲という煮え湯を飲まされた将軍は、当然ながら、少なくとも当面のあいだ、危険かつ定かでないマニラ進攻を諦めたようだ(おそらく島原の乱の影響だろう、スペイン人はずっと以前からマニラに居住していた商店主や仲買人、職人、苦力などの華人および日本人全員を〝疑わしい分子〟とみなし、〝予防措置〟で殺戮した)。

西洋人は自国が持つ富に決して満足することがないため、商売を目的にあらゆる大陸あらゆる海を旅するのである。(……)世界のどこにも彼らが地球の内臓をえぐって取り出さぬ貴重な物などひとつもない、それはまるで人間の仕業に触れずにいられる物などないかのようである……。

『天正遣欧使節記』(少年使節ミゲル・千々石が語ったとされる言辞)、
ドゥアルテ・デ・サンデ、一五九〇年

一〇月末、帰航したガリオット船隊が売りさばけなかった商品を山ほど積んでいたので、マカオは恐慌に陥った。

「ありえないことだ！」マカオでいちばん金持ちのドン・ロドリーゴ・サンチェス・デ・パレーデスは悲鳴をあげ、黒い斑点のある若い小犬——一〇〇〇エキュもするルビーの首輪をしている——を自分の胸に押しつけた。

「われわれの日本に対する謝金は七〇万クルサードもあるんだ！　まさか将軍もそれをなかったことにはせんだろう！　カッとしただけさ。冷静になるだろうさ」商人のゴンサロ・デ・モンテイロ・デ・カルヴァーリョが大声で応じた。

「諸君たちには状況が見えてないようだ」そこでドン・フランシスコ・デ・カステルブランコが発言する。「考えてもみてくれ。わたしはあの忌まわしい出島で一年近くもくすぶっていたんだ。だから情報は得ている。日本は革命の真っ只中なのだ。島原の乱のせいで、七万人近い死者が出たという！　幕府がわれわれとの関係を絶つと言うなら、それは軽々しい言葉ではないぞ」

「会見の席で馬場なんとかいう奉行がわれわれをにらみつけた目を見れば、それはわかった。わたしはもう生きては帰れないと覚悟したくらいだ」カピタン・モールのドン・ヴァスコ・パーリャ・デ・アルメイダが補足する。「ここにもどって来られたのも奇跡だ！」

「連中はわれら友人のドン・ドゥアルテ・デ・コレアとドン・マヌエル・メンデス・デ・モウラを火刑にしおった」シモン・ヴァス・デ・パイヴァがつけ加える。「これは背教者フェレイラ、悪魔の手下が二人を密告したからだ！　現在、日本の将軍は国内治安を確立し終えたところで、原城で苦労したこともあり、国内の全領主に新たな築城を禁じるほか、すでに存在する城塞の多くを取り壊すよう命じた。ほかの反乱が起こることを恐れているのだ。今後は、キリスト教徒が捕まると、これまでの五人ではなく、隣近所の者一〇人が罰せられるようになる！　蓑踊りの発案者、島原藩主の松倉勝家だが、彼は斬首された」

「それに加え、将軍はオランダのごろつきどもに青銅製の臼砲を造らせるのだ！　連中も乗り気、黄金《アウリ》に飢えたる者ども《サクラファメス》のことだ、気に入られるためならば、どこまでも卑屈になれる！　連中の船と大砲のせいで、反乱軍はあれだけ簡単に始末された。黙っていれば、あの異端の犬どもに日本の利権を独り占めされてしまうだろう。われわれの商取引を横取りされる」

震え声でイエズス会巡察師のマヌエル・ディアス神父が以前よりもさらに前かがみになって明言する。

「神に失望してはならない！　状況はたしかに深刻ではある。これは言っておくべきだが、これまでわたしが警告を発したにもかかわらず、多くの過ちがくり返された。マルチェロ・マストリッリ神父とその同調者たちが日本に密入国すると言うのを止めるため、わたしはあらゆる手段を尽くした。あれが狂気の沙汰だと、わたしは何度あなた方に言ったことか！　一定期間、殉教の道を選ぶことは忘れ、日本とはより現実的な接近を試みるべきである。たしかに現世的ではあるが、相互利益がわたしたちと彼らを強い力で結びつけているのだから」

「とんでもありません！」トリノ出身のイエズス会士アントニオ・ルビノ神父が吠える。教皇の使命を帯びてマカオに着いたところである。「われらが殉教者の血が、わたしの友であるジョヴァンニ・バティスティ・ポルロの血がそのように消されてはなりません」（当時のマカオでは、フェレイラに誘われてキリシタン取締の目明かしになったそのイエズス会士が殉教したものと信じられていた）

「わが友マルチェロ・マストリッリ神父の血もです！」アントニオ・カペーチェ神父が叫んだ（マストリッリといっしょにリスボンを出てマカオまで来たが、彼は「日本にて殉教する」マストリッリに同行することが許されなかった）。

以上はマカオ元老院での光景である。商人たちは三日月形に五列並んだ議員席の右翼を、司祭たちは左翼を占めていた。議場中央の机に控えるのは、この町の歴史において最も高位の人物ドン・セバスティアン・ロボ・ダ・シルヴェイラであり、スペインにより任命された新任の総督、すなわちマドリードの走狗だった。人というよりは脂の大樽と形容すべきであり、おまけに金色に（鸚鵡の）緑色、（牛の血の）赤色の長靴下に胴衣という格好なので、肥大ぶりが周囲を圧倒する。さらに、ルビーの耳飾りと腕輪が耳たぶと手首を飾っていた。

座るというか、深紅のビロードを張った巨大な肘掛け椅子の上に崩れていた。その後ろには、両手を広げ世界に投げキッスをしているような、だがところどころ石膏の剝がれかけた等身大のSFX像があった。総督の頭上で、ベンガルの黒人〔当時の人種基準による〕二名の動かす大きな扇が揺れる。少しも暑くはないが、その扇風機のプロトタイプは総督の格式に不可欠な飾りである。もっとも議場内で汗をかいているのは彼ひとりで、それほどに分厚い脂肪が骨まで窒息させていた。体重は一六〇キロはあるだろう（椅子駕籠で彼を運ぶ者らにとってはたいへんな受難で、しかも自邸内でも歩こうとはしないので、下僕が手足を酷使して運んでやるほかない）。頭にも、三〇本ほどの赤と緑色の羽根で飾ったつば広のビーバーフェルト帽を被っていた(もはや帽子ではなしに花壇!)。同人も、流動的な日本の政治情勢を知らずに、スペインで大枚をはたいて総督職を買ったばかりだった。どうすればその全部を失わずにすむだろう? それに、マカオの破産の回避も?

一七世紀の二〇年代、三〇年代までずっと上がりつづけていた貿易の利益率がこのところ下がりはじめていた。それは、絹の購入対価としてアメリカ大陸からマニラ経由、それも多くは密輸で流れこむ膨大な量の銀(年間四〇〇トン!)の相場下落のせいである。ヨーロッパならびに日本からもひっきりなしに流入する銀(両方合わせて三〇〇トン)が、それまではどこよりも倍の値打ちで取引されていた明国で、その相場を下げたのである。取引貨幣の相場が下がって明国産絹の値段が上がった結果、取引量と価格を統制されていた日本での利益が大幅に減少した。それに加えて、北方の国境をモンゴルに狙われていた中華帝国は、国内でも政治事件が頻発する状況にあった(五年後、北方の満州族は明朝を滅亡させる)。それもまた絹の価格を高騰させる要因となった。

「そればかりか、聞くところによると、日本の将軍は奢侈禁止令を出すことを決めたという」この議場で悲観論者の立場となったカステルブランコがまた発言する。「絹の服を着ることが、武家の用人はじめ、商人、職人、庶民のほか、遊女にまで禁止されるというものだ! これがかなり取引高を下落させるだろうことは間違いない」

「それはどうでもいいことです!」ルビノ神父は言う。「それで困るのはオランダ人であってわたしたちではありません、なぜならわたしたちには長崎との交易がもう禁止されているではないですか! 金銭のことは忘れ、主に仕えることに献身しようではありませんか! 日本へ次々と司祭を密かに送りこめば神の御心に適い、商人たちのなすこと、教会がなすこと、それを天は助けてくださいます!」

「ルビノ神父、あなたの先人のマストリッリたち、クルテたち、そのほかが、わたしたちの宣教活動に与えた損害ではまだ足らんと言いたいのかな？　わたしたちの最後の望みまでも潰したいと言うのかな？　神父の一人たりとも日本へ向かうことを、わたしは望まない！」巡察師マヌエル・ディアスが震える声を振りしぼった。

「わたしは行くつもりであり、あなたがどのようにそれを阻むのか見てみたい！」アントニオ・ルビノが反論した。

「わたしもです！」アントニオ・カペーチェが叫ぶ。自分の言葉に酔っているようだ。「昨晩、わたしは夢を見ました。主イエス御自ら現れ、わたしに日本へ行き、何があろうともフェレイラ神父を救うよう命じられたのです！」

「わたしもです！」反響のように、フランチェスコ・カソラ神父も言った。「主イエスは言われた、フェレイラのために死になさいと。主はそれをお望みなのです！」

「わたしもです！」ジュゼッペ・キアラ神父もそれに続いた。

〝マカオでいちばん金持ち〟のドン・ロドリーゴ・サンチェス・デ・パレーデスは、自分の膝で怯えてうずくまっている黒い斑点のある白い小犬の耳をいじくるのを一瞬やめる。彼は甲高い声をあげて断言する。

「まずカエサルのものはカエサルに戻すことだ！　わたしはマヌエル・ディアス神父と同意見であり、まだ何らかの望みがあるのなら、政治的な対応をするべきだろうと提案したい。季節風の向きが変わり次第、将軍に対しわれらが植民地の最も格式ある人員で構成される公式の使節団、大使を派遣しようではないか。派遣団の船には取引のための商品は**いっさい**積まない。なぜならそれが純然たる外交目的であること、それをすぐにわかってもらいたいからだ。日本人の自尊心を傷つけてはならない。両国に共通する経済上の利益を明らかにすることが肝要である。それと、われわれが島原の乱にまったく関与していないことを理解してもらわねばならない。ほかにも(ここでサンチェス・

デ・パレーデスはアントニオ・ルビノ神父とその仲間たちをにらみつけ)、もはやわが国の聖職者が彼の国にて宣教を試みることは決してない旨、日本人に保証することが肝要であろう」

「しかし、将軍はそれを信じますかな?」甲高い声を抑えつつ巨大な総督ロボ・ダ・シルヴェイラが疑問を呈した。

「信じさせることが肝要である!」

「ローマ教皇もスペイン国王もその点について公式に約することは決して認めません。地獄に堕ちることを宣告された不幸な異教徒たちの魂を救済する、それがわたしたちの神聖なる使命なのです!」とアントニオ・ルビノが大声をあげた。

「時間を稼ぎ、緊張を解くことが肝要である」サンチェス・デ・パレーデスが言いかえした。

「わたしとしては」額の汗をハンカチで拭いながらロボ・ダ・シルヴェイラも答える。「**最後の望みを託す使節団**を出すという考えは……ふむ、気に入りましたな……」

(インド諸国までやって来たのは、たくさん稼いでから帰国するつもりなので、商売が続いてくれなければ困る)

「その準備をするあいだ、聖なる大使の使節団が神のご加護を得られるよう感謝の祈りを重ねましょう」マヌエル・ディアスが言った。

イエズス会士らに何があったのか、スペイン人フランシスコ会士もどきに激越、徹底主義者になってしまったというのは? 一六世紀末、かつての彼らのイタリア人の師アレッサンドロ・ヴァリニャーノは、既述したように、当時から三〇年以内で日本がキリスト教国になると固く信じており、荒っぽいやり方や狂信的行為を絶えず諫《いさ》め、そのため宣教師に対し、柔軟さをもって土地の風俗習慣に順応するよう説き聞かせたものである。ルビノと、日本で〝殉教を徹底する〟という彼の考えをどう思うかは想像に難くない。というのも、一六世紀には平和な手段でまもなく勝利するとの確信があったのに対し、一七世紀になるとその確信が消えてしまい、もはや天にすがるほかなくなったからだろう。島原の乱のあと、イエズス会士は政治の微妙なる技巧を忘れ、**神様**をごく単純に、ばかみたいに信じるほかなくなったにちがいない！　それまでも真に信じていたということが前提ではあっても。

マヌエル・ディアスは都合よく亡くなった。一六三九年一〇月二一日のことである(毒殺されたと言う者もいた!)。盛大な葬儀が営まれた。アントニオ・ルビノが司教代理のスペイン人修道士ベニート・デ・クリストからインド諸国司教区の巡察師の称号を与えられた。マカオの商人たちはそれを快く思わない、またもや狂信的な奇人が彼らのビジネスを目茶苦茶にしかねないと。マドリードとローマはどうして介入したがるのだろう?

奉献唱《オッフェルトリウム》

わたしが彼らの教会に入ったのは一九歳のときで、ほぼ二五年間を過ごして、ある程度は重要人物とみなされてはいた。ところがその間、何でも構わないが奇跡と名付けられるものに一度として遭遇したことがないのだ。誰それ殉教者に関わる不思議な徴候などまったく見たことがないのである。

『破提宇子』不干斎ハビアン、一六二〇年

稲佐山の頂上で、もう四半時間も前から半鐘が不吉に鳴りつづけていた。

「嘘だろう！　ありえない！　またあの連中だ！」五島町の自宅書斎から遠眼鏡で観察していたフェレイラが思わず叫んだ。

たった一隻のガリオット船が満帆のまま湾内に入ってくるところだった。

「誰？　まさかあいつら？」荒木トマスほか、背教者クラブのジョヴァンニ・バティスティ・ポルロとアルバロ・ムニョスが唸った。三人はフェレイラの後ろにいた。遠眼鏡がないので、ガリオット船が掲げている旗を見定めようとする。

またその後ろに控える菊も、同じ座敷のはずれから湾に目をこらす。目がいいので、青地に金色の獅子をあしらった旗代わりの幟(あらゆる十字架が日本では禁制である)がもう見えていた。

「ポルトガル人！　またしてもポルトガルのまぬけどもだ！」遠眼鏡を荒木に渡しながら、フェレイラが絶望のあまり叫んだ。

「だが、どうなってる、何しに来たんだ？　殉教するためか？」片目で遠眼鏡を覗いたまま、こんどは荒木が叫んだ。

ポルロが遠眼鏡を奪うようにとり、自分の目で確かめる。昨年は間一髪で死を免れたポルトガル人がまたもどってきた！

知らせが長崎に広まりはじめると、不安が人々の胸を押しつぶした。深い沈黙が通りから家へと、寺院、丘へと押し包んでいった。いちばん不安を感じているのはおそらく奉行の馬場三郎左衛門で、朝早くまだ二人の少女と寝床にいるところに知らせを受けとったのだった。

厄介な問題をまた抱えることになる。あのしようもないキリスト教徒ども、彼の人生を目茶苦茶にしようと決めたにちがいないと馬場は思った。

知らせに来た補佐役に対し、ただちに武士を乗せた一〇隻ほどの関船を送ってガリオット船を拿捕のうえ、何の用があって現れたのか船長に説明させるよう命じた。

〈キリストの聖像と涙の聖母《ノサ・セニョーラ・ダス・ラグリマス・ダ・サンタ・イマジェン・デ・クリスト》〉号は以前のように湾の入口にあるパーペンベルグの近くに錨を下ろした。キリシタンの言い伝えによると、現在では高鉾《たかぼこ》島《じま》と呼ばれる〝教皇の山〟は、ある奇跡によりほんの少し前に出現したのだという。一六世紀、イエズス会の司祭ガスパール・ビレラがある大名に信仰の力で「山さえも動かせる」と主張したところ、「では、やってみたらどうだ？」と大名に皮肉られた。そこですぐに、ビレラは祈ってから人差し指を稲佐山の頂に向け、「全能なる神の御名により」と、その場から離れて海に落ちるよう山に命じた。突然、地面が震え、天が裂けて雷光が走った。山は裂けた。そして壮大な天変地異のなか、金色の翼を持つ白い天使たちが山の円錐を空に持ちあげて運び、数百メートル離れた湾の入口に落とした。こうして島は生まれた！　神の恩寵を目にした大名はただちに改宗し、臣下藩民すべてに対し、望もうと《ウォレンス》望むまいと《ノーレンス》もそうするように命じた！　おそらくその言い伝えの厄除けをするため、すでに述べたことだが、後に教皇盲従主義者《パピスト》たちをパーペンベルグの絶壁から突き落とすようになったのだろう。

沖に向かう岬の先端に、今は大きな白の聖母像が両手を広げて掌を沖に向けて岩の上にぽつねんと立つ。純白のヴェールにはほどよい襞が入って足まで垂れている。こうして港の入口に立つ姿は、南蛮の水夫ら(あるいは、米国進駐軍のGIたち)の到着を遠くから見張る客引きの娼婦を連想させた。わたしは二〇一二年七月のある夕方、そこまで見に行った。像は、長崎から五、六キロほど離れた神ノ島町の堤防の先端にあった。夕日に背を向け闇に沈んだマリアの顔を見つめていて、ふいにわたしは恐ろしくなって一歩後ずさりした。幻覚だろうか？　東洋人の輪郭を与えられた聖母の顔がわたしには歪んで見え、恐ろしいしかめ面をしたように思ったのだ！

中心街から離れるのは初めてだった。そこまで行くのに、長崎駅からバスに乗った(五島町の近く、フェレイラが住んでいた界隈)。わたしはひとりだった。通訳(やはり菊という名だが、読者は覚えておられるだろうか)が去ってしまった。わたしを「耄碌《もうろく》したユダヤ・キリスト教主義者の変態、ばか、けち！」と罵倒したあとに。ところがひとたび町を出ようものなら、この異国日本では、案内板やら交通標識が日・英語表示をやめてしまう。こうしてバスは、迷子同然のわたしを湾の突端で降ろす。わたしはパーペンベルグ(高鉾島)を探し、結局、一七世紀の地図のコピーを頼りにみつけだした。野球帽を被った釣り人たちが静かに糸を垂れていた。そこでわたしは、四〇〇年も前に日本に上陸したSFXと同じことを思った、(本人の書簡より)神に呪われたようなこの国(アルファベットも知らず、上から下へと縦に、右から左に、おかしな記号を書く土地)に誰の助けもなしにひとりで乗りこむ者は、突然幼年期に戻り、読むこと、書くこと、話すこともできない一種の無能な乳児になってしまうのだと(実際、第二次大戦後にアメリカ人は文明復旧計画として、頓挫はしたものの、軍事的に初めて敗れたこの国に対し、その表意文字、つまり漢字を廃止のうえ、かつてイエズス会士が夢見たようにローマ字を押しつけようとした)。その点についても、この国の遅鈍な る民は、古典を読む可能性を後の世代から奪うにちがいない利他精神に溢れるその親切な働きかけを斥けたのである！

　結局のところ、わたしはこの長崎で何をやっているのか？　どういった謎の思考の果てにここまでやって来たのか？　子どものころのわたしが日本に抱いていたイメージを求め、ピエール・ロティの物語、あるいはとても美しく不可解な日本女性の（涙の滴る側が閉じられている）目を夢見てやって来たのだろうか？　二〇世紀の四〇年代か五〇年代、わたしが八、九歳のころ、なぜか手に入ったフランスのキリスト教関連の出版社が出した漫画のことが記憶に蘇る。それはインド諸国（東洋）と日本におけるSFXの悲しい運命を語るものだった。そこに現れる憎々しげで醜い顔、猿のような日本人の描き方が、わたしにはたいへんな衝撃だった。歪んだ顔――長崎湾の入口で両手を広げる聖母像の顔に似た――は、わたしがすばらしいと思う浮世絵の甘美な表情とはかけ離れたものだった！　だが、それらの思い出を超え、もっと昔、もっと深い地点にまで遡らねばならないとしたら？　べつの時代、わたしはSFXとかフェレイラ、マルチェロ・マストリッリのそばで生きたのではないのか？　後者二人といっしょに頭から逆さまに穴のなかに吊るされたのではなかったか？　仏教の説話の一つに、輪廻をくり返す生あるものは、転生のたびに生と死の境で茶をいれて待っている老女に会うというのがあった。芥子の花を煎じた茶を飲ませてくれると、以前の生の記憶がすべて消えるという。


　というわけで、〈ノサ・セニョーラ・ダス・ラグリマス・ダ・サンタ・イマジェン・デ・クリスト〉号はパーペンベルグこと高鉾島、三世紀後にあの純白の聖母像が建ったそのすぐそばに錨を下ろした。時は一六四〇年七月七日のことだ。

　船首楼の手すりには、マカオ元老院が選んだ大使たちドン・ルイス・パエズ・パチェコとドン・ロドリーゴ・サンチェス・デ・パレーデス（両腕に、切っても切れないルビーの首輪をした小犬を抱えている）、ドン・ゴンサロ・デ・モンテイロ・デ・カルヴァーリョ、ドン・シモン・ヴァス・デ・パイヴァの四人が肘をついていた。恐ろしい嵐に見舞われた二週間の航海を終え、四人とも着替えをすませめかし込んでいた。襞襟をはじめ、羽根つき帽子、化粧脂で固めた口髭。皆六〇歳に届こうかという年齢だが、パエズ・パチェコだけは七〇歳である。だが、当人は大柄、頑健な体つきだった。

彼らは一〇隻ほどの漕ぎ船が港の桟橋を離れて、こちらに向かってくるのを見ていた。くぐもって聞こえる太鼓の音が艪《ろ》を操る水夫らの調子をとり元気づけていた(日本では櫂《かい》で漕ぐのではなく、艪を操るのだが、理由は不明!)。これはいつものことで、異国船が着くたび、奉行所は関船を送るのだった。来訪の目的を問いただすためである。そして、〝御下知〟に背かず、問題がなければ港まで誘導する。ただし、通常ならば三隻がそれに割り当てられ、一〇隻もという例はなかった。それというのも、長崎港ではポルトガル人が好ましからざる人物《ペルソナ・ノン・グラータ》となったからである。敵国人とさえ言ってもいいかもしれない! それはともかく、大使らは(関船が近づくのを見ながら意見を交換した結果)不安を感じなかった。自分らの外交上の身分により、そう思った、(日本人とて、何もできやしまい!)保護されると。四名のうち一人として、怒りの治まった将軍が関係修復を望まぬとは本気にしなかった。少なくとも、マカオから貸し金をとりもどすという件が残っているのだから!

縄梯子で〈…… 聖母《ノサ・セニョーラ》〉号に乗りこんだ奉行の使者、平蔵こと末次政直およびその配下の者たち、そして通詞の名村八左衛門(全員が甲冑姿という過剰武装)はいちばん広い船室に案内された。四名の使節は日本人を賑々《にぎにぎ》しく迎えるため、急遽和風にしつらえた船室で控えていた。四人は畳に座っており、酒肴の載った膳まで用意されていた。

「いかなる用件でこの地にいるのか?」座るなり、奉行の使者が口を開く。「貴殿らには昨年、ポルトガル人およびスペイン人が日本に足を踏み入れることはまかりならぬと伝えなかったか? 背いた場合には、その者たちは処刑され、乗船も破壊されるだろうと?

その件に関する公方様の御下知を文書にて貴殿らに伝えなかったかな?」

「あの通達は商人に関するものでした」ルイス・パエズ・パチェコが反論する。「しかしながら、わたしたちがここに参ったのは大使としてであります。だいたい、本船は商品をいっさい積んでおりません」

ロドリーゴ・サンチェス・デ・パレーデスは不安げに、胡座をかいた膝に抱える小犬の耳をいじくり回す。そして、自分も口を開く。

「覚書を用意しておりますので、どうか奉行どのにお渡しくださるようお願いしたい。それには、日本とポルトガル間の友好関係を再開するための提案を記しました。そのほか、わたしたちに向けられた不当な告発にも反論しております。というのも、もうかなり以前からマカオより日本へ一人たりとも司祭を送り出してはいないからです! また、いかなる形にせよ貴国に住むキリスト教徒に対する支援も提供しておりません。島原の乱に関してですが、わたしたちは関与しておりません、微塵の関与もないのです!」

長い説明を終えると、サンチェス・デ・パレーデスは封印してある覚書の入った封筒を末次政直のほうに差しだした。

「そんなものは言葉でしかない」封筒を受けとりながら、末次が言った。「言い分は立派だ! とはいえ、まだ裏付けはないが、その点はこちらも貴殿らが有利になるよう奉行様にお伝えするつもりだ。色々な行き違いはあったものの、われわれは古くからの友情で結ばれている。そして、莫大な利益も! その点は公方様にもお知らせしないといけない。それを待つあいだ、ガリオット船は明日にでも出島まで曳航され、貴殿らにはそこで下船してもらう。出島内での禁足となり、江戸老中からの返答が届くまでは許可なしに外出はできない。承知のことと思うが、貴船の大砲および操帆具、操舵輪は奉行所預かりとなる。出帆の際にそれらを返却する。しかしながら、貴船の乗組員一〇名ほどは、奉行所与力の監視下で船内にとどまることを許可する」

末次と名村はもう立ちあがり、ポルトガル人らと無作法にも盃を空けることすらしなかった。そして漕ぎ手が待つ関船に移った。一刻も早く奉行に状況を報告しなければならなかった。

「というわけです、皆さん」日本のことはすべて知りつくしているパエズ・パチェコが言った。「忍耐が肝要ですぞ。江戸からの返事を待たねばならないとすると、出島に閉じこめられる期間は短くて六〇日ほどでしょうな。長崎から江戸までは、少なく見ても一月はかかる」

翌日、ガリオット船は関船に曳航されて扇形の島に向かった。大使らは、乗組員と水夫らと島に降り立った。そのなかには、ポルトガル人の船長ドミンゴ・フランコ、同じく甲板長マノエル・アルヴァレス、スペイン人の航海士フランシスコ・ディアス・ボト、ポルトガル人の副航海士エルナン・スポルテス、ゴア出身インド人の日誌係ジョアン・デルガード、インド・マラバール出身の手術士ドミンゴ・デ・クアドロス、合計すると使節団も含めて七四名(うち二九名が奴隷)で、西洋人ほか、インド人、アフリカ人、華人(ほかにも混血!)など一九カ国人がいた。

黄色に黒、白、褐色の肌。

一五軒ほどしかない出島には多すぎる人数だった。大使四名は、なかでもいちばん広い六間の家をあてがわれた。日本の調度、文机が二卓に屛風が三帖、それに布団だけ！　毎夕方には、四人揃って海側の高欄に肘をつき、日没を眺めるのを常とした。一夕、二夕、三夕、一〇夕と続くと、さすがに夕日を見ると吐き気を催すようになった。夕日、うんざりだ！　おまけに雨、雨、雨、港に入ったあの日は朝から降り出し、それが毎朝なのだ。稲妻に裂かれ、低く垂れこめた黒い空から流れ落ちてくる生温かい雨。ずっと続く梅雨、湿った熱気は重苦しく、べとついた。そして、蚊！

「ミーン、ミン、ミン、ミン……」とがなり立てるばかな蟬ども！　これではシャムとどう違うのか？　よくは知らないが、ザンジバルとかカーボベルデ、ヌエバ・グラナダ(コロンビア)、あるいはブラジルとどう違うのか？　これでは熱帯と変わらない！　まったくもってどうしようもない国だ！　全部がいつも変わってばかり。寒さに凍え、雪や氷雨、霰《あられ》ばかりの冬。春には、奇跡の様変わりで梅と桜の花を満開にさせ、町や村を桃色と白の天国に変える。秋はといえば、紅葉が人をえもいわれぬ愁いに沈める。季節が変わるたび、いわば異なる風土にいるように感じるのだ。思うにこれら不可解な日本人は、しょっちゅう行動形態を変えているようで、冷酷無比な表情を変えてこのうえなく優しい笑みを浮かべると思うと、次には赤道直下にしかありえない情熱のほとばしりを見せる。あのしなをつくる娘たちは、慎ましやかな着物の下にいったい何を隠していることやら(一七世紀にスペイン商人アビラ・ヒロンは「常軌を逸した町である」と書いた)！　態度を変えて相手を困らせるのに巧みである。休みなく襲ってくる台風に地震、それに津波！　それでも日本人は気がおかしくならない。善良なる神は日本人をこっぴどくやっつけたわけで、彼らがわれらの神をなかなか信じようとしないのは、おそらくそれが理由だろう。

カードやチェス、サイコロに興じ、ほかに何もないので、台上に三〇個ほどの蛤など貝殻をばらまき、対になる貝殻を合わせるという地元のひどく幼稚な遊びもやってみた。くだらなさにもかかわらず、遊女たちにたいへん喜ばれる遊びだという。その件についてだが、遊女を話題にすることは厳禁とされた。パエズ・パチェコが、使節団一行の誰一人としてかような罪の誘惑を受けてはならないとの指示をマカオの司教から受けていたのである。司教の要請で、出航前に全員が告解を行い、船長に当該の司祭による署名入り告解証明書を見せなければ〈……聖母《ノサ・セニョーラ》〉号に乗船が許されなかった。司祭に日本上陸が禁じられた結果、出帆してしまえば新たに告解はできなくなるので、最善策は旅行中の純潔を守ることである。この航海は、マカオの商業活動を救うために最大限の危険を伴う〃最後の望みの託された使節団〃ではないのか？　善良なる神との関係を修復しておいたほうが身のためではあった！

ところが、毎日のように〝様子を見に〟囚人たちを訪ねてくる通詞の名村八左衛門が提案してきたのである。女を世話できると言い、代金もたしかに通常の四倍以内に収まっていた。

「問題外である！」額に十字を切りながら、パエズ・パチェコが吐きすてるように言った。「引き《ワーデ》下がれ《レトロ》、サタン《サータナ》」と。

それでも使節団は、(仏教の戒律と禁忌が徹底されるようになった長崎では禁制品の)食肉を闇で届けてもらうことを受けいれた。これもまた法外な値段。ただし、金曜とほかの断食の日に肉食をしないのは当然である。アフリカ東岸出身の黒人奴隷《カーフル》を除き、出島に押しこめられているインド人および華人は全員洗礼を受けていた。かといって、彼らはあまり聖母マリアの子らしくなかった。女がいないので酒を飲んだくれ、パエズ・パチェコが組織した自警団がいても、毎晩のように喧嘩騒ぎは絶えなかった。ナイフを抜き、カード遊びの相手がごまかしたと言っては刺してしまう。二日目、首を掻き切られて死人が出る。アフリカ人だった(当時のスペイン語で書かれた多くの報告書が「いちばん酔っ払うほか、淫らで反抗的、不道徳なのは黒人である！　きわめて幼い八、九歳で奴隷にして指導をよくした者を除き、彼らを統制するのは不可能である」と記す)。

黒人が最初に日本に上陸したのは一六世紀だった。例の象と同時である。どちらも国中に好奇心と騒ぎを掻きたてた。全国津々浦々から人が見物に押しよせ、ザンジバルのアフリカ人――もちろん奴隷――一〇人ほどを連れてきたイエズス会士らの宿泊先、長崎のイエズス会聖具納室の扉を押し破った。まさに暴動騒ぎだったという。天下人となった織田信長は、京に近い安土城にアフリカ人を連れてくるよう命じた。ごまかしだと思ったので、当人のため風呂を用意させたうえ、色を落とすためにこすらせた。何をやってもむだ、彼はほんとうに黒人だった。それからは、地方の大名が自分を警護する武士のなかに少なくとも一人は黒人武士を持つことが最新の流行になった。スペインの探検家セバスティアン・ビスカイノは一六一一年、大使として江戸に赴いた際、黒人一五名を同行させた。彼らはスペイン人が準備した異国趣味の豪勢な行列に色を添えるため連れてこられたのであり、宿泊先から将軍（秀忠）の居城である江戸城まで江戸の市中を練り歩いた。その公式訪問の際である。ビスカイノが拝謁を許されながら、長靴を脱ぐことを拒んだのは……。上半身裸でターバンを巻いた彼らが行列のなかで太鼓を叩いた。それは、通過する道に何千人単位で集まった日本人たちを魅了した。後日、彼ら黒人のうち一人がある旅籠内で太鼓を叩いて見せ、見物料をとった。当人は一財産を築いたという！　新奇なものには目のない日本人は、順番に旅籠〔演奏会場〕のなかへ入って耳慣れない異国のリズムをしばし聴くため大枚をはたいたという。同時に、不思議で奇妙な黒い人間の身体的特徴を観察するのだった。

ガリオット船来航の翌日、ロドリーゴ・サンチェス・デ・パレーデスが奉行の使者、末次政直に手渡した覚書は、江戸の将軍宛に急ぎで送られた。それには、馬場三郎左衛門が右筆に口述した詳細な状況説明も添えられた。その説明を掘りさげる目的で、あらかじめ馬場は奉行所にクリストヴァン・フェレイラはじめ、荒木トマス、アルバロ・ムニョス、ジョヴァンニ・バティスティ・ポルロ、さらに末次政直と名村八左衛門などの補佐役や通詞を集めていた。覚書はポルトガル語と日本語の二カ国語で書かれてはいたが、〝専門家〟が一語一語を吟味し、両方の文章を細かく突き合わせて行間の意味までつかむよう試みた。

座敷の文机を前にした奉行を囲み、全員が半円を描いて座っている。それぞれ四季を描いた四帖の大きな屏風がそれを取り巻き、内密な空間にしていた。厳粛な静寂のなか、長い時間をかけて各人が覚書に目を通す。それから、各人が自分の意見を述べる。五番目に順番が回ってきたフェレイラが最も断定的な意見を述べる。

「あの者たちは幕府を愚弄しております！」と、奉行に向かって口を開いた。「久しい以前からマカオより日本へ司祭を送りこんでいないと申しています。それは事実かもしれません、少なくとも部分的には。というのも、ある時期から司祭らはマニラを経由しているように思われるのです。だが、その点に**問題**がある。つまり、マカオ元老院はあの嘘だらけの書面において、今後は司祭らを**送りこむことを絶対に行わない**、と明快かつ公式に確約する旨をどこにも書いてないからであります！」

ポルトガル擁護派の平蔵こと末次政直（大金をポルトガル人に貸しており、いつか取り戻したいと思っている！）が落ち着きのある声でつぶやく。

「わたしに対し使節団がくり返し確約するのが、今後はけっしてポルトガルもスペインもわが国に宣教師を送るつもりがないということです」

フェレイラはまず静かな笑い声をあげ、それから応酬する。

「彼らの立派な方針説明ではあります。だが、言葉は消えてしまう！　彼らに要求しなければならないのは、文書（それと、スペイン国王の署名、譲ってもインド諸国副王の署名により承認された文書）による回答です！　ところがです、わたしは保証しますが、国王も副王もその件につき公式に確約することは決してない。それは**唯一神**の唯一の真なる信仰を世界に布くために新しく選ばれた民、イベリア民族に託された**明白なる召命**を放棄することになるからです」

そう言い終えると、フェレイラは口に出したことを反芻する——そして、存分に味わう——かのように頭を垂れた。このような分析を行い、またかくも憂慮すべき結論を出せるほど日本人はヨーロッパの事情に詳しくなかった。それらを明らかにできるのは彼を措いてはいなかった。このようにフェレイラは、背教のより醜悪な道にどんどん足を踏み入れていく。

将軍命を待つあいだ、出島の囚人たちは、やたら愛想のいい通詞の名村八左衛門を介して、噂やら陰口の収集に努めた。日本の政治情勢についての（自分らを斬首しないだろうか？　火炙りにしないか？　雲仙地獄の熱湯に投げこまれやしないか？　穴吊りにされないだろうか？）安心できそうな情報を得ようしたのである。そんなポルトガル人の心をいくらか和ませてくれたのは、オランダ人もやはり奉行の追及の対象になっていたことである。金髪のアポロンこと酒類賄い係、正式には経理係のハンス・アンドリースが最近斬首されたようだと、名村八左衛門が自信ありげに言った。ある晩、平戸で日本人の人妻の寝間にいるところをみつかった。裕福な商人の夫が妻の不貞を疑い、所用で旅に出ると偽った。そして、姦通の現場を押さえたのだった。商館長のフランソワ・カロンは、奉行所とは良い関係にあったものの、その「頭が空っぽの青年」の命を救うことはできなかった。カロンと親しい平戸藩主の松浦も、もみ消すには事件が広まりすぎたと明かした。松浦が言うには、夫には妻がほかの男と一室にいるところを発見すれば、何らやましいことがなくとも、また部屋が開け放たれていようとも、妻を殺す権利があるということだ！

　処刑の直前、ハンス・アンドリースに大量の酒を飲ませて元気づけたそうで、それは一六四〇年七月の陰鬱な夕方のことだった。平戸港の突堤、白い岬《ヴィッテン・ホーク》、または「殺人区画」とオランダ人らが呼ぶ刑場にて、全オランダ人が見ている前で斬首された。不貞を犯した妻は解いた髪に白装束でその脇に跪いており、悲壮なほどに美しかった。彼女がどのような刑を受けたのかはわからない。裸で木箱に入れられ、内側に釘の出た蓋を被せられたと人は噂した。

　敵のオランダ人の不祥事を聞かされ喜んだ使節団は、出島商館内で盛大な晩餐を開く（祝杯をあげずにいられようか！）。招かれたのは、一行のなかの純粋なポルトガル人、人数にして一五名、船長のドミンゴ・フランコほかである。そのほか六〇名（黒人、華人、混血など）は食事にありつけなかった。こちらは、食事（船長がガリオット船上の兎小屋で育てた兎のロースト）を出す東洋人と黒人数名の召使を除き、全員が島の竹矢来で仕切られた一画に追いやられた。上半身裸の黒人たちの役割は（飾り！）、参会者の頭上にろうそくを掲げていることで、晩餐のあいだは眉一つ動かすことすら許されなかった。いわば、人間燭台である。赤道直下なみの暑さなので、若いマレーシア人水夫には大きな扇で参会者に風を送るよう命じた。

酒類賄い係ハンス・アンドリースを偲んで大量の酒を飲み、当人が快適に地獄の炎に焼かれることを祈願した。

「善良なる神よ、あの異端者どもを劫罰に処してくださいますよう！」巨大なパエズ・パチェコが大声で言った。「あの連中なんだ、とくに親分格で悪賢いフランソワ・カロン、島原の乱を企てたのがマカオだと将軍をうまく言いくるめたのはあいつだ！」

わが国で人を殺すのは驚くべきことで、牛や鶏、または犬を殺すのとはまるで異なるが、日本人はわたしたちが動物を殺すのを見て驚く一方、彼の国では人を殺すことが普通のことなのである。

『日欧文化比較』ルイス・フロイス、一五八五年

「将軍の使いが到着したんだ！」名村八左衛門が知らせに来た。

「もう着いた？」まだ寝ていたパエズ・パチェコが聞きかえした。

卯《う》の刻、つまり午前五時から七時、一六四〇年八月二日のことである。出島の囚人たちは、あと一カ月は監獄島のなかをうろつき回るしかない(向かいの堤防には、檻に入れられた動物を見物するかのように近所の子どもたちが集まり、ときには小石を投げるとか、からかったりするのが常だった。その模様は多くの版画で見られる)だろうと覚悟していた。パエズ・パチェコは頭で計算してから叫ぶ。

「ありえない！　飛脚にしろ何にしろ、二一日間で江戸へ行って帰ってきた？」

八〇〇キロメートルの二倍！　世界記録である！普通は駕籠で往復をするものだ。だが今回は急ぎだったので、早馬を使った。通常は長崎から下関まで、九州を陸路で南北に縦断する。そこからは、早船で瀬戸内海をよこぎって大坂に至る。次にはまた陸路で都(京都)、そして東海道を岡崎、三島と江戸に着く。その幹線道路たるや完璧に維持され、宿場も完備しているので乗馬も替えられた。もちろん使いの者は道中を楽しもうとはしなかったろう。東海道の宿場には、きれいな娘と快活な陰間《かげま》〔男色を売る少年〕が多くいた。

さらに色とりどりの地方料理もあった。だが使者たちは眠る暇もなかったにちがいない。

「貴殿たち、使節団一行の全員が呼出しを受けたので、わたしもいっしょに行くが、巳《み》の刻(午前九時から一一時)に奉行所だ」と名村八左衛門は続ける。「貴殿らの措置につき、江戸で決まったことを将軍の名代がその席で貴殿らに告げる。名代は大目付の加賀爪忠澄《かがつめただすみ》さまと目付の野々山兼綱《かねつな》さま、幕府の最重要人物だ」

まだ部屋着のままだった四人の使節は、客間にいる名村のそばに集まった。

青ざめた表情で黒い斑点の白い小犬を抱きしめながら、ロドリーゴ・サンチェス・デ・パレーデスが問う。

「その江戸が決めた内容をご存じかな? 前向きな回答だったかという意味だが?」

「それは時が来ればわかること」名村の返事は冷ややかだった。

それから、名村はうわべだけの笑みを浮かべてつけ加える。

「しかし、わたしは楽観している」

さっと会釈をすると、彼は使節団に背を向け出ていった。雨のなかを。もう二〇日間も前から、天は怒ったかのように連日生温かい滝のような雨を降らせつづけていた。

そのあと扇形の島の住民は、大使から奴隷にいたるまで熱に浮かされたように動きまわっていた。つまり全員が奉行所に呼び出されたのである。恐れが希望と混じり、希望が恐れと混じって、ドン・ルイス・パエズ・パチェコは一行全員に、可能なかぎり優雅に装い、日本人が臭いに敏感なのでよく身体を洗っておくよう周知徹底させた。謁見の時刻までの五時間、そのすべてが身支度に当てられる。同室の使節たちは、それぞれの鏡の前に陣取り、各自の奴隷に衣装の支度をさせる。パエズ・パチェコの奴隷は四人いて、華人のジョゼは二〇歳、ベンガル人のマヌエルは三五歳、南アフリカのアルヴァーロは四〇歳、ジャワ島人のパスクアルは三〇歳である。ジャワ島人が赤い羽根のついた茶色の帽子を勧めたが、パエズ・パチェコは拒み、「そっちの緑の羽根飾りがあるほうが好ましい、緑は希望の色だからな」と言った。華人は糊をつけたあと、アイロンで微妙な折り目と溝をつけたばかりの襞襟を見せた。「これでいいだろう！」パチェコは言って首の周りに襞襟をつけさせると、まるで臓物屋の陳列台に飾った仔牛の頭のようになった。ドン・ロドリーゴ・サンチェス・デ・パレーデスならびにドン・シモン・ヴァス・デ・パイヴァ、ドン・ゴンサロ・デ・モンテイロ・デ・カルヴァーリョたちも、召使から同じように世話をしてもらっている。一人は髪の染め直し、一人は手あるいは足の爪を切らせるというふうに。

午前一〇時、名村が使節団一行を迎えに来た。玄関先で土砂降り雨から庇に守られながら、腕組みをして待っていた大使たちは襞襟に、羽根飾りのついたフェルト帽、口髭をぴんと跳ねあげている。四人は、その下の庭には船員および召使らが、こちらは雨に打たれ、膝までぬかるみに浸かりながら列をつくっているのをじっと見ている（せっかく一張羅を着たのは何だったのか？）。総員六一名（ほかの九名はガリオット船に残っている）。

名村に先導され、大使たちは神妙な顔つきで玄関の踊り場から降りる。そして間もなく島と町を結ぶ小さな橋を渡る。各人とも頭上に傘を差しだす奴隷を一人従えていた。奇妙なことに、背の高いパエズ・パチェコがじつに小さな奴隷を連れており、伸縮自在の傘の柄のおかげで背の違いを埋め合わせているのに対し、じつに小柄なヴァス・デ・パイヴァはじつに背の高い奴隷を従え、伸縮自在の傘の柄で状況に合わせていた。大使以外の一行は雨傘がないため、雨樋もどきに水を湛《たた》える帽子のつばに頼るしかない。加えて、足はぬかるみにとられていた。右足を抜くには、左足を犠牲にするほかなく、それを交互に。

奉行所の塀に沿って、また大階段の両側にも並ぶ武士は一〇〇〇人にもなるだろうか、まさに軍隊だった。武士は牛もしくは鹿の角、馬のたてがみをつけた兜を被っていた。野獣をかたどった面頬で顔を覆っている。

大使らは階段を上るにつれ、自信を失っていった。玄関では、跪いた老女が彼らの長靴を脱がせ、専用の桶のなかで足を洗い真っ白な足袋を履かせた。

大使以外の一行は、衛士によって三班に分けられた。黒人(インド人およびアフリカ人、当時の基準)が最初の控えの間に、シャム人ならびに華人、南インドシナ人が次の間(各班員とも起立していなければならなかった)、そして〝純血なる〟ポルトガル人は、大使たちのあとから三番目の広間、その接見の間はこの日、すべての襖を外していたのでとてつもなく広く感じられた。その左右には、近隣の藩主がずらっと座っていた。右側に座る藩主たちは小袖に同じ白地の肩衣、その左肩から右下がりで帯状の黒模様が入り、左側にいる者たちの肩衣にも左肩から右下がりに同じ模様があった。それがみごとに対比の調和をつくっていた。奉行の馬場三郎左衛門と副奉行の大河内正勝(いつもと違って上の間に座ってはおらず、その手前で起立していた)も、やはり白地に黒の帯模様という出で立ちであった。それが会見の場にどこか一九七〇年代のポップアートのような印象を与えている。だからといって、使節らの緊張が解けるはずもない。四人は、あらかじめ都合よく段取りの決められた舞台劇に、不本意ながら出番を与えられた役者のような気分だった(実際、江戸にて数日前、能と歌舞伎に目のない将軍自らがすべてお膳立てしたものである)。大使四人は、奉行および副奉行からほんの数歩のところに座らせられた。船長ドミンゴ・フランコたちほかのポルトガル人は、武士らに促されて廊下沿いに帽子を脱いで起立したまま並ばされた。座敷内を陰鬱な静寂が満たす。遠くで奉行所の屋根瓦を叩く雨音がよけいに重苦しい印象を深める。

座敷右側、奉行らと離れた場所にフェレイラと荒木も座り控えていた。

奉行のすぐそば(本来は彼らが座るべき通詞の場所!)には、江戸から来たという見知らぬ男、スペイン人との混血の背教者アントニオ・カルヴァーリョ

(と、後にわかった)が控えていた。フェレイラは憤慨する。そのカルヴァーリョに〝主役の座〟を奪われた！　この日までは彼は、自らの慧眼なる政治的な助言および語学的才能により、日本人にとってますます不可欠な存在(それは自分と妻、子どもたちにとっての安全保証であった)になりつつあるとの(同時に、自尊心をくすぐる)思いがあった。ところがどうだ、〝代わりがきく〟身に成り下がったのである！

座敷の奥から衣擦れの音が聞こえ、右の襖が開いた。優雅な動きで奉行と副奉行よりも奥の誰もいない上の間に姿を現した二人の男も黒い帯模様の装いだった。優雅な動きで奉行と副奉行よりも奥の誰もいない上の間に座ったことから、彼らの地位の高さが知れた。五十代、白髪交じりの髪、きつい顔をしている。江戸から馬で駆けつけた大目付の加賀爪忠澄と目付の野々山兼綱だった。同じ出で立ちの年寄り、おそらく右筆が(巻いた書状を手に)上段の二人のそばに席をとる。次に現れたのは与力の武士たち、同じところから登場するところは芝居小屋の舞台を思わせた。総員一九名の与力。そこにいるポルトガル人の数と同じである。全員が人を圧倒するような体軀の持ち主だった。左腰に二刀を差している。そのうちの四名が、有無を言わせぬそぶりで大使各人(驚き、立ちあがりそうになった)のそばに腰を下ろす。残る一五名は、ポルトガル人航海士ら乗組員および水夫それぞれの背後に座る。フットボールで〝マークする〟よう指示され、それに従っているかのような動きだった。すでに重苦しかった雰囲気はさらに募る。静寂が深みを増し、雨のくぐもった音が水時計の進行のように瓦を叩きつづける。

野々山兼綱(上の間の右に座っている)が左に座る上長の加賀爪忠澄の方に顔を寄せ、それから何かの儀式のように両手を胸の前で交差させる。それを合図に、右筆が巻かれた書状を広げる。右筆は低い声で、可能なかぎり仰々しく(能楽師が腹の底から絞り出すようなしわがれ声で)長い文章を読みはじめた。口から声がほとばしり出るにつれ、次第に右筆の声は甲高くなり、もしこういう場でなかったら笑い出しそうなほどしゃがれたキンキン声になった。その野蛮としか言いようのない声を聞くだけで、大使たちは何も理解できぬまま恐怖に襲われた。これは破局だ！　間違いない！　勝負に負けた！　任務は挫折だ！

間もなく彼らの恐れは、通詞カルヴァーリョが右筆のキンキン声の発声を真似て(あらかじめ打ち合わせてあったにちがいない)訳しはじめた時点で確認される。

「その方ら極悪人どもよ！　日本に立ち戻ることを禁じたにもかかわらず、またしても公方様の御下知に背いた。昨年、汝らが死罪となって当然のところを赦した。だがこの度はもはや容赦しない！」

「われわれは大使である！」通詞の言葉を遮ってパエズ・パチェコが叫んだ。「その資格により、われわれは人間ならびに国家としての自然法により保護されているのだ！」

「黙りなさい！」通詞が応じる。「その方らに対する幕府の宣告を、わたしは訳しているのだ。以後、発言は許さない」

カルヴァーリョは仰々しい声音で続ける。

「この者たちが数十年来も犯しつづけた罪は、わが国の禁令に背きキリスト教を宣教したことであり、きわめて重大である。昨年、この者たちに公方様による禁令を知らしめ、以後マカオから日本に来航する船は焼かれ、乗員は死罪となる旨を通告した。しかるに、再び大使という名目にて違反を犯した。さらには、これら大使が口頭にて宣するごとく、以後決してマカオより宣教師を当地に送りこむことはないとしながら、それを書面にすることを回避しているのである」

フェレイラは右隣に座る荒木トマスの脇腹を肘で突ついた。最後の論点、それは彼が言ったことである。嘘だらけのマカオ元老院の覚書におけるその弱点を指摘したのは彼、フェレイラだった！　ウハハ！　彼をイエズス会から破門したこの連中にびんたを食らわせたも同様なのだ。復讐はよく冷ましてから味わえと言うではないか！

そのあいだにも四人の使節は、広間入口に起立させられている乗組員と水夫ら一五名と同じように冷や汗をかき、震えながら手に持った羽根飾り付き帽子をいじくり回していた。何もかもが悪夢を見ているようだった。

「以上のことから、公方様はその大使という身分が偽装であるとの結論を出された。したがって、大使を当地まで乗せてきた船は焼却処分、またその船にて旅してきた者たち全員を死罪とし、インド諸国のいたるところ、さらにはヨーロッパまでも本件が話題となって、いたるところ将軍、公方様の御名が畏怖され、尊ばれるようにせねばならない！　しかしながら、それら刑の執行についての詳細をマカオに伝えさせるため、使節団一行で身分の最も卑しい者一〇名ほどの処刑を恩赦する」

　目付の野々村兼綱がまた両手を今度は膝前で交差させた。待っていましたとばかり、各ポルトガル人を〝マーク〟していた与力が、いったいどこから出したのか長い白紐で、各自が担当するポルトガル人の首を荒っぽく絞めあげた。座布団に座っていた大使たちは倒されて手鎖をかけられ、起立していた船長らも巧みな足払いで同じように倒された。それはみごとな緊縛の模範演武に立ち会っているかのようだった。ポルトガル人はそれぞれ(口汚く罵りつつも)腹這いにされ、与力の右足がその腰を押さえつけた。首を絞める紐が後ろ手にされた手鎖に結ばれる。鶏さえこうも簡単に縛りあげられたことはなかったろう。

「こんな不当なことがあるか！」ロドリーゴ・サンチェス・デ・パレーデスが叫ぶ。

「大使の権利は不可侵のはずだ！」シモン・ヴァス・デ・パイヴァも呼応する。

　通詞アントニオ・カルヴァーリョはそのまま朗読を終える。

「その方らは最も卑しい死、最も恥ずべき刑を受けて当然である。しかるにガリオット船が外交目的で当地に来たこと、調べた結果、いかなる商品も積んでいなかったことに鑑み、幕府は寛大な措置として、その方らに名誉ある死を許すものである」

後ろ手に縛られた使節およびポルトガル人乗員はただちに、まるで家畜のように二の間に引っ立てられた。そこで彼らは、華人や南インドシナ人などが自分たちと同じ仕打ちを受け、縛りあげられるところを目撃した。それから大使らは一の間に連れて行かれ、同じ光景、一行の黒人たち、すなわちインド人とアフリカ人らが縛りあげられるのも見せられた。それらが、罵声や悲鳴、殴打なしに進められたわけでないことは容易に想像できよう。しかしながら、武士たちの手際がみごとすぎるため、囚人たちはほんの一瞬で無力化された。その時点で、一行は厳重な監視の下、長崎の中心部クルス町にある牢屋敷まで引っ立てられた。

ところが大使四名および船長ドミンゴ・フランコだけは、大広間に座ったままの奉行ほか江戸から来た幕府重臣の前に再び引きだされた。通詞アントニオ・カルヴァーリョも、フェレイラおよび荒木と同じく動かずにいた。

「いかに貴殿らはこのような仕打ちをできるのか?」首を半分絞めつけられているルイス・パエズ・パチェコが怒りの言葉を放つ。「わたしたちには数十年にわたる友好的な取引関係があったではないか?」

「貴殿らはオランダ人に洗脳されたのだ!」ロドリーゴ・サンチェス・デ・パレーデスも同調する。「彼らに警戒なさるべきだ! 貴殿らはわたしたちキリスト教徒だからという理由で迫害するが、彼らもキリスト教徒だというのをご存じかな?」

カルヴァーリョが訳したあと、奉行と副奉行は相談をし、それから上段にいる江戸の重臣の方を向いた。しばらく話しあったあと、馬場三郎左衛門が質問をする。

「その方はオランダ人がキリスト教であると言ったが、どういう意味か?」

「われわれとは違う宗派に属しているという意味ですが、彼らもキリストを、聖母を、天地の創造者である神を信じているのはわれらと変わりない。異端者であっても、キリスト教徒であることに変わりはないのだ!」

「彼らを中傷するつもりであろうが! わからんで

もないが」馬場三郎左衛門が言った。

そして、フェレイラをふり返って言った。

「沢野忠庵、そなたはこの全部をどう思う?」

会見が始まったときから座敷の隅に追いやられて無視され、辱められたと感じたフェレイラはじっと我慢していた。ふいに自分の名が呼ばれるのを聞き、彼が喜びに打ち震えたのは想像に難くない。やっと彼がいることを思いだしてくれた! 彼が必要とされていることを誰もが理解した。絶対に欠かすことのできない人物なのである!

「オランダ人が他の宗派であること、それは事実ではありますが、キリスト教の一派、抗議派《プロテスタント》であることに変わりはありません!」フェレイラは言い放つ。

とは言ったものの、カトリックとプロテスタントの違いを(少なくとも日本人に)説明できる自信はなかった。

「それを立証せよ!」馬場が要求した。

荒木とフェレイラ、公式通詞アントニオ・カルヴァーリョは説明の糸口を探すかのように目を天井に向ける。突然、フェレイラの頭に卓抜《たくばつ》な考えが閃く。説得力があり、神学上の微妙な点をアジア人にも理解させるような強烈なたとえである!

「きわめて単純であります」彼は始めた。「オランダ船とポルトガル船の船尾を、もしくは彼らの家、商館、倉庫の正面をご覧いただきましょう。かならず日付が書いてありますが、あれは船の竣工日であり、建物の落成日です。その日付は同じ暦によるもの、同じ年月日の数え方に基づいています」

「では、なぜオランダ人およびポルトガル人による年月日の同じ数え方がそれほど重要なのか?」

「なぜかと言いますと、彼ら両国民はいずれもゼズス誕生の日、というか割礼《シルクン・シザン》の日から数えているのです」

「シルクンシザン、何だそれは?」

〝シルクンシザンが何であるかを日本人に説明する……？〟

「よろしいですか、シルクンシザンとは」フェレイラは始める。「男児性器の先端の包皮を少しだけ切ることであります」

「あー、それならわかる。つまりゼズスが回教徒だったと言いたいのだな？」

フェレイラは笑みが浮かんでくるのを止められなかった（もちろん気づかれぬように、平然とした表情を保ちつつ）。

「ゼズスは回教徒ではありません、ユダヤ人でした」

「何だまたそのユダヤ人というのは？」

「えー……」

「つまりこういうことであるか、オランダ人のゼズスとポルトガル人のゼズスとは、そのどちらともにユダヤ人であり、実際は唯一同一の人間であったと？　われわれはだな、異なる二人のゼズスがいるものと信じていたのだ！」

「オランダ人はあなた方に嘘をついているんです！」ロドリーゴ・サンチェス・デ・パレーデスが叫んだ。「あの連中はただの海賊、盗賊なのです！　信じてはなりませんぞ！　もちろん連中も、わたしたちと同じキリスト教徒ですが、あちらは悪いキリスト教徒なのです。彼らの真の神はイエス・キリストではなく、金銭です！　一方のわれわれにとって、金銭はさほどの重要性がありません。それが証拠に、われわれは長崎に借金があり、それも莫大な額なのですが、わたしたちがここに大使として参ったのは、それをあなた方に返済するためでもあります」

パレーデスは日本が持つ債権について話せる機会が訪れたことで、たいへんに満足だった。それを間接的な方法として、日本との取引関係を再構築できればと期待していたのである。

加賀爪忠澄が怒りに満ちた声をあげる。

「公方様がその方らの借金、その全額をくれてやるという件はすでに伝えたことであろう！　二度とその話は聞きたくもない。それなのに、また舞い戻って来おった。だが、その方らに申し渡したことはじつに単純なこと、日本から立ち去れ、それだけだ。それすら理解できぬというのであれば、刑吏に命じて説明させるほかなかろうが！」

「その件ですが」馬場三郎左衛門が口を挟む。「刑の執行を赦免のうえ、マカオに送りかえす者たちを選ぶ必要があります」

「少なくとも(サンチェス・デ・パレーデスが、この男たちを相手では何の望みもない、もはや神と交渉するほかないと観念し口を挟む)、少なくともわたしは……われわれは、もし死刑を言い渡されるのなら、それはわれわれがキリスト教徒であるからであり、それのみが理由である旨を日本当局により保証してもらいたい」

「まったくそのとおりである！」馬場は言った。

パレーデスは笑みを浮かべると黙ったが、満足だった。彼は土壇場で最後の取引に成功した(実際、それが最後の取引となる)。死ぬのであれば、キリスト教のため、すなわち殉教者として死んだほうが、商売のためよりもずっといいのではないか？　いつか列聖されるかもしれない！　そうすれば、少なくとも天国における貴重な場所は確保できるだろう。これは果敢なる投機であった、永遠を賭けた！

〈……聖母《ノサ・セニョーラ》〉号に残してあった六人の〝ラスカル〟と呼ばれるインド人水夫と三人の南アフリカ人を審判の行われる大広間に連行せよとの命令はすでに出ていた。〝ラスカル〟とは、ゴア地方の不可触民、つまり洗礼を受けていない水夫もしくは民兵たちのことである。彼らも南アフリカ人と同様に(最下層の乗員として)、江戸の重臣たちの決定で処刑を免れる。都合のよい風向きになり次第、マカオにはジャンク船で彼らは送りとどけられるだろう。彼らのほかに、(海図が読め、太陽の位置を測定できるので、ジャンク船を操る)監督として華人のジョアン、インド・マラバール出身の手術士ドミンゴ・デ・クアドロス、日誌係のインド人ジョアン・デルガード、水夫のスリランカ人マノエル・フェルナンデスが加わった。その全員が黒い肌という特徴を持っている点は特記すべきであろう(華人は例外だが、それでも濃い褐色の肌をしていた)。

この錚々《そうそう》たる一行(純血種のポルトガル人をはじめ、インド人、アフリカ人など)が、首に紐をかけられたままクルス町の牢屋敷に引っぱられていった。先に着いていた生還組といっしょになり、出身も人種、地位の区別なく、野天の囲いのなかにぎゅうぎゅう詰めに押しこまれた。天の恵みか、滝のように降っていた雨がやんだ。だが、それに代わって、耳が痛くなるほど蟬が鳴きはじめる(ミーン、ミンミンミンミー! からかっているのと違うか!)。

さて、奇妙な立場逆転に立ち会うことになる。大使やら船長、上級乗組員などポルトガル人の主人たちが、自分らの奴隷、なかでもマカオに帰還できそうな者たちに媚びを売りはじめたのである。自分らの父親、母親、子ども、妻など家族への別れの言葉、愛の言葉、思いやりをこめた手紙あるいは口頭の伝言を託したがった。「だが、彼らがその黒人たちに対し、涙と哀願によって試みたすべてはいかなる反応も得られなかった。たった一言の返事さえ、どんな形にせよそれを引き受けるというそぶりさえ得られなかった」と、あの異端派フランソワ・カロンは回想録に書いた。忘恩を見せつけられ逆上したロドリーゴ・サンチェス・デ・パレーデスは自分の奴隷、二五歳の黒人アントニオに突っかかる。

「お前は恥ずかしくないのか? わたしがお前を雇ってやって一〇年、その間ずっと食べさせてやり、お前を護り、かわいがってやったではないか! ゴアの奴隷市場で一財産はたいてお前を買ってやっただろう。一財産だぞ! そして、これがお前の恩返しというわけか?」

牢屋敷の番人の日本人が後日フェレイラに耳打ちし

たところによれば、当の南アフリカ人は自分の主人に意味不明の間投詞のような言葉「ニクタメル」で応じたという(ずっと後の二一世紀の注釈家は、ヨーロッパの不良たち、いわゆる〝カイユラ〔仏語でごろつきを意味する racaille(ラカイユ)の倒語〕〟の世界で多用される表現「ニック・タ・メール」あるいは「ファック・ユア・マザー」の一種のプロトタイプと認められるとする)。その大胆な解釈は評価されるべきだが、一つの仮説にすぎない。反対に、わたしたちにとってより信憑性が高いと思われるのは、当のアフリカ人が言葉と同時に手で示したしぐさである。以下が牢番によるその詳細な説明である。握った右手の親指を、淫らにも人差し指と中指のあいだから覗かせるのである。ところがそのしぐさ(フィカまたは無花果《いちじく》)は、当時の写実主義の画家、なかでもカーン美術館所蔵、シモン・ヴーエが一六一五年に描いた《フィカをする若者》などに描かれている。ちなみに、「フィカをする」は今日では「人をばかにする」の意味である。

〝淫らで、酔っ払い〟だけでは満足せずに、黒人は〝恩知らず〟ということにもなった。彼らの一部に至っては、主人が投資した額の大きさなどには無頓着で、ときには自殺してそれをふいにするという徹底したエゴイズムを推し進めてはいないだろうか？　そうでなくとも、こっそりと主人の家から逃げだし、たいていは華人の海賊に雇われるという件が頻発しているのではなかったか？　インド洋で、黒旗を掲げたジャンク船がイベリア籍、つまり元〝主人〟らのガレオン船を追うのはよく見られる光景であり、ヌエバ・エスパーニャからの銀塊を満載するガレオン船があらゆる類の海賊ならびに私掠船の標的となっていることは指摘に値する。

長崎においては、死刑が宣告されたなら原則として即刻に執行となる。だが、今回は処刑を遅らせていた。この一六四〇年八月二日の晩は、満月であると同時に旧暦の七夕でもあった。快い祭の楽しみを、ほんの一握りの南蛮人と黒人のために諦められるだろうか？　七夕は夜空で二つの星、織女と牽牛が年に一度だけ会うのを祝う。それを日本では、一年に一度、ほんの一晩しか会えぬ恋人同士の逢瀬にたとえる。そのためには、天空を横切る天の川を渡らなければならない。

その晩、長崎ではどの家も色とりどりの提灯と、願いごとを書いた五色の短冊を飾る。港を囲む高い丘に点された無数の提灯は星をちりばめたようで、えもいわれぬ美しい光景を見せる。さらに港を形づくる湾と浦上川にも無数の明かりが浮かぶ。藁を束ねたおもちゃの小舟に乗せた人形と蠟燭とを流すのが恒例となっている。人形は、恋する相手に近づこうとする七夕の恋する男女を象徴するのだろうか？　その晩、（いかにも異教徒の風俗らしく）夫婦は交わらなければならない。さて、着飾った男女、子どもたちは、花と提灯で飾られた舟に乗りたがる。湾の中央まで漕ぎ出ると、星の数に圧倒されながらも織女と牽牛が一つになるところ（性交！）を見ようとする。屋形船からは三味線やら笛、太鼓の囃子も聞こえてくる。星明かりのなかで菓子を食べ、酒を飲む。今宵はフェレイラと菊も、背教者クラブの友人たち、荒木にポルロ、式見、ムニョスを連れて船上にいるところが見られた。行き交う舟同士は声をかけ、花を投げ合っては冗談を交わす。

クルス町の牢屋敷の囚人たちも野天の竹矢来のなかで思う存分に天を仰ぎ、淫乱な星カップルが性交《コイト》にいそしむのを眺めていた。とはいえ、彼らの頭はもっとほかの問題で占められていた。処刑が夜明けに予定されており、それは三、四時間後に迫っていたのだ！　どんな刑が用意されているのだろうか？　江戸からの重臣は、囚人らに「名誉ある」死が与えられると言明した。生きたまま丸焼きにされるのは、はたして名誉ある死なのだろうか？　それとも斬首か、もし足首を縛られて吊るされるのではないとしたら？　複数の可能性があった。祈っている者がいる。嘆いている者も。番人を買収して酒を手に入れ、がぶ飲みする者もいた。

興福寺の鐘が明け六つを鳴らす（度しがたい日本人には卯の刻であり、つまり午前五時、どうわかればいいのか！）。〈……聖母《ノサ・セニョーラ》〉号の乗員七四名は全員、上級乗組員から奴隷まで、元老院議員から地獄の亡者まで(処刑される者、されずに助かる者も)が囲いのなか、地べたに寝かされていた。遠くから武具のぶつかり合う音が聞こえる。竹矢来の一部が開かれた。月明かりを反射する甲冑の光るのが見えた。まだ夜は明けていなかった。松明と幟を掲げた一〇名ほどの男たちの後ろから、四台もの金塗り駕籠が進んだ。近くにいた囚人の船長ドミンゴ・フランコや大使サンチェス・デ・パレーデスは、駕籠から江戸の重臣二人と長崎奉行、そして通詞アントニオ・カルヴァーリョが降りるのを見た。松明の明かりで、カルヴァーリョがポルトガル語に訳した宣告文を読みあげる。

「これら異国の者たち全員は、法に背いて日本に来たため死罪とするが、うち一三名を助命しマカオにてその間の事情説明をさせるものとする。幕府大目付加賀爪忠澄さまは寛容の精神をもって罪人らに名誉ある安楽な最期を遂げさせる旨を決定され、よって全員を斬首に処す!」

大使らは襟飾りに隠れた首の辺りが引きつるように感じた。

〝留保扱い〟となり囲いの片隅に集められた一三名の背中に、牢番たちが先端に白布のついた竹の棒を括りつけた。殺害してはならない、つまり処刑の対象外という印であった。同じようにほか六三名にも竹の棒が括りつけられたが、先端の板には死罪が言い渡されたと書いてあった。

奉行と江戸からの使いは駕籠に乗り、桃色の朝焼けのなかを去っていった。長崎は桃色だった。桃色に染まる湾、それを囲んで段をなす丘の連なり。桃色に染まる寺の重そうな桃色の瓦。太陽が姿を現し、立山と諏訪神社の向こうを桃色に染める。

辰の刻、(興福寺の鐘が五つ鳴って)午前七時になった。蟬の声がまた聞こえはじめる、ミーン、ミンミンミンミー……。

クルス町の牢屋敷から長い行列が進む。先頭には触れ役が罪人らの罪状を述べ、「キリシタンを斬首するお仕置きだ。みんな集まれ！」と通りに出てきた町民に向かって叫ぶ。そのあとを牢役人の差配の下、雑色らが首と腰の辺りで両手を縛られた大使四人と船長ドミンゴ・フランコを連ねた縄を引く。長靴を履き、黒のケープを肩からかけた大使らは、何とも言えぬ悲愴な優雅さ、威厳、男っぷり《オンブリア》なことか！　ぴんと立たせた口髭は願いの届かなかった天に向かっている。左右を同じく二列になった牢役人と雑色らに警護され、やはり両手を縛られたほかの囚人たちが裸足で歩く。先頭にはポルトガル人、あとに少年も含んだアジア人、そしてアフリカ人と続く。全員が背中に板を掲げていた。よろつく者もいたが、絶望、恐怖、あるいは夜通し飲んだ酔いのせいなのか。倒れても、這って進む。雑色がときどき立たせようと足蹴にする。行列の最後尾には、一三人の〝選ばれし〟者たちがいた。歩みに合わせて頭上の白布が揺れる。だが、それほど怯えているようすはない。黒っぽい顔面のなか、白目が際立つ。ほんとうに彼らは赦免されるのだろうか？　ミーン、ミンミンミンミーン、蟬が鳴く。

よく通る声で、大使ドン・ゴンサロ・デ・モンテイロ・デ・カルヴァーリョが誰にともなく叫ぶ。

「わたしはゴンサロ・デ・モンテイロという者で、アントワーヌ・モンテイロ・デ・カルヴァーリョおよびマリア・ピントの息子である。ポルトガルのメイアンフリオ〔現在のポルト〕で生まれた。わたしがイエス・キリストのために死ぬこと、あなたたちにその証人になってもらい、それをマカオに知らせることを頼む！」

ほか三人、ルイス・パエズ・パチェコ、ロドリーゴ・サンチェス・デ・パレーデス、そしてシモン・ヴァス・デ・パイヴァもほぼ同じ内容の宣言をする。死刑を宣告されたのは自分たちのキリスト教信仰のせいであり、それ以外の何ものでもないと公認してもらうのが目的であり、それと同時に、天国か地獄かが決まるくじ引きに向けての点稼ぎでもあった。一晩中ずっと自分の部下を勇気づけることに費やしていたドミンゴ・フランコ船長はもう口を開かない。俯いて歩みながら、船長は自分自身との秘密の対話、瞑想にふけり、打ちひしがれたようすである。

分地町を過ぎて行列は、奉行所に沿って曲がり、今や無人島となった出島に面する江戸町を通る。それから、かつてマストリッリやクルテ、フェレイラ神父などの行列が通った——そして後には、ルビノ、カペーチェ神父なども通ることになる——引回しの順路を辿って町を一巡したあと、五島町界隈(そこで、菊と夫も行列のあとを追いはじめる)をよこぎり、築町通りから西坂の聖山に至る。そこに着いたのは巳の刻、午前九時(興福寺の鐘は四つ)である。群衆に交じって歩くフェレイラは取り乱していた。歩む一歩一歩が目に見えぬ時の階段を下りて行くように感じた。無数の昔の光景が、パンくずに誘われた鯉のように意識の表に ゆっくり上がっては、一瞬だけ水面から鼻先を現すのである。西坂に至るこの道を、二六年前の一六一四年にキリシタン迫害が始まったとき、数千人の信徒が歩んだ。その場にいたイエズス会士は、その多くが顔まで覆う頭巾に目と口の箇所に三つの穴があいたとんがり帽子のようなものを被り、聖歌「すべて《ラウダーテ》の国よ《ドミヌム、》、主を《オムネス》賛美《ゲンテス》せよ《アレールヤ》!」と歌いながら行列するのを見ていたのだった。

それは、日本から全司祭を追放するという将軍命に対する長崎のキリスト教会が組織した一種の〝デモ〟の先駆的な形であった。それら苦行信徒は白い祭服を着ていたが、歩きながら先端に釘をつけた紐を束にした鞭(オテン・ペンシャ)で背中を叩き、彼らの歩くあとが血痕によって長い赤絨毯になるようにしたのである。なかには荊の冠を被っている者さえいた。ほかにも脚や腕、頬、舌に釘を刺している者も。行列の先頭をイエズス会はじめ、フランシスコ会、聖アウグスチノ会、ドミニコ会と、異なる修道会の会服を着た聖職者たちが進んだ。ふだんの神学論争を忘れ〝一丸〟になろうとしていた。その後ろには、一人の上半身裸になった日本人の男が太い木材二本からなる重そうな十字架を背負っていた。

こうして彼らはサン・ドミンゴ教会から被昇天のサンタ・マリア教会までを慈善院《ミゼリコルディア》ほか、サン・ラサロ病院、トードス・オス・サントス教会を経由して行進したが、これらの建物はすべて破壊されることになる。なぜなら、天の恩恵を受けて日本のキリスト教徒を救うどころか、その熱情ほとばしる贖罪の行為は公儀の怒りを煽る結果となったから。五〇名ほどの司祭がマカオに追放されたが、なかでもセバスティアン・ヴィエイラや名高いカスイこと岐部ペドロは数十年後にまた舞い戻ってくる。フェレイラはといえば、上長の指示で潜伏活動に入った。

こうして一六四〇年八月三日の午前九時、大使らポルトガル人は西坂の山に着いた。息をのむ光景だった。先端を尖らせた竹矢来が、刑場となる広大な場所を囲っていた。色とりどりに着飾った群衆がすでに集まっていた。被り笠や日傘が波打っていた。弓と鉄砲で武装した兵三〇〇〇人ほどが刑場の警護に当たっている。周囲の丘にも足の踏み場がないほど人が群れていた。そんな場所でいったい何をしているのか。遠すぎて何一つ見えないはずなのに。西坂の下方、浦上川には赤、黄、緑のキャラコで飾りたてた川船も集まっていた。ひときわ美しく着飾った丸山遊郭の遊女らが船上に見えた(幕府が最近出した奢侈禁止令などどこ吹く風か)。彼女たちも〝見物〟したいのだ。日差しが強くなるにつれ、蟬の声もやかましくなる。幾千もの扇が開かれ動くさまは、幾千の蝶が飛びたったかのようだ。

囲いの奥まったところ、立山の斜面に二階建ての建物が見え、開け放した二階には大目付の加賀爪忠澄と目付の野々山兼綱が陣取っていた。一階には奉行の馬場三郎左衛門ほか、大河内正勝、末次政直が、そしてフェレイラと菊をはじめ、荒木、式見、ポルロも近くに控えていた。

建物の前には右手に抜き身の刀を持つ六一人の黒装束の男たちで、わざわざ江戸から目付に従ってやって来た同心、要するに首切り役人たちで、汚れ役を強いられる雑色の刑吏とは違って切り損じなどしない専門家である。当然、員数が囚人の数と合うことが見物の注意を引いた。

当の囚人たちが縄で引かれながら刑場の竹矢来のな

かに入る（高慢な大使たちの挙措に菊は魅了されている、とりわけ彼らの口髭に！）。囚人たちは建物を背に、高さ一・五メートル、長さ二〇メートルの台の前、三列に並ばされた。その台の天板には一五センチの間隔で六一本の釘が突き出ていた。斬首された六一人の頭がそこに落ち着くのである。

大使四人が地面に膝をつく。ほか七〇名の囚人もそれに倣って跪くと、〝多くの殉教者の血に洗われた〟聖山に、まもなく彼ら自身の血で洗われる地面に接吻をする。

「わたしはキリストと共に死のう！」全員が一致して叫ぶ。「わたしはイエス・キリストを信じます！」「キリ《エヴィヴァ》スト《ロス》の勇敢なる兵《ソルダードス》士《イ》および騎士《カヴァレーリョス》に《デ》万歳《クリスト》！聖《ヴィヴァ》なる《ス》信仰《サンタ》に万歳《フェ》！」

おそらく彼らは、竹矢来の外に集まった群衆にその嘆願をいっしょに叫んで欲しかったのだろう。だが、時代は移り変わった。もう長崎はキリシタンの町でなかった。誰一人として抗議の声をあげる者はいない。それどころか、押しかけた群衆の頑なな沈黙は重苦しくなる一方だった。聞こえるのは衣擦れと蟬の声。

囚人は三列に並んでいた。最前列には大使たちのほか、船長のドミンゴ・フランコ、甲板長のマノエル・アルヴァレス、航海士フランシスコ・ディアス・ボト、副航海士エルナン・スポルテス、〝純血種〟のポルトガル人である。二列目には、ほかの死刑宣告を受けた者たち、アフリカ人にアジア人全員だった。いちばん奥の三列目はもう丘の斜面になりはじめる場所で、〝留保〟された一三人のラスカルたちである（六人の正真正銘のラスカルに三人の南アフリカ人、マラバール出身の手術士ドミンゴ・デ・クアドロス、インド人の日誌係ジョアン・デルガード、スリランカ人の水夫マノエル・フェルナンデス、そして華人の監督ジョアン）。彼らは目の前の釘の突き出た長い台を熱心に観察している。沖から生温かい風が吹いてきた。

温情措置として、六一名の死刑囚には祈りの時間が与えられた。全員が跪かされ、首を前に伸ばす（大使四名を除く。配下の者全員が処刑されるのを見届けたあと、自分たちの番となるのだ)。後ろ手に縛られた五七名が跪くそれぞれの背後に、同心一名が立った。同じ動きで両手に握った刀が振りあげられる。刀身に太陽が反射する。閃光は遠くの丘にいる人間の目にも届き、それが何を意味するのかわからぬはずはなかった。すると、どよめきが嵐の到来を告げる波のうねりのようにしんと静まった空に向かう。同心は刀を上に構えたまま身動きせずにいる。開け放った二階家で座っている大目付加賀爪忠澄が、胸の前で両手を交差させた。鐘が鳴り、一糸乱れぬ動きで刀が振り落とされた。同時に頭が転がる。一部は斜面を転がりつづけ、刑場を囲む矢来の根元で止まった。雑色が走って追い、拾い上げて同心のいる場所にいったん戻し、次に頭を台上の釘に刺していく。そして、大使たちの跪く番が回ってきた。以下は特記しておくべきことだが、おそらく敬意を表するためだろう、四人を処刑するのは一人だけであり、それは頭を剃りあげた大男、斬首にかけては練達の士ということだった。人が言うには、一〇本束ねた竹を一刀のもとに切る修錬を毎日やっているという。今日の厳粛なる刑執行(練達としての名誉もかかっている)に備えるため、人畜の死骸を相手に訓練も重ねてあった。

最初に跪くように命じられたのはゴンサロ・デ・モンテイロ・デ・カルヴァーリョだった。華奢な首ということで目立ったのだろう、切りおとすのが容易にちがいないと。刀が振り落とされ、問題なしに頭は地面に転がった。次はシモン・ヴァス・デ・パイヴァの番、「わたしは幸せである、なぜなら病に冒されたこの身体から離れ、神の栄光の高みに向かえるのだから」と彼は、日々の営みが一刀のもとに断ち切られる直前につぶやいた。次はロドリーゴ・サンチェス・デ・パレーデスで、何ら支障なく処刑はすんだ。ルイス・パエズ・パチェコが跪いて襟飾りを外したとき、練達の士が口を歪めた。このパチェコの首は雄牛にも負けぬくらいの太さだった。南蛮め、まったく手に負えん！どうして日本人のようにほっそりできあがっていないのか！　同心は考える。数万もの目が自分に向けられ、なかでも加賀爪と野々村の目を恐ろしく感じた。悪夢以外で、こんな頑丈な首(さらに悪いことに、毛むくじゃら!)は見たことがなかった。そうはいっても、やるほかない。刀を構え、振り落とす。刀の刃が滑ってほんの少しだけ首を切り、肩甲骨をえぐった。血がほとばしる。パエズ・パチェコは持ちこたえ、跪いたままでいる。悲鳴すらあげなかった。同心はまた刀を振るう、前回とまったく同じ箇所。だが、首は身体から離れない。それでもパエズ・パチェコは頽《たお》れ、地面に這いつくばった。そうなると台をつかわねばならず、雑色が二人がかりでパチェコの首を台に載せた。また刀を半分切れかかった箇所に振り落とす。ようやく頭が転がり、耳を聾するようなどよめきがあがった。大使四人の頭は、長い台の中央にあけられてあった釘に留められる(黒人の頭は両端)。

　江戸の重臣と長崎奉行、そして末次政直が二階家から出て、打ち首にされた頭部を確認する。続いて、菊とフェレイラほか、背教者クラブの面々も。フェレイラは、厚く白粉を塗った妻が得体の知れぬ不安を見せていることに気づいた。いや、彼女はふてくされていた。

「何がいけないんだ?」フェレイラが妻に小声で聞いた。

「口髭です!」菊は言った。

　処刑前の大使らのたいそう美しかった口髭は血にまみれ、ちりぢりに乱れていた。天に向かい誇らかに立っているべきものが、惨めに垂れさがっていた。

「どうしたらいいでしょう?」目を伏せ、諦めたように菊は言った。「どうしましょうか?」

　塞ぎこんでいるのは菊だけではなく、平蔵こと末次政直も台の前を行ったり来たり、並んだ首をくり返し見ていた。頭の一つひとつが銀一〇〇〇枚に見えるのだろう。六一個の頭、つまり銀六万一〇〇〇枚を失ったも同然だった!　この一〇年間、平蔵はマカオのポルトガル人に六万一〇〇〇両も貸していたのである。もはやその元本はおろか、利子さえ期待できないに決まっていた。大目付の加賀爪忠澄は、同心の一人がロドリーゴ・サンチェス・デ・パレーデスの足からコルドバ革のみごとな黄色の長靴を脱がせたのを見て、元に戻すよう命じた。将軍の命ははっきりしていた。刑死者の衣服であれ、金銭であれ、宝石など全所有物は破壊すること。それは、日本がマカオならびにマドリードから到来する物すべてを必要としないことを周知徹底させるためであった。もちろん靴一足たりとも！

六一体の首なし死体は、鉄鋲を打った大きな木製の箱に入れられた。多数の番人をつけて日夜見張らせた。聖遺物として盗まれるのを警戒してのことである。間もなくその全部を海に投棄する予定だった。刑死者の金の鎖やブローチ、指輪、その他の宝石類はひとまとめにして袋に入れた。それを出島近くに停泊させた〈……聖母《ノサ・セニョーラ》〉号まで運ぶ。江戸の目付たちと奉行も乗りこみ、一三人のまだ縛られたままのラスカルがそれに続き乗船した。フェレイラが付き添っていた。五、六隻の船に引かれ、ガリオット船はパーペンベルグの先の入り江に入った。そこには三世紀後、両手を広げ、まるで外国人船客を待ちかまえる港の街娼のような聖母像が建てられる。ガリオット船は、船上に大使と乗員の全所有物を載せたまま焼かれなければならなかった。到着時に押収してあった大砲および操帆具、操舵輪、トランクはすでに積みこまれてあった。船首楼に集められたラスカル一三人は、いったい何が起きるのかという問いをくり返す。そして、この不吉な芝居で自分たちがどんな役を演じるのかと。自分たちも船といっしょに焼かれてしまうのだろうか？

入り江に錨が下ろされた。大いに安心したのだが、ラスカルたちは小舟に乗せられ、岸に向かった。目付たちと奉行も下船し、フェレイラも続く。馬場三郎左衛門は下船する直前、置き去りにされたらしい、黒い斑点のあるきれいな白い小犬をみつけ、大目付の加賀爪忠澄に引き取ってもいいかと聞いた。かわいい小犬なので、囲っている娘たちの一人に与えたいと思ったが、将軍命に背くのではあるまいかと案じた。加賀爪は目を瞑ることにした。しかしながら、お付きの者が小犬を抱こうとして、宝石をちりばめた首輪に気づいた。馬場はそれをむしり取り、汚らわしいと言いたいかのように、それをガリオット船の甲板に投げ捨てた。さて、全員が縄梯子を使って関船に移り、岸に向かう。船長ドミンゴ・フランコが飼っていた二羽の白兎も危ういところでそのホロコースト（南蛮では兎を食べてしまうという。何たる蛮人か！）を免れたが、それも馬場の気まぐれのおかげ、というか彼が囲う娘のおかげであった。

人々は海岸からガリオット船が燃えあがるのを眺める。数十本の松明が投げこまれた。甲板から炎が舞いあがりマストに届く。マストも燃えだすと主帆、中檣帆、上帆、綱、ポルトガル国旗の代用である青地に金獅子をあしらった旗に燃えうつった。夜が訪れ、その光景は美しさを増す。まるで花火のように焼けて反りかえる木材が爆ぜ、船腹の裂ける音が響くなか、いたるところから金色、銀色の火花が飛び出す。弾薬庫《サンタ・バルバラ》に火が回った。すると豪華絢爛な爆発が起き、〈キリスト《ノサ・セニョーラ・》の聖像と涙の聖母《ダス・ラグリマス・ダ・サンタ・イマジェン・デ・クリスト》〉号は永遠に失われた。

フェレイラは海岸からその幕命による船の焼却を観察していたが、それには既視感があった。たしかに三〇年ほど前、彼をマカオから長崎に運んでくれた船〈恩寵の聖母《ノサ・セニョーラ・ダ・グラーサ》〉号の一部が、彼がほかの司祭たちと下船した直後に燃えあがるところを見たのだ（それも同じ入り江で）。その船の船長アンドレ・ペソアを、マカオで当人が何の罪あるいはどんな詐欺か知らないが有罪になったとして、日本人は捕縛しようとしたのだった。当時はまだキリスト教徒の迫害が始まる前だった。捕らえられるのを拒み、船長は片手に十字架、もう一方に火のついた松明を持ったまま弾薬庫に飛びこんだ。

夜になり、〈…… 聖母《ノサ・セニョーラ》〉号はまだ燃えつづけていたが、もう暗い海面を照らすいくつかの残骸だけになっていた。目付役の加賀爪忠澄と野々山兼綱は長崎にもどる前、一三人のラスカルにはこう言い渡す。

「これについてはマカオで話せ。あの者どもの財産を、いかほどわれわれが軽んじているかを話してやれ。

そして今後は、同じ罰がわが国の沿岸に近づくすべてのポルトガル船に科されることも伝えよ！」

翌日の明け方、江戸の目付二人と警護の武士が牢屋敷の〝一三人のラスカルその他〟に会いに来た。マカオの元老院に宛てた書状を、仲間内でリーダーと目されている手術士のマラバール人ドミンゴ・デ・クアドロスに託すためだった。差出人は加賀爪忠澄である。内容はポルトガル人向け恒例の威嚇のほか、もし幕府が流血を覚悟で鎮圧していなければ、反乱は全国的に伝播していたにちがいないと、島原の乱に関し説明を加えていた（「大目付の加賀爪は、キリスト教信仰の痕跡さえも消してしまいたいとの意思があまりにも強かったため、マカオに宛てた書状あるいはほかの機会に、マカオ商人が日本との交易で日本人から借りていた七〇万エスクードに関し問いただされなければならなかったことを思いださなかった」と、後に前記の事件について本部宛の報告書作成を指示されたイエズス会の司祭アントニオ・フランシスコ・カルディンは記した）。

ラスカルたちは、また首に縄をかけられ、どこに行くのか告げられもせずに引っ立てられた。だが、野次馬でいっぱいの道は見覚えのあるいつか通ったことがあり、あの殉教者の山、西坂へと向かっていた。こんどこそは自分らの番、ついに殺される！　囚人たちは怯え、うろたえた。

それぞれ釘に留められた〈……聖母《ノサ・セニョーラ》〉号乗員六一名の首に朝日が差す。そのどんよりした目が遠くから近づく怯えきったラスカルらを見つめる。その晩は、夜を通して菊を中心にした女たちが細心の〝支度〟をしていた。どの首も今は清潔で、髪も油で整えられた。最もきれいだったのは（ていねいに手を入れられたので）、大使たちの首だった。台の中央に鎮座した首が、夜明けの桃色の明かりに輝いている。菊は大使たちの首に、白のレース地を巧みに襞折れにした幅広の襟飾りをつけることにこだわった（もっときれいになるでしょうから！）。そういうわけで四つの首は、銀盆に載ったあの洗礼者ヨハネの青ざめた首と同じように襟飾りの上に〝載せられた〟。フェレイラの尽力により(グアノ、つまり鳥の糞を使った化粧品を入手。菊はそんなものがあることさえ知らなかった)、菊＝サロメは惨めな状態にあった彼らの口髭にふたたび威厳を与えた。金色、黒、赤、灰色の髭の先端が誇らしく耳まで反りかえった。俯いた菊は笑みを浮かべる。大目付の加賀爪が菊を褒めたところだった。彼女は自分の**インスタレーション作品**の出来栄えに満足だった。

　ラスカルは一人ずつ専任の番人に縄で引かれて六一個ある首を順番に見ていき、謎々遊びのように各首が誰であるかその名を大きな声で言うよう命じられた。「これは船長ドミンゴ・フランコ、これは甲板長のマノエル・アルヴァレス、これは航海士のフランシスコ・ディアス・ボト、これは副航海士エルナン・スポルテス」その手続きには時間がかかった。だが、日本人は辛抱強い。マカオにいる者たちの頭に、もはや交流が〝決定的に〟断絶した事実を叩きこんでおくための儀式だった！

丘の斜面のいくらか高い場所に大きな高札が立った。あたかも台上に並ぶ首が挿絵であり、上方に添えられたおどろおどろしい説明文であるかのようだ。

今後この日本の地にポルトガルから来る者は、大使あるいは水夫であろうと、スペイン国王あるいは教皇、またはキリシタンらの神その者であろうとも、このように死罪を仰せつける。例外なく極刑に処す。

　毎夕――潜伏した最後のキリシタンらが言うには――日が沈むころ、ひと月近くも晒されている六一人の首が熱烈に主を称える聖歌〈わたした《マグニフィカト》ちの《アニマ》魂《メア》は主を《ドミヌム》崇め！〉を一斉に歌い出したという。その声は長崎の入り組んだ最も暗い記憶の小路にまで長く響きつづけた(わたし自身も、五島町に近い港の埠頭で一杯飲んでいて、それを耳にしたように思い、困惑したのだった)と。

しかしながら、今日でこそたいへん立派になった(オランダ東インド)会社の最初の土台を築いたのはごく普通の商人たちであり、僭越ながらわたしが言いたいのは、もし世界の王ならびに君主がそれら商人の創業と発展過程を細かく調べられることがあるなら、そこには老練なる政治手腕の教訓がみつかるだろうし、おそらく国王ご自身およびその王国にとり、巧妙かつうまく運営された商業ほど有利かつ名誉あるものはないこと、また彼ら商人が偉大なる征服者のように国々を征服し、都市を奪いとり、戦闘に勝利し、しかも戦争よりもはるかに安くあがる方法を知っているということを、ようやく納得されることになるのではあるまいか。

Le Négoce d'Amsterdam(アムステルダムの貿易)、
ジャン＝ピエール・リカール、一七二二年

異国の蛮人らがここにやって来るのは、仏陀とわが国の神々をばかにする邪悪な教義を広めるためであった。しかしそのキリスト信者らは、片鱗の土地すらわが国で占めることはできず、全員皆殺しにされたのである。

『吉利支丹物語』作者不詳、一六三九年

オランダ人たちは大喜びだった。平戸の商館内ではビールが溢れ、相手かまわずもてなした。あの〝干し鱈喰らい〟のポルトガル人どもから、金の卵を産む雌鶏のような日本相手の商売を奪いとったのである。万歳（ミーン、ミンミンミンミーと、蟬も呼応する）！

それのみならず、オランダ東インド会社の艦隊が苛酷な海戦のあげく、ポルトガル人から戦略上の拠点となる港、マラッカを奪っていた。ということは、マカオが大司教区インド諸国のローマにたとえられるゴアから分断されてしまう。ワハハ！　オランダ勢は喜ぶ。

だが、それも長くは続かない。大使らの処刑からほんの三カ月後の一六四〇年一一月九日、キリシタン取締の大元締めが予告もなしに早船で平戸にやってきた。オランダ人は、酒食のほか娘や稚児を用意して大いに饗応しようとしたが、警護の武士団と通詞名村八左衛門を従えた当人はいっさい寄せつけなかった。白髪交じりの五十代、将軍の元稚児は恐るべき人物であった。平戸に着くなり、井上はすぐさまオランダ商館（オランダ人はこの数年来、商品を保管するために複数の切石造りの倉庫を建てていた）に向かうよう命じた。井上はおどおどしているフランソワ・カロンを責めることにし、皮肉っぽく人差し指を倉庫の正面に向けた。ＡＤ・１６３８と石に彫ってある。

「これは何を意味する？」井上はサディスティックな、だが茶目っ気のある笑みを浮かべて聞いた。見るからに、井上はあらかじめその〝演《だ》し物〟を用意してあった。

「うー……」どんな言いがかりをつけられるのかとフランソワ・カロンは自問する。

「ウー？　どういう意味かな『ウー』というのは？」

困惑の極みにありながらも、カロンにもようやく相手の意図が見え出し、仕組まれた罠に感づいた。おそらくポルトガル大使らが死ぬ前にばらした時限爆弾か、さもなくば例の下劣な偽善者、元イエズス会士フェレイラによるものか？

「あれはですね、うー、日付であります」と、日本語を完璧に操るカロンが答えた。

「何だ、その日付は？」

「倉庫の完成した日の年で」

「今年は、貴殿らの数え方によれば一六四一年だが、われらにとっては寛永一八年であり、これらの倉庫に一六三八年と記す代わりに一五年、寛永の一五年と彫るべきだったのを知らなかったか?」

「たしかにそうでありますが、わたしとしましては、う━……」

「貴殿らは年月をポルトガル人のようにゼズスの誕生から数える。なぜなら貴殿らもキリスト教徒だからである、ポルトガル人と同じように。結局、そのことを将軍、公方様は理解なさった。しかしそのような日付を、誰もが見て、誰もが知ることのできるこの倉庫に記すというのは、日本国とその民の主権に対する許しがたき冒瀆とみなされよう! 長いあいだ貴殿らは、反ポルトガルの言辞でわれわれを適当にごまかしてきたが、貴殿らも同じ信仰を分け持っていることが判明した。ポルトガル人と同じに、貴殿らも日曜日を、クリスマス、復活祭を守っているではないか! 彼らと同じように、貴殿らも十戒を遵守する。彼らと同じで、洗礼があって聖体拝領があり、聖書、福音、モイセスとかいう者がいて、ペテロやパウロ、ヤコブその他もいるのだ! たしかに違いはあるのだろうが、われわれの目に大差はない。貴殿らがキリスト信者であることは以前から知ってはいたが、われわれは貴殿らには別のキリストがいるものと考えていたのだ。以上の事情から、公方様の命により、ここにあるすべての物置ならびに倉庫を取り壊すよう申し渡す。一〇日以内にすべてを取り壊すこと!」

カロンは啞然とし、井上ののっぺりとして冷たく無表情な顔を凝視した(これはほんの始まりにすぎない、いったいこの男は何を企んでいるのか、とカロンは思う)。

カロンは恭《うやうや》しく頭を下げ、猫なで声で応じる。

「将軍様がわれらに命じようと思し召したこと、すべて間違いなく執りおこなわれるようにいたします!」


しばらく後に平戸藩主からの情報を得たカロンは、もしあの場で井上の厳命に従っていなかったら、自分と部下たちはその場で皆殺しになっていたはずであると知った。倉庫取り壊しから七カ月後、オランダ人はかつてのライバルのポルトガル人に代わって長崎の監獄島、出島に移り住むよう将軍命を受けた(ウヒヒ。運命の輪が回る)。おいしい商売を続けることが許されたものの、以後は厳しい監視下におかれる。幾度も屈辱を耐えしのばなければならなかった。もはや死人が出ても、それまでのキリスト教徒として埋葬する特権(ポルトガル人には禁じられていた)は失われる。彼らもまた、遺体の首に石を結わえて海に捨てるほかなくなった! 日常生活におけるあらゆるキリスト教的な徴を以後は追いやり、日曜の詩篇朗誦あるいは十字を切ることすらできなくなった。トランペットによる世俗音楽の演奏さえ禁じられるというありさまだった!

(それに関しては、復讐のためだろう、マカオのイエズス会士が質の悪い嫌がらせをしかけたことにも留意しておきたい。たとえば、オランダ人が広東の唐人商人から買いつける絹地の隙間に聖画や十字架、ロザリオ、聖体《パン》を忍ばせておくようなことである。長崎に陸揚げされる品物すべてを検査する日本の役人が、オランダ船の積荷のなかに厳しい禁制対象の物品をみつけたときの表情は想像に難くない。ウヒヒ!)

一七世紀の末、ドイツ人医師エンゲルベルト・ケンペル〔ケンプファー〕は出島のオランダ人について次のように書いた。〝吝嗇《りんしょく》および黄金への愛にあまりにも影響されていたため、彼らは大きな利益を生む商売を諦めぬ代償として、自発的に無期限の囚人生活に耐えたのである。異教徒国家のひどく屈辱的な仕打ちさえも我慢することに同意したのだ。それら尊大な不信心な者たちによる陵辱を根気よく卑屈に辛抱した。黄金《クイド》への《ノーン》忌まわしき《モルターリア》飢え《ペクトラ》よ、どこまで《コーギス、アウリー》人の心を《サクラ》貶めるつもり《ファメース》か?〟 実際、オランダ商人は年に一回サーカスの動物であるかのように江戸城に呼ばれ、城内で見世物を演じるほどの張り切りようを見せた。将軍が意地の悪い注文を出すと、踊り、ボクシングをやり、歌いもして、すると催しを観に来ている将軍の子や側室たちが大いに喜んだのである。そんな戯れの度を越して、側室の一人などは、南蛮人および紅毛人の国々で男女が接吻するそのやり方を実演するよう、VOC

（東インド会社）の紳士らに要求した！　ただちに二人のVOC社員が、大きな口髭を生やしてはいたが、実演して見せたのである。すると、女たちは手際よく出した扇で口を押さえながら笑ったので、その押し殺された笑い声が大広間に波のように広がったという。

日本は笑いを取り戻しつつあった（異教徒風の！）。『仮名草子』作者の浅井了意が快楽主義を次のように定義するのもこの時期であった。〝当座当座にやらして、月・雪・花・紅葉にうちむかひ、歌をうたひ酒のみ、浮きに浮いてなぐさみ、手前のすり切りも苦にならず、沈みいらぬこころだての、水に流るる瓢箪のごとくなる、これを浮世と名づくなり〟と。

「日本の黄金の世紀が始まる」と、排耶書『吉利支丹物語』の作者は小冊子を締めくくった。

二〇〇年以上にわたって出島は、ネーデルラント連邦共和国の三色旗の陰で、外国に向かって開く（半開きと言うべきか）日本唯一の窓口となる。

〝哀れな〟オランダ人が狭苦しい島内を堂々巡りしているところを遠眼鏡で（細菌を顕微鏡で見るように）観察すること、それがフェレイラの余暇活動の一つとなった。五島町の自宅には、出島を上から覗く視界があった。たいていの場合、オランダ人は暇を持てあましていた。例外は年に一度の梅雨の到来で、バタヴィアと台湾からのオランダ船がやって来る時期（そして南アジアが雨季に入る冬に戻っていく）である。毎年、一五名ほどが命じられて日本に残留する。彼らは阿片入りの煙草を吸い、ビールが底をつくと日本酒を飲み、三流の遊女を来させるためにべらぼうな代金を払い、カードあるいはチェス、サイコロで遊ぶ。時間をつぶすほかないのだ。ときには喧嘩騒ぎも起きるが、決して大事にはならない。ラテン系でないオランダ人は冷静なのだ。あるとき、若い会計係がその蟄居状態が原因で落ちこみ、自殺した。倉庫の奥、絹地の包みのあいだで首を吊っていた。結局のところ、ごくありふれたことであった。フェレイラ自身も退屈していた。

もっとも、新たにイエズス会士らの〝潜入隊《コマンド》〟が入国するという事件はあった。マヌエル・ディアスのあとインド諸国巡察師の役職を継いだアントニオ・ルビノという名の人物自らが頭目である。彼らが乗ったジャンク船(またしてもマニラから)が南九州の薩摩沖で座礁した、一六四二年のことである。その一団も「フェレイラを救済する」つもりだったと言っており、ほとんどそれは固定観念になっていたようである！　厳重に縛られたまま長崎まで連れてこられ、取り調べを命じられた背教者フェレイラと対面した。当人が裏切りを思い直さぬと見た囚人たちは罵倒しはじめる。「おお、恥を知らず羞恥心もなく、厚かましい者よ！」ルビノが言い放つ。「地獄の申し子、怪物よ、イエズス会ならびにキリストの御名を汚す恥辱よ、生きるにも、人のなかに現れることすら値せぬ卑怯者、厚かましくもわたしたちに問えるような口を持っていると言うのか？」あるいはまた(これは同じコマンドの司祭カペーチェの言葉)「質の悪い子よ、いったいどんな虎、どんな豚、どんな蛇、ほかのどんな醜悪な獣に産みおとされたからといって、わたしたちを問い詰められると言うのか？　地獄へ堕ちろ、汝の悪知恵とともに！」

合わせて五人のイエズス会士、全員が華人に変装していた。アントニオ・ルビノ(トリノ生まれ)とアントニオ・カペーチェ(ナポリ生まれ)のほか、フランシスコ・マルケス(日本とポルトガルの混血)、アルベルト・メチンスキ(ポーランド人)、そしてディエゴ・モラレス(スペイン人)の各神父である。飴と鞭を使い分け、フェレイラはたった一人だけ、ディエゴ・モラレスが遊女の魅力に敏感なことを発見できたおかげで誘い込みに成功した。(当人を殉教者と記述する歴史歪曲者、またキリスト教の歴史家が何と言おうが)彼は背教者クラブの新会員である！〈大幸〉でムニョスほか、ポルロ、荒木、式見も加えて歓迎会を開いた。彼は結婚するだろう。溢れるほどに酒が酌み交わされた。**裏切り**の悦楽のなか、仲間としての結びつきを祝った！

モラレスの同行者たちは、悲しいかな狂信の自縄自縛から解かれずに二〇〇日間も拷問(水責めと火責め)を受けたあと穴吊りに処されて、一六四三年三月中に全員が死んだ。

フェレイラは、〝うるさい毒蠅〟とはそれですっかり縁が切れるものと思っていた！　ところが四カ月後の一六四三年七月末、また一隻のジャンク船（相も変わらずマニラから！）が筑前（北九州）の大島で座礁し、乗っていたのは（今回は日本人に変装した）スペイン人のペドロ・マルケス・イ・ザパテロ、イタリア人アロンゾ・アロヨ、パルマ人フランチェスコ・カソラ、シチリア人ジュゼッペ・キアラ、そして日本人アンドレ・ヴィエイラ。いくら何でもひどすぎる！　スペインのコンキスタドールが日本侵攻計画を再開しようというのか？　偵察のために隠密を送りこんできたのか？　新たな**アルマダの海戦**を準備しているのか？

縛りあげた罪人ら全員が長崎に送られてきた。フェレイラは揉み手をするほど興奮した。頭目格のばか者ペドロ・マルケス・イ・ザパテロこそ（噂によれば）、七年前にマカオで開かれた審議会《コンスルタ》でフェレイラをイエズス会から追放しようと主張する急先鋒だったのではなかったか？　清算の時来る！


コマンド第二陣が来たことで、キリシタン取締奉行所の目明かしフェレイラにとって栄光の時が訪れる。事実、フェレイラは彼らと対決させられるだろうが、こんどの立場は検事である！　それもそんじょそこらではなく江戸において！　召喚されたのは江戸城、しかも将軍が立ち会う場にて。

「イエズス会士らよ、恥を知れ！」彼は吟味場に入るなり、下縁に座らせられているかつての自分の同宗者たちに〝凶暴な目つき〟を向けながら怒鳴りつけた。「この世のいたるところに混乱と喧騒を撒き散らす地獄の使いたちよ、恥を知れ！　お前たちの救い主キリストとはどうなっているのだ？　お前たちだけ、お前たちの教義に与する者のみが永遠の生命を与えられるというのは真実なのか？　冗談もいい加減にしろ！　大向こうを唸らせるための方便、要するにただの芝居だろう。なぜなら、仮面の下のお前たちはまったくの別人だからだ！　お前たちは、王侯貴族にはへつらうくせに、当の王侯貴族を騙してばかりいる。疑うことを知らぬ彼らにつけ込んで財を築いてきた。そのやり口をわたしは知っているのだ。お前らが聖職のみに専念していたならば、日本の牢獄がお前らのような不吉な反キリスト《アンティクリストス》の一団を迎えることもなかったろう。そして、日本にあれだけの流血をもたらすことなどなかったのだ。これもお前らのせい、お前らの破廉恥な虚言のせいで、この地で多くの者が自分の信仰、日本の神々のほか、仏陀や阿弥陀、観音から切り離されてキリスト教に入信した結果、このうえない残酷な刑罰へと運命づけられた。人々の心をつかむというのはお前らの口実にすぎず、じつは大量の貴金属を蓄えること、狙いを定めた国々をスペイン王国の暴君、堕落しきったフェリペ四世に売り渡すことである。それがお前らの真の目的だからだ！　日本の征服！　中華帝国の征服！　そして全世界を征服する！　ところで、このわたしには教えてくれないか、お前らが崇めるキリスト教の神の強大なる力が今現在どこに隠れてしまっているのか？　それが証拠に、自分の惨めな身体を見るがいい」

　そして熱病《ヒュブリス》のような傲りにとらわれ、フェレイラは手鎖をはめられ下縁の床で震えおののくマルケス・イ・ザパテロほか、キアラ、アロヨ、カソラ、ヴィエイラ神父らに告発の指を向けた。彼らの目はくぼんで、頬はこけ、おどおどした視線、髪も逆立っていた。茶の修道衣を着ていても、両手両足を見れば、もう拷問に遭わせられたことは一目瞭然だった。

「キリスト教の神の力とやらはどこに行ったのかと聞いている」フェレイラは続けた。「どうしてお前たちを救ってくれないのだ？　神の赦しはどこにある？　救済はいったいどこにあるのだ？　何とばかげた考えか！　何たる幻想であることか。お前たちの頭はどうかしている。常軌を逸しており、頑迷なのだ。なぜぼんやりとした夢など捨ててしまわずに、自分の身体がそのように痛めつけられるのを受けいれるのか？　そんなことで天に場所を、人の尊敬を世々に限りなく得られると本気で思っているのか？　もう一度言おう、なぜ神はお前たちを救おうとしないのだ？　なぜ黙っている？　ならばわたしが答えよう。それは、お前たちの生命は神の手の内にあるのではなく、将軍様、つまり日本国の絶対君主である公方様のお手のなかにあるからだ！　そして将軍様がその気になられるなら、ふたたびお前たちを牢問にかけさせ、これまで以上に残忍な方法が用いられることもあるのだ、愚か者どもよ」

取り調べは島原の乱で幕府側の総大将を務めた松平信綱および酒井忠勝、どちらも将軍家光の重臣がとりしきった。家光もいたが臨場はせず、誰の目にも見えぬ上の間の右奥、閉じてある引き戸には隠し窓があって、外を見ることはできても外からは見えない場所にいた。重臣たちは、フェレイラの罪人らに向けた挑発的な追及演説、とりわけ「日本の神々のほか、仏陀や阿弥陀、観音」云々の件には大いに満足した。そしてフェレイラは、（無表情だった二人の顔にかすかに笑みが浮かんだので）それとわかると、言葉をさらに激越にして媚びへつらった（彼は大喜び、勝利感に満たされる。なにしろ将軍の御前で話しているのだ。これを機に、彼と妻、子どもたちに誰も手を出せなくなるのではないか？）。今回こそは、と彼は確信する、つまり自分が移ったこと、鏡の反対側に通りぬけたと思った。背水の陣である。彼は〝敵方〟に属した。最も有効なる武器、最も研ぎすまされた敵となった——キリストの！

ここで補足しておくと、痩せこけて、虐待されて惨めな状態にある五人のイエズス会士のそば、フェレイラからも遠くない場所に六名の西洋人がいて、こちらは健康そうで縛られてもいないし、金髪で色白の肌、彼らは本州の北、仙台沖で難破した船の生き残りだった。当人らの国籍をまだ確認できておらず、自己申告ではは当然オランダ人と言ってはいるが、細かい調査が行われれば、その申告が裏付けられることだろう。したがって、友好国の国民である（当初は彼らをスペイン人イエズス会士と疑った）。ところでそのオランダ人たちだが、フェレイラの演説をよく理解できており、後に打ち明けたところによれば、いくら自分たちが異端であるにせよ、フェレイラの話した内容には衝撃を受けたという。しかも神父であり（元神父だが）、したがって自分が用いる言葉の意味をわかっていたはずであると（彼らの一人シャープ船長は「何を言っているかわかっている人物が吐く、何たる瀆神の言葉であったことか！」と表明している）。

　その牢問の場に将軍がいた理由というのは、国際政治について集まる情報が日ごとに彼の不安を掻きたてていたからだ。その妄想症《パラノイア》には際限がなかった。家光は、ポルトガル人がスペイン国王に対する革命を起こして（ジョアン四世が国王に即位）独立したあと、（まさに反スペイン同盟の！）条約を昨日の最大の敵、オランダ人と締結したとの知らせを受けたところである。何かの奸計が隠されていないとも限らないのでは？　全ヨーロッパの列強（カトリックおよび異端！）が一大神聖同盟をある日ついに結成することになり、日本と明に攻めこむのではないのか？　家光が何よりも恐れる、あの神秘*の力を持つという人物、パッパことロー*マ教皇の号令の下に！

＊徳川家光はれっきとした妄想性パーソナリティ障害の特質を持ちあわせていた。一六四八年のヴェストファーレン体制が国家の主権を認めて（教皇がそれまでの介入主義を傍観姿勢に変えたため、スペインはネーデルラント連邦共和国の独立を認めた）ヨーロッパの宗教戦争に終止符を打ったにせよ、その国家主権尊重とはもちろんヨーロッパの国家のみに関するものであり、アジアは対象外だった。

　フェレイラが長広舌を終えたとき、手鎖のイエズス会士らは（おそらく、また拷問にかけられるのを恐れて）黙っていたが、最も破滅型（言わずもがな、マルチェロ・マストリッリ神父の旧友！）のアロンゾ・アロヨだけは例外だった。絶望的な挑発のつもりか、背教者に向かって言い放つ。

「神の目論見を誰が計れようか？　神の承認なくして、何人もわたしにわずかな苦しみを与えることも、たった一本の髪さえ抜くこともできないのだ。神なしには、救済もない！　そして神を否定することは、それが物質的な富の渇望であるにせよ、刑罰への恐れであるにせよ、重大な罪である（そう言って、射るような視線をフェレイラに向けた）。しかしながら、主は寛大であり、今際の瞬間にしか赦しを請わぬ者にも、それを拒むことはけっしてなさらない。その者たちが少なくとも、主イエス・キリストの名において悔い改めることを受けいれればではあるが。アーメン！」

ひどく手のこんだ拷問（将軍自身も立ち会い、ときにはその指導の下で実施された。当人はそばに侍らず、次々に稚児を替えながら屛風の後ろに身を隠していた）を何度か受けた後、イエズス会士全員が棄教した。そして、敬慕してやまないキリストの顔が浮き彫りになっている真鍮板を踏んだのである。江戸小日向の牢屋敷（切支丹屋敷）に幽閉され、間もなく結婚をするよう言い渡されたが、激しく拒絶したという。考えうる最悪の拷問だったのではなかろうか？　それはともかく、一六四三年一〇月のある朝、若い五人のきれいな遊女が牢屋敷に入って行くのが目撃された。女たちはイエズス会士五人それぞれの部屋に入った。女たちは、期待されることが起こるまでとどまるようにと言いつけられていた。その話に将軍はひどく関心を見せ、というのもお世継ぎを得んがため、将軍自身も女に夢中になるよう強いられたからで、その恋愛劇の進展を毎日知りたがり、きわどい細かな点にいたるまで語らせた。四五歳のイタリア人アロンゾ・アロヨ神父は、罠にはまらぬためにとんでもない計略を考え出した。番人と〝妻〟に気づかれぬよう毎日の食事を捨てたのである。二週間後には自殺することなく（キリスト教徒には禁じられている）、栄養失調で亡くなった。汚れなき童貞のままで！　六八歳、パルマ出身のフランチェスコ・カソラ神父、彼は肉欲の罪に陥ったものの長続きはしなかった。婚姻したその年に亡くなった。四三歳の日本人修道士アンドレ・ヴィエイラは、つべこべ言わずに結婚して南甫と名乗った。長生きして、一六七八年に七九歳で亡くなった。四二歳のシチリア人ジュゼッペ・キアラも晴れて結婚をした（一六八五年に八四歳で亡くなる、日本名は岡本だった）。

さて、フェレイラをイエズス会から追放させた五六歳のスペイン人ペドロ・マルケス・イ・ザパテロ神父だが、この男も同居婦人の魅力に抗えず誘惑に負けた（ムヒヒ！「熱愛でないとは言えぬほど」と、将軍に伝えられたのが番人の言であり、雨戸の節穴から覗き、盗み聞きした結果、神父の性的なたくましさには感服させられたとのことである）。神父は愛する女性との出会いから一年も経ずして一人の子を得て、それを自慢しないはずがない。女との蜜月時代は彼が一六五七年に七〇歳で亡くなるまで長く続いた。日本名は卜意と号した。日本の遊女は、狙った獲物がどれだけ衰弱していようとも、その欲望を焚きつける至難の業を隠し持っていたと言わざるをえない。彼女らがいれる茶には地黄丸、もしくは阿片、竜涎香、犀角が混ぜてあった。なめくじを煎じたり、山芋を食することも欠かせなかった！　一六〇九年に長崎へ童貞でやって来たフェレイラ自身も、地元商人の家に招かれたときその〝魔術〟の犠牲者となった。秘薬を飲ませるだけでは飽き足らず、彼にぴったりついた派遣遊女は悪辣にも膳に半ば開いた扇子を置き、それには顔が東洋人のヴェールを被った聖処女が見えていた。それが〝仕掛け扇〟であった！　食事の途中で顔に風を当てようと扇を開いたら、さっきの聖処女が日本流バッカスの巫女に変身し、開いた大股のあいだに恥毛が異常な大きさに描かれ、滝のように愛液を滴らせているではないか。なるほど、扇の開き具合でそこに描かれた絵が変わるのだった。そういった策を用いる場合、普通は犠牲者には飲めるだけの酒を飲ませるものだ。すっかりできあがった時点で、小者らが酔漢を居間の二階にある寝間に運びこむ。そこに遊女も上がってくる。食事のあいだ鳴っていた笛に太鼓、琴の音は二階の喘ぎ声を打ち消すかのようにひときわ音が高くなる。参会者全員が大笑いする。かつて自分に対して演じられたその芝居を、後にフェレイラは日本にやってくる多くの殉教志願者を籠絡するために用い、例のみごとな繁殖力を持つ背教者クラブの会員増に役立てたのだった。

井上筑後守が率いる日本版の異端審問、宗門改役は、江戸の切支丹屋敷に幽閉されているイエズス会士に、彼らが日本にやって来る前に教えられたはずの京に住む一〇名ほどの隠れキリシタン商人を密告するよう強要した。宗門改役はまた、キリスト教に関する独自の知識を利用するために尋問および拷問の指導書『契利《キリ》斯督記《スト》』を編纂して、隠れキリシタンを嗅ぎ分けることとか、尋問の際に矛盾したことを言わせる罠をしかけるとか、最終的にキリスト教信者を棄教に導くよう、吟味方の新入り役人の指導に努めた。指導書には、心理学に類する様々な記述がある。なかでも注目すべきは、キリストの顔の絵踏みをやらせると、高年の女性は顔を紅潮させて息づかいも荒くなり汗をかく、また韓人キリシタンは、ことに女性が熱烈になると記している。また、捕らえた神父に結婚を迫ることはほかのいかなる拷問よりも抑止効果があり、ある女性の夫になるよう強いられるのが、穴吊りや火炙り、磔にも動じぬローマやマニラ、あるいはザンジバルで待機する若い殉教志願者が最も嫌悪するところであると書かれてあった！　事実、江戸で裁かれた四人のイエズス会士が棄教し、恥ずべき婚姻までしたあと（ローマはもとより、カトリック信奉の全域にてスキャンダルとなった）、マニラは日本に宣教師を送ることを最終的に断念したのだが、その点にも注意を払っておくべきであろう。

悪魔よ、あの裏切り者たちに地獄の特等席をとっておくがいい！

マラッカがオランダ人の手に落ちて以来、ゴアとの行き来がひどく危険になったマカオは、ポルトガル独立に伴い、もう一つの強力な交易相手スペイン領マニラとも繋がりを断たれた。日本市場を失ったことも顧慮すれば、まさに破産状態にあった。四万五〇〇〇人を数えたポルトガル植民地は人口が減る一方で、生活のため貴婦人が身を売る光景も目に入るありさまだった。〝マカオで最も太った男〟こと総督のセバスティアン・ロボ・ダ・シルヴェイラは、スペイン人に忠誠を尽くそうと、極秘にマニラ総督と組んでマカオ進攻を画策したが、反乱を起こした狂信的愛国主義の同胞市民によるリンチに遭う。狂乱状態の群衆に殴り殺されてしまった。身を隠した階段の暗がりで息を引き取った。〝スペインのコンキスタドール〟からの独立を契機に、またもやポルトガル人は、日本に大使ドン・ゴンサロ・デ・シケイラ・デ・スーザを派遣するリスクを犯してもいいのではないかと考えた。一六四七年のことである。奉行の馬場三郎左衛門(まだいた!)はデ・シケイラの率いる二隻のガリオット船が予告もなしに同年七月二六日、今はオランダ商人が暇を持てあましている出島近くに錨を下ろすがままにさせる一方、江戸の将軍に至急の使者を送った。たったの一晩で、長崎湾が最も狭まる左岸の戸町と右岸の西泊を結ぶ海上に堰(数百隻の帆柱を外されたジャンク船を繋ぎ、その上に板を渡した浮き橋)を築いてしまった。大使一行のガリオット船はもう逃げられなくなった。

その仰天の知らせを受けとった徳川家光は失神しそうになり、「もうやめてくれ! ポルトガル人に悩みそがないというのはほんとうだな!」と悲鳴をあげた。すんでのところで、大使ならびに一行を皆殺しにせよと命令するところだった。だが慎重を期し、寛大に応じようと決める。将来のための準備(「ヨーロッパでパピストと異端者どもが相互関係の修復に乗り出すなら、危険極まりない事態となりうる!」)をしておく必要があった。二隻のガリオット船は一六四七年九月四日の早朝、帰途につくことが許可された。もっとも、商業あるいは政治上のいかなる協定もしくは合意もみなかったのだが。ジャンク船の一部が移動して堰を開き、ポルトガル船を通した。だがそこを通過する前、ポルトガル人——彼らが日本から持ち帰る最後の光景、これで門戸は(二世紀にわたって)完全に閉じられる——は「ドン・キホーテの途方もない夢想よりもさらに魔術じみた」光景に立ち会うこととなった。歌舞伎の舞台のように、海上の堰となった浮き橋の上に数千の甲冑を着こんだ武士が現れ、ガリオット船が近づくと、朝焼けの桃色の光のなか、槍や幟、盾、刀を天に向けて掲げ、一斉に恐ろしい鬨の声をあげた。同時にその後ろから、やはり浮き橋の上を誇らしい武士を乗せた騎馬が走りでて、騎士の兜は裾広がりの羽根、あるいは鹿の角、黄金色に塗った水牛の角で飾られ、日の出の反射で輝いていた。

だな！」

ところで、出島オランダ商館の新商館長ウィレム・フルステーヘン（フランソワ・カロンの後任）はその日、フェレイラといっしょで（元イエズス会士が「外見が黒く、内側も黒い！」烏を連想させたものの、二人は懇意となった）、出島商館の手すりに肘をおいてその見世物を眺めており、そのすべてをばかにした。フルステーヘンは、大使デ・シケイラの派遣が失敗に終わるようできるかぎりのことをやった――それには成功したわけである――が、「日本人の道化ども」が「干し鱈喰らい」たちを挽き肉にして一件を決着しなかったことを残念に思っていたのだ（勝利を完璧なものにするはずだった）。われらの誇り高き侍たちは何を恐れたのか？　幕府が長崎港に五万の兵と二〇〇〇隻のジャンク船を動員したことを想像していただきたい。つまり、二隻それぞれがたかが二〇門の大砲しか持たぬちっぽけな南蛮船が日出ずる国全体を恐怖に陥れたということか？

「こいつら日本人というのはだね」フルステーヘンはため息をつく。「芝居に登場する戦士でしかないの

終《イテ》祭《ミサ》唱《エスト》

わたしは遥か遠くの南蛮国で生まれた。
わたしは幻影のなか、頽廃の道をさまよった、真実の道を知らなかったからである。

『顕疑録』クリストヴァン・フェレイラ(沢野忠庵)、一六三六年

本人の死をもって、当然のことながらクリストヴァン・フェレイラこと沢野忠庵についての〃小説〃は完結する。わたしは沢野忠庵の菩提寺である禅寺晧臺寺の過去帳を、出島のオランダ商館日誌《ダグ・レヒステール》と同様に閲覧した。どちらも彼の死亡日を一六五〇年一一月四日、すなわち**慶安三年一〇月一一日、巳の刻**として記録している。ということは、彼は七〇歳で子どもたちや孫たち家族に囲まれて息を引き取ったことになる。その日、菊が涙を流すところを誰も見ていない(慎みからか、あるいは悲しみの欠如?)が、彼女は葬式が完璧に執りおこなわれるよう腐心した。仏式に則り、読経の声が響くなか遺体は茶毘に付された。激しい炎に遺体がどのようにねじれるのか(火に抗い、足で蹴ったり手を突きだしたり、フェレイラは闘っているようで、それはあたかもこの世にやり残したことがあると最後の瞬間に思いだしたかのようであり、ほんの束の間だけでもこの世に後戻りしたがっていたように見えた)を観察する菊の様子は、魅了されているのではないかと思えるほどだった。燃えさかる薪の爆ぜる音に交じって肉や骨が破裂すると、よく言い表すことができないが、それは不調和であり不快音のよう、「うるさい音楽《ドデカコフォニー》のようでした!」と菊は後に語った。それは、彼女の推察どおり、故人が最期の日々を平穏な心で過ごせなかったからにちがいない。そして彼は、生涯を通じ自分自身とも、また世間とも不安定な立場にとどまりつづけた。彼は、(キリシタン)神の写し絵でしかない見

せかけの自分の虚しい身体からどうしても抜け出すことができなかった。しかし、どうすれば一人のキリスト者をそのばかげた信仰から引き離せようか？（きっと、魚のはらわたのように抜きとらねばならない！）その知らせを受けたバチカンは、老いの日々を送っていた故人が最期に自分の棄教を打ち消したとの噂をヨーロッパをはじめインド諸国に流布させた。幕府に自ら出頭し、再び穴吊りの刑に処されて非業の死を遂げたというのである。こうして教皇庁は、少なくとも世間に向けては、一七年前、まるで燻製にされる鰊《にしん》のように足首を縛られ、吊り台から穴の暗闇のなかへ逆さまに吊るされた当のイエズス会士が体験した観念の**大転換**を再転換しようと試みた。穴のなかで、永久に壊れてしまった時計の振り子である彼あるいはわたしは、世紀から世紀へと時間を超えてぶら下がった、ぶら下がる、ぶら下がるだろう。

不《エト》滅の《ルクス》光で彼《ペルペトゥア》らを照らし《ルケアート》たまえ《エイス》

エンゲルベルト・ケンペルによるエピローグ、一七二七年

日本の国は完全に閉ざされているため、代々の世俗君主（将軍）の見解および意思に対するいかなる障害もありえない。（……）日本人は同胞間で団結し温和であり、神々を当然のこととして崇敬し、決まり事を遵守、また目上の者に従うこと、友情および隣人への心遣い、礼儀や親切な心、貞節を尊ぶように教育されているがため、その他の国々の民を技芸および物作りにおいて凌駕し、肥沃な田園に恵まれ、国内取引と商業によって富を貯え、しかも精力的なうえ、生活に必需なすべてを豊富に得られるがため、平和と秩序の果実を享受しているのである。日本人は、かつて自分が送っていた暮らしを思いかえすか、または何世紀も遡って歴史を顧みるなら、**現在より幸せな状況がこれまで決してなかったこと、現在は国を専制独裁〔当時は君主に不可欠の資質〕の君主が治め、国を閉ざして外国との交易およびあらゆるやりとりから保護しているからこそこれだけの繁栄が継続している**のだと納得するのである。

『日本誌』エンゲルベルト・ケンペル、一七二七年

（ドイツ人医師ケンプファー〔ケンペル〕は一七世紀末にアジアを旅行し、わたしの小説『Pour la plus grande gloire de Dieu（神のより大いなる栄光のために）』と本書『天は語らず』（*Le ciel ne parle pas*）の橋渡しをしてくれた。というのも、キリスト教を禁制とする革命が収束したばかりのシャムに立ち寄り、それをわたしは前記一番目の著書のなかで物語り、次に彼は日本に渡るが、そこでは半世紀以上も前からキリスト教が廃止されており、それがわたしの二番目の書、本書の主題である）

二〇〇〇年、長崎にて
二〇一六年、パリにて

謝辞

わたしの最初の読者エルヴィール・フェルルに。そして〝カスタンデルの城主〟ことアニェス・ガンドンに。本書中に種々の間違いがあるとすれば、ひとえにわたしの責任である。言語面および文化面で多く意見をいただき、また対話を楽しませてもらった以下の各位にこの場を借りてお礼を述べたい。

エリ・オオハシ、ヒット、マホ・タムラ、モトコ・ハヤシ、ナナエ・ユヤマ、オディール・ワタナベ、ツネオ(とマリー＝テレーズ)・ヨシダ、そしてもちろんのことヨーコ・シガ(イノウ)。わたしを九州の様々なキリスト教関連の場所に案内してくださった長崎ブリックホールの河野英雄館長のご厚意は忘れられない。それはラテン言語に関する博識でわたしを助けてくれたセルジュ・コステールにも同様である。

本書で用いたキリスト教的概念を示す種々の日本語が今日では使われていないので、その点には留意されたい。ほとんどは当時のポルトガル語から借用したものである。

訳者あとがき

モルガン・スポルテスはアンビバレントな作家だ。一九四七年にアルジェリアで生まれ、〝海に生まれた〟を意味するケルト名のモルガンは、カトリック信仰の厚いフランスのブルターニュ出身の母親による命名だろう。そして姓スポルテスは、かつてアルジェリアに渡った父方のユダヤの名だ。アラブ世界に住むユダヤ人コミュニティーのなかで、熱烈なカトリック信徒の母親、自身もカトリック信徒と、まさに〝アブラハムの宗教〟である三つの一神教を揺りかごにして育った。父親を亡くしたあとアルジェリア独立戦争を逃れて母親とパリに移住したとき、スポルテスは一五歳だった。

文学と歴史を専攻したパリ第七大学では、血なまぐさい市街戦は見飽きていたので「毛派＝構造主義者たちとの交流は避け」て、シャトーブリアンなどの古典を読みふけった。だが卒業後に選んだ道は、ジャン・ウリおよびフェリックス・ガタリが〝制度による精神療法〟を実践していた〈ラ・ボルド病院〉における反精神医学の研修に参加することだった。精神を患っていた母親のことを考えての判断だったのかもしれない。

自身も三年間の研修体験により無傷ではいられず精神不安定に陥り、心機一転、文化交流協力員としてタイに向かう。それがスポルテスにとってアジアとの出会いであり、タイ語の訳書が当地で今や古典とされる*Pour la plus grande gloire de Dieu*（『神のより大いなる栄光のために』、一九九三年）ほか、『ゾルゲ　破滅のフーガ』（拙訳、岩波書店、二〇〇五年）など、数冊の作品として結実する。

その後は、より政治的な小説を発表。また、サルトルをはじめバルトやフーコー、ゴダール、グリュックスマンなどに対し、〝造反有理〟の名のもと、文化・芸術破壊を肯定して左翼運動を陳腐化させ、結果的にＣＩＡの術策にはまったとして軒並み批判し、フランスの文壇・論壇では孤立無援となった。

彼の糾弾を免れた数少ない知識人は、レヴィ＝ストロースとギー・ドゥボールくらいのもので、生前の両者からは自身の著書も高く評価されていた。ちなみに、レヴィ＝ストロースが亡くなった二〇〇九年、『ル・モンド』紙に追悼文を寄せたのはスポルテスである。


さて、本書『天は語らず』について述べるには、二〇一一年発表の*Tout, tout de suite*（直訳すると『すべてを、ただちに』、株式会社ファベルから二〇一九年刊行予定）に触れなくてはならない。実際の事件を扱い、文体は調書のよう、遊びや心理分析、感情もすべて払拭された小説である。

内容は、あるユダヤ系の青年が、パリ郊外にたむろする若者集団に、三週間も虐待を受けた末焼き殺されるという凄惨な事件を追ったものだ。スポルテスによれば、フランスは高度成長期に安価で無尽蔵の労働力を旧植民地に求めた結果（他の先進国ではオートメーション化に力を入れたのに）、工場が国外に去った今日、移民はもう不用、つまり〝産業廃棄物〟と化した。彼らの子たち・孫たちは、〝同化〟できる少数になるか、もしくは都市郊外で犯罪集団化して地下経済の要員に組みこまれるか、いずれにしてもほかの選択肢がない。第四世界（最貧国）をパリの郊外に出現させてしまったのである。

この恐るべき状況に追いこまれた若者たちの精神状況と彼らに対するネガティブな反応、つまり偏見という悪循環は、ギー・ドゥボールの言葉を借りるなら「悲惨な無邪気さ」を持つ野蛮人ギャングによる度し難い犯罪の形をとり、フランスの手のつけようもないアポリア（難題、行き詰まり）となった。冷徹すぎる描写に、『ル・モンド』紙などの評者はとまどったかのように、なぜ小説なのか、どこがフィクションなのかという問いを発した。スポルテスは「フィクションでなければ事実は描けない」と逆説で答えた。

そして、四年後の二〇一五年一一月、スポルテスの危惧は最も尖鋭的な形で実現されてしまう。パリ同時多発テロ事件である。悲惨な無邪気さが信仰《ジハード》の衣をまとった。そして、二〇一八年末の〝黄色いベスト〟運動に便乗して商店を襲撃する壊し屋《カッスール》たち……。
　登場人物の内面を忖度することなく、冷徹すぎる描写をスタイルとしたその視点を、一八〇度変えて作品にしたのが本書『天は語らず』であり、今度は背教者フェレイラの心象風景を追うのみならず、当人に科される拷問にまで付き合ってしまうのである。著者にいったいどういう心境の変化があったのか。

　本書の舞台は一七世紀の長崎。商人やら船員、水夫、海賊、奴隷といった外国人に混ざって、ローマ教皇から派遣されたカトリック宣教師が暗躍する。主人公は、沢野忠庵という日本名で知られるようになる元イエズス会日本管区長クリストヴァン・フェレイラである。宣教活動の後ろ楯である代々のスペイン国王は、半世紀前からはポルトガル王も兼ね、文字どおり世界《カトリック》教会のパトロンをも自任、だが〈カトリック帝国皇帝〉とは名乗れなかった。ドイツの神聖ローマ帝国も同じハプスブルク家だからだ（何という制約か！）。ともかく世界の異教徒を洗礼することと、カトリック王はそれを召命と思ったのである。しかも彼ら君主でさえ「怯えた小犬のような卑屈さ」で足に接吻をする教皇が希求する世界のキリスト教化、世俗的に言うなら世界制覇の前衛を務めるのが、フェレイラなどの宣教師《バテレン》だった。ある日世界は、すべて教皇に仕えるスペイン国王が君臨するカトリック信仰の地となるだろう。アジアでは、その地の「白人の国」と目された日本を手はじめに……。

　将軍秀忠への謁見を許されたスペイン大使ビスカイノが長靴を脱ぐのを拒んで、そのまま畳の上を歩いたというのは伝説でしかないにせよ、そのような外交儀礼上の傲岸さにくわえ、スペイン無敵艦隊の脅威を煽るライバルのオランダ人らの使嗾《しそう》もあって、幕府は極度の疑心暗鬼にとらわれた。結果的に宣教および貿易も禁じられたスペイン・ポルトガル人は、日本から追われたり、弾圧もされたが、一部の宣教師が潜行した一方で、苛烈なる弾圧の様子を聞き知った布教を召命と奉ずる若い（年寄りも）宣教師や修道士たちが密入国をくり返した。修道会同士の競争もあって、幕府の弾圧による殉教自体が美化、自己目的化され、著者が「便所の臭いに酔いしれた銀蠅のように」群がってきたと表現する、昨今のジハードも顔負けの殉教旋風が巻き起こされた。彼らは、「アヴェ・マリア」を「安倍さんちのマリアさん」と信じて疑わぬような農民を巻き添えにして殉教を果たすか、あるいはフェレイラこと沢野忠庵らに諭されて転ぶ。

かつて有馬の神学校《セミナリヨ》のイエズス会士らは、二種の日本語冊子『マルチリヨ（殉教）の心得』と『マルチリヨの勧め』を印刷、配布した。そのなかでは、審問を受けた場合に己の信仰を隠すことは禁じられている。嘘が地獄《インヘルノ》行きに相当するからである。キリシタン禁制下においては、捕まっても誓いに背かず拷問を受けることを受けいれねばならない、ともある。そして、責め苦を受けるあいだ勇気を得るには、十字架上のキリストを目に浮かべなければならない、持ちこたえるための助けとなるであろう、と説く。フェレイラは思った、そんなことの全部が「殺してはならない」というモーセの十戒に背いているのではないかと。

そんな裏切り者、コラボ（対敵協力者）の人生に分け入って、〝フェレイラ＝忠庵＝語り手〟という奇妙な三者混合のうちに、スポルテスは本書を書き上げた。

神が人間を創ったのではなく、人間が自らの願望を投影して創ったのが神であるという認識の大逆転、二世紀後のフォイエルバッハを先取りし、マルクスを興奮させたその転換を、孤独に実践したのがフェレイラであろうと著者は書く。したがって、フェレイラは裏切りの罪の半分を免れられるのではないかと、自らの分身のように弁護する。フェレイラの背教は恐ろしく人間的であり、それが故に、殉教に至高の召命を見出せた元同志や天国《パライソ》をちらつかされた信徒ら——その悲惨な無邪気さ、狂信度において二一世紀初頭のジハード戦士たちと通じ合う——の理解など得られるはずがなかったのだ。

本書には、人と信仰、宣教と国家主権、交易とその次の段階、もしくは当初からの目的である属領化、あるいはそれら要素の複合的な入れ替えというように、その二世紀後の帝国主義、四世紀後のグローバリゼーションと人間の関係、日本を舞台にした、それらの先史(揺籃)時代が描かれている。甚大な犠牲を払いつつも、幸いなことに江戸時代の日本は、それらの培養土になることから逃れた(それとも、当時からガラパゴスであったか?)ということだろうか。日本の読者にぜひとも紹介しなければならない、長崎を舞台に地政学誕生をテーマにした、この優れた小説をお届けしたいと思った。

なお、エピグラム等の引用文は断りがないかぎり拙訳であり、当該の文献を通読していないため、文脈上のずれがあるかもしれないことはご容赦いただきたい。

終わりに、カトリック教会の長女を自任するフランスで本書がどう受けとめられたかをお伝えしておくべきだろう。二〇一七年秋の文学賞レースで、なんとまったく話題にもならなかったのである。そして最終候補作もすべて出揃った一〇月に入って、さすがに『ル・フィガロ』紙文芸欄などでその無視ぶりが大きく話題にされた。ずいぶんなパラドックスであり、いかにもスポルテスの著書らしいと思った次第である。

モルガン・スポルテス（MORGAN SPORTÈS）
小説家．1947年アルジェ生．パリ大学で文学と歴史を学ぶ．文化交流協力員としてタイに3年間滞在．2000年関西日仏交流会館の専門研究員として日本に滞在．『ウルトラマリン』(1989)『シャム』(1982)『おとり』(1990)『神のより大いなる栄光のために』(1993)『日本通り』(1999)『海に開いた窓』(2002)『ゾルゲ　破滅のフーガ』(2002，邦訳 岩波書店，2005)『すべてを、ただちに』(2011)他．

吉田恒雄
1947年千葉県生．1970年よりパリ在住，会社勤めを経て翻訳家．訳書にスポルテス『ゾルゲ　破滅のフーガ』，ベンスサン『ショアーの歴史』，カルスキ『私はホロコーストを見た　黙殺された世紀の証言 1939-43　上・下』，ベルトラン『ナチ強制収容所における拘禁制度』，ティリエ『タルタロスの審問官』，ルメートル『死のドレスを花婿に』，ミュッソ『ブルックリンの少女』他．

天は語らず　モルガン・スポルテス

2019年1月29日　第1刷発行

訳　者　吉田恒雄《よしだつねお》

発行者　岡本　厚

発行所　株式会社　岩波書店
〒101-8002 東京都千代田区一ツ橋2-5-5
電話案内 03-5210-4000
http://www.iwanami.co.jp/

印刷・理想社　カバー・半七印刷　製本・松岳社

ISBN 978-4-00-024058-1　Printed in Japan